문학 그리고 삶의 단면

정태성 문학 평론집

머리말

우리 삶에는 그야말로 수많은 것들이 존재하고 있다. 우리는 평생을 살아가면서 삶에 대해 얼마나 알고 있는 것일까. 삶은 고귀할 뿐만 아니라 오직 한 번밖에 주어지지 않는다. 그럼에도 불구하고 우리는 삶에 대해 그다지 많이 알지 못한 채 살아가고 있는 것은 아닐까.

삶에 대해 알면 알수록 우리의 삶이 더 아름다워지지 않을까 싶다. 문학은 그러한 면에서 많은 알림을 준다. 직접 경험하지는 않았지만, 문학 속에 있는 인물을 통해, 이야기를 통해, 우리는 그동안 몰랐던 것들을 깨달을 수 있다. 또한 문학적 상상력이 우리의 내면을 풍부하게 해주고, 문학을 하는 즐거움 또한 적지 않다.

그동안 읽어왔던 문학 작품을 통해 삶의 여러 가지 단면을 생각해보았다. 보다 더 나은 내일의 모습을 기대하며 이러한 작업을 계속할 생각이다.

2023. 8.

저자

차례

1. 한강의 소설에 나타나는 삶의 단면

(1)

문학은 인간이며 삶이다. 문학을 통해 우리는 직접 경험하지 못한 인간에 대해 그리고 삶에 대해 더 깊이 알 수 있다. 소설은 허구지만 그 허구를 통해 인간의 삶의 단면을 이해할 수 있다.

한강의 소설에는 특별히 그녀만의 인간과 삶에 대한 깊이 있는 통찰이 있다. 그녀는 인간과 삶을 추상적으로 이해하지는 않는다. 인간의 본질, 삶의 본질을 지극히 이해하려고 하는 과정 안에 그녀의 작품이 있다. 또한 그녀는 현재 활동하는 한국 소설의 대표적 작가이기에 그녀의 소설을 통해 인간의 삶의 단면을 살펴보는 것은 커다란 의의가 있다고 생각된다.

이 글에서는 한강의 대표적인 작품에 나타난 인간과 삶에 관해 탐구해보고자 한다. 이는 인간과 삶에 대해 더 깊은 이해를 할 수 있는 기회라 생각된다.

(2)

인간의 내면 세계는 어떠한 모습일까. 사람의 내면에는 나라는 존재가 하나뿐인 것일까, 아니면 여러 개의 다른 내가 존재하고 있는 것일까. 내 안에 또 다른 내가 있어서 내가 생각하는 대로 말이나 행동을 할 수 없게 된다면 어떻게 될까. 내가 원하는 삶이 있지만, 나의 뜻대로 되지 않는다면, 나의 삶이 내가 의도하는 대로 살아지지 않는다면, 어떻게 해야 하는 걸까.

한강의 소설 〈왼손〉은 어느 날 갑자기 주인공이 자신의 삶을 조절할 수 없게 되었을 때 어떠한 일들이 일어나는지에 관한 이야기이다.

이 소설에서 내면의 또 다른 나는 내가 하고 싶지 않은 말을, 해서는 안 되는 말을 내면의 다른 이에게 쏟아내기도 한다. 나의 또 다른 나는 마음속으로는 해서는 안 된다는 것을 알면서도 그런 행동을 한다. 그로 인해 나의 진심이 아닌데도 불구하고, 다른 이들은 오로지 현상적인 것에 의해 나를 판단하고 나를 대하게 될 수밖에 없다.

내면의 또 다른 나에 의해 내 삶의 주인이 바뀔 수도 있다. 진정한 나는 그것을 원하지 않는데도 불구하고, 나의 삶을 바꿔버리고 만다. 통제 불가능한 삶이 또 다른 나에 의해 나를 억압하고 만다. 이에 그치지 않고 내면의 또 다른 나는 나의 삶을 파괴해 버리기도 한다. 내 주위의 사람들을 모두 떠나가게 만들며, 진정한 나의 삶을 살아가지 못하게 하기도 한다.

"그는 오른손을 뻗으면 바로 닿도록 칼을 두고 망치를 집었다. 눈을 빛내며 망치를 치켜올렸다. 벼락같이 왼손이 따라올라와 망치를 잡아챘다. 이번에는 그의 오른손이 왼 손목을 비틀었다. 망치가 바닥으로 떨어졌다. 왼 손목이 통증에 그의 미간이 조여졌다. 경고했지, 널 죽여버리겠어! 그의 오른손이 과도를 움켜쥐었다. 순간 뱀처럼 솟구쳐 오른 왼손이 오른 손목을 거머쥐었다. 놔, 이거 놔. 그의 얼굴 근육들이 뒤틀렸다. 이마의 핏줄들이 꿈틀대며 일어섰다. 아슬아슬하게 버티던 오른 손목이 돌연 부러지듯 뒤로 꺾였다. 왼손이 과도를 낚아챘다."

이 소설은 평생을 살아가면서도 진정으로 중요한 나 자신에 대해 잘 알지 못함을 이야기하고 있다. 또한 자신이 생각하는 대로 살아가지 못하고 있는 삶, 알 수 없는 감정으로, 생각지도 못한 사건으로, 나의 내면에 없었던 말로, 나의 뜻과 상관없는 행동으로, 진정으로 자신의 주인이 되어 살아가고 있지 못하는 우리의 모습을 묘사하고 있다.

진정한 나의 주인으로서 나의 삶을 살아가기 위해 내가 해야 할 일은 어떤 것인지, 나는 얼마나 나 자신에 대해 알고 있는 것인지, 내 안에는 얼마나 또 다른 내가 존재하고 있는지, 진정한 나는 누구인지, 참나는 어디에 있는 것인지에 대해 이 소설은 우리에게 생각하게 만든다.

(3)

인간의 삶 가운데에는 사랑이 존재한다. 사랑이었지만, 그 사랑이 분명히 마음속에 가득히 존재했었지만, 어느 순간 그 사랑은 떠나가 버리기도 한다. 그 사랑이 결국 이루어지지 못했기에, 그토록 소중히 오래도록 남아 있는 것일까?

한강의 <파란 돌>은 순수했던 시절, 마음 가득히 다가온 사랑을 허무하게 잃어버린 채 살아갈 수밖에 없는 슬픈 사랑에 대한 이야기이다.

"내 이름을 부를 때 당신의 목소리는 언제나 낮고 부드러웠지요. 실은, 일부러 못 들은 척해 두 번 부르게 한 적도 여러 번이었습니다. 그 목소리에 처음 가슴이 두근거린 게 언제인지 잘 기억나지 않습니다. 처음 당신을 사랑하게 된 것이 언제인지도 구별할 수 없습니다. 언젠가부터 당신의 얼굴이 내 눈앞 어딘가에 어렴풋한 그림자처럼 자리했습니다. 아침에 눈을 뜨는 순간 이미 모든 사물 위로 아련히 어려 있고, 놀라 눈을 감으면 어두운 눈꺼풀 위로 더욱 선명해졌습니다. 그 느낌이 강한 슬픔과 닮아 있는 이유를 알 수 없었습니다."

우리의 삶 가운데에는 어떻게 시작된 것인지도 모른 채, 갑자기 다가왔던 사랑, 마음 한가득 모든 것을 꽉 채워버린 운명 같은 사랑이 있다. 그런 사랑이 두려운 것은 무엇 때문인 것일까. 이루어질 수 없다는 것을 직감했기 때문인 걸까. 왠지 그 사랑이 더욱 슬프게 느껴지는 이유는 무슨 연유인 걸까.

가슴 시린 사랑이었기에 어느 정도는 계속될 것이라 생각했었다. 이토록 허무하게 떠나가 버릴 줄은 몰랐다. 함께 한 시간도, 같이 했던 일들도 그리 많지 않았는데, 추억이라고 생각할 수 있는 것들도 별로 없었는데, 그 사랑은 왜 그리도 일찍 떠나가 버린 것일까. 남아 있는 사람은 어떻게 하라고, 어떻게 살아가라고, 아무런 말도 없이 그렇게 혼자서 가버리고 말았던 것인가.

사랑했던 그 사람이 아직 마음속에 남아 있지만, 다른 사람과 가정을 이루고, 아이를 낳고, 너무나도 정상적으로 살아가는 모습을 어떻게 설명해야 하는 것일까. 잊어버린 줄 알았는데, 그래서 새로운 시간을 시작했는데 그것은 아마 착각이었는지 모른다. 가장 소중했던 그 사람을 무엇이 대신해 줄 수 있는 것일까.

"어쩌면 시간이란 흐르는 게 아닌지도 모른다는 생각도 그때 함께 찾아옵니다. 그러니까, 그 시간으로 돌아가면 그 시간의 당신과 내가 빗소리를 듣고 있다구요. 당신은 어디로도 간 게 아니라구요. 사라지지도, 떠나지도 않았다구요. 언젠가부터, 당신과 동갑인 남자를 만날 때마다 세월이 변화시켰을 당신의 얼굴을 막막하게 그려보던 버릇을 버린 것은 그 때문입니다."

떠난 줄 알았는데 떠난 게 아니었다. 잊을 수 있다고 생각했는데 잊을 수 있는 게 아니었다. 순간순간, 퍼뜩퍼뜩, 다가오는 그 사람의 모습에 어찌할 수 없는 마음으로 아직도 그 사람을 그리워한다.

그 사람을 잊어버릴 수 있을 것이란 마음을 접은 채, 생각나면 생각나는 대로, 그리우면 그리운 대로 그렇게 살아가야 하는 것이 사랑을 했던 운명이었는지 모른다고 소설은 이야기하고 있다.

(4)

사회 속에서 살아갈 수밖에 없는 우리는 극히 약하고 힘에 부치는 존재인지도 모른다. 어떤 단체에서 하나의 부속품인 것처럼 그저 적응하고 변화되고 맞춰서 살아가야 하는 것이 당연하게 생각되는 것 또한 사실이다.

한강의 〈눈 한 송이가 녹는 동안〉에서는 인간이라는 소중한 존재에 비해, 한 명의 개인의 힘이 얼마나 미약한지 느끼게 해준다.

생존을 위해 돈을 벌 수 있는 어떤 곳에 의지할 수밖에 없는 것이 우리의 현실이다. 커다란 세력에 저항하고 싶지만, 그 한계는 너무나 분명히 존재하기에 어느 정도까지 하다가 지쳐 스스로 그만 포기하게 되는 것이 어쩌면 당연한 것일 수 있다.

울분을 토해내고 싶어도 참아야 하고, 부당한 것을 지적하고 싶어도 침묵해야 하고, 억울한 것이 있어도 감추어야만 하기에 한 개인의 삶은 소중하지만, 그저 한 송이 눈처럼 약한 존재일 수 있다.

"함께 있어 주세요, 소녀가 말한다. 젊은 승려가 멀찍이 떨어져 서서 대답한다. 그건 안 된단다. 제발, 눈 한 송이가 녹는 동안만. 소녀는 나무 욕조의 물속에 들어가 있는데, 이상하게도 그녀의 머리에 쌓인 눈이 녹지 않는다. 그 눈송이들을 커다랗게 확대한, 눈의 결정 모양을 한 빛 무늬가 무대 뒤편 검은 벽에 하얗게 비쳐 있다. 그 결정들을 홀린 듯 바라보며 승려가 묻는다. 왜 머리 위 눈이 녹지 않을까? 시간이 흐르지 않으니까요. 하지만 우리는 이야기를 나누고 있는데. 우리가 시간 밖에 있으니까요."

인간은 한 송이 눈처럼 언제 녹을지 모르는 그런 존재일 수 있다. 그 미약한 눈 한 송이가 언제 사라질지도 모르는 시공간에 살아가고 있으니 그 누가 함께라도 있어 주면 얼마나 좋을까. 그 시간이 비록 짧을지라도 누군가가 옆에 같이 있어 준다면 정말 힘이 될 텐데 현실은 그리 쉽지 않을 것이다. 다른 시공간에서 존재한다면, 지금의 여기를 떠나 다른 그곳으로 간다면 가능한 걸까. 내가 있어야 할 곳이, 나의 눈 한 송이가 녹지 않을 수 있는 시간이나 공간은, 지금 여기가 아닌 다른 곳인 걸까.

눈 한 송이는 자세히 보면 너무 아름답고 소중한 존재임이 분명하지만, 언제 어떻게 사라질지 모르니 그 현실을 알고 살아가야만 하는 인간은 슬픈 운명을 타고난 것일 수도 있다.

(5)

인간의 삶은 어느 순간 모든 것이 순식간에 사라져 버릴지도 모른다. 영원히 나의 곁에 존재할 수 있는 것은 없다. 우리에게 내일이라는 시간은 보장되어 있지 않다.

한강의 〈밝아지기 전에〉는 우리에게 있어 존재하고 있는 그 어떤 것이 생각하지도 않은 일로 갑자기 사라져 버릴지도 모른다는 것을 이야기해 주고 있는 소설이다.

인간에게 주어진 시간은 어느새 지나가 버리고 만다. 내 곁에 계속해서 머무를 것 같았던 시간이 그렇게 사라져 버리고 만다. 믿어지지 않지만, 우리에게 주어진 인생이라는 시간은 언젠가는 끝나기 마련이다. 우리는 왜 그것을 알면서도 그것을 잊고 살아가고 있는 것일까. 많은 것들이 사라져 버리는 시간이 온다는 것을 알면서도 왜 그것을 기억하지 못하는 것일까.

"그녀에게 말해보고 싶었다. 새벽까지 타는 심장을 그녀가 지켜보았던 그해. 생각 속의 미로 속에서 더듬더듬 내가 움켜쥐려 한 생각들을. 시간이 정말 주어진다면 다르게 살겠다고. 망치로 머리를 맞은 짐승처럼 죽지 않도록, 다음번엔 두려워하지 않을 준비를 하겠다고. 내 안에 있는 가장 뜨겁고 진실하고 명징한 것, 그것만 꺼내놓겠다고. 무섭도록 무정한 세계, 언제든 무심코 나를 버릴 수 있는 삶을 향해서."

우리에게 시간이 다시 주어질까? 그런 일은 일어나지 않는다. 시간이 주어지면 우리는 다르게 살아갈 수 있을까? 그것도 모를 일이다. 수많은 기회가 우리에게 주어졌지만, 그것을 너무 쉽게 놓치고 말았다. 다시 오지 않을 기회와 시간들이 그렇게 허무하게 사라져 버리고 말았던 것이다.

모든 것이 사라져 버리기 전에, 다시 돌아오지 않을 것을 놓치기 전에, 소중한 것들이 나에게서 멀어져 버리기 전에, 할 수 있는 것을 할 수 없기 전에, 하고 싶은 것들을 할 수 없기 전에, 다시는 돌아오지 않을 그 순간들이 지나가기 전에, 우리는 그 순간들을 소중히 살아가야만 한다고 소설은 말하고 있다.

(6)

삶은 수많은 사건의 집합이다. 그중 어떤 사건은 우리 삶을 완전히 바꾸어 놓기도 한다. 그로 인해 사람은 변하고, 사랑도 변하며 인간관계도 변한다.

우리의 삶에 재생력이 있다면 얼마나 좋을까. 힘들었던 인간관계도 쉽게 회복할 수 있고, 무관심으로 변해가는 사랑도 회복될 수 있다면 삶이 좀 더 쉬워질 수 있을 것이다. 마치 도마뱀이나 도롱뇽의 재생력처럼. 한강의 〈노랑무늬영원〉은 재생되지 않는 우리 삶에 대한 아픔을 이야기하고 있는 소설이다.

"난 언제나 그렇게, 내 힘으로 감당할 수 없는 것들을 감당해내려 하는 어리석음이 단점이었어. 순간적인 판단력도 부족했어. 항시 냉철하여, 때로는 잔인할 수도 있어야 하는데. 교훈이란 얼마나 우스꽝스러운 것인지 나는 그때 알았다. 인생은 학교가 아니다. 반복되는 시험도 아니다. 내 왼손은 으스러져 버렸고, 그게 끝이었다. 배울 것도 반성할 것도 없었다. 어떤 의미도 없었다."

시간이 지나면 모든 것은 과거가 될 뿐이다. 좋은 일이든, 나쁜 일이든 그냥 다 지나가 버리고 다시는 돌아오지 않는다. 한번 지나간 것은 돌이키기 힘들다. 사랑도, 믿음도, 사람들 간의 관계도, 지나가 버리고 나면 다시 예전의 상태로 돌아갈 수 없다. 강을 건너버리면 다시 원래의 위치로 가기에 힘든 것이 우리 삶이 아닐까.

주인공이 가장 편안했던 곳은 그가 살던 집이었지만, 그 안의 구성원들이 변하고, 구성원 간의 관계가 변하면, 그 집은 더 이상 예전의 집이 아니다. 그곳에서 쉴 수도 없고, 마음 편하게 지낼 수도 없다. 그동안 마음 편했던 집도 이제는 더 이상 존재하지 않을 수 있다.

모든 것은 변해간다. 사랑도 변하고, 사람도 변한다. 그 변화를 받아들이지 못하는 한, 더 이상 아름다운 것들은 존재하기 힘들다. 사람 간의 관계도 변할 수밖에 없다. 다른 사람이 변했다고 탓할 필요도 없다. 자신 또한 그 사람만큼이나 변해 있을 것이기 때문이다. 그 사실을 자신만 모르고 있을 뿐이다.

노력하지 않는 한 변하는 사랑은 지나가기 마련이다. 사랑했었지만, 이제 더 이상 그런 사랑은 존재하지 않는다. 화해하고 싶어도 화해할 수도 없다. 예전처럼 돌아가려는 노력이 없는 한 돌아갈 수도 없다. 처음 만나기 전처럼, 그렇게 완전한 타인의 관계로 나아갈 뿐이다.

사막의 물이 마르듯, 우리들의 마음도 그렇게 말라간다. 사막에 모래바람이 날리듯, 우리의 영혼도 모래바람처럼 날릴 수 있다. 사랑받으려 노력하지도 않기에, 사랑을 주려 애쓰지도 않기에 사랑은 그렇게 서서히 사라져 버린다.

"도마뱀의 재생력과 불의 정화력이 결합된 믿음일 것이다. 그 짐승의 징그러운 외양에 대조돼 더욱 돋보이는 무늬의 아름다움을 나는 오랫동안 음미한다. 이글거리는 태양에 가까운 지역이 아니라면 결코 새겨질 수 없을 화려함이다. 밝은 레몬빛에 가까운 투명한 색채. 나비나 흰 새, 젊은 여자의 스카프에 어울릴 법한 강렬한 패턴. 노랑무늬영원, 하고 나는 입속으로 중얼거려본다. 영원이란 도롱뇽과에 딸린 속명일 뿐이라고 씌어 있지만, 그 동명이어의 울림은 가냘프게 내 마음을 움직인다. 왜인지, 어떤 것인지를 설명하기 어려울 만큼 미미한 움직임이다."

노랑무늬영원은 친구의 아들이 키우는 도롱뇽이었다. 몸의 일부가 떨어져 나가면 다시 재생이 되는 도롱뇽처럼 우리의 삶도 재생력이 있다면 얼마나 좋을까. 차가워서 가는 사랑도 다시 따뜻해지고, 미워하는 감정도 다시 좋아하게 되는 그러한 마음의 재생력이 있다면 얼마나 좋을까. 하지만 한강의 소설은 우리의 인생은 그렇지 않다고 이야기하고 있다.

(7)

〈몽고반점〉은 한 인간이 사회속에서 때묻지 않고 살아간다는 것이 결코 쉽지 않음을 보여주고 있다. 결혼한 지 한참이나 지난 그녀에게는 왜 아직도 몽고반점이 남아 있던 것일까.

처제였던 그녀는 다른 사람이 이해할 수 없는 세계에서 살고 있었다. 남들은 그녀를 정신병에 걸린 것이라고 했지만, 그것은 다른 사람들이 만들어놓은 기준에 의해 판단할 경우에 그럴 뿐이다.

"그는 숨을 죽인 채 그녀의 엉덩이를 보았다. 토실토실한 두 개의 둔덕 위로 흔히 천사의 미소라고 불리는, 옴폭하게 찍힌 두 개의 보조개가 있었다. 반점은 과연 엄지손가락만한 크기로 왼쪽 엉덩이 윗부분에 찍혀 있었다. 어떻게 저런 것이 저곳에 남아 있는 것일까. 그는 이해할 수 없었다. 약간 멍이

든 듯도 한, 연한 초록빛의, 분명한 몽고반점이었다. 그것이 태고의 것, 진화 전의 것, 혹은 광합성의 흔적 같은 것을 연상시킨다는 것을, 뜻밖에도 성적인 느낌과는 무관하며 오히려 식물적인 무엇으로 느껴진다는 것을 그는 깨달았다."

그녀는 그저 자신의 마음에 따라, 감정에 따라, 느껴지는 것에 따라 행동하고 살아가고 있었다. 마치 그녀는 어린아이처럼, 아직도 몽고반점이 사라지지 않은 아이처럼 살아가고 있었던 것이다. 그것은 당연히 사회가 규정해 놓은 기준에 부합하지 않을 수밖에 없고, 대부분의 사람들, 가족마저도 그녀를 받아들일 수가 없었다.

세상에서 가장 아름다운 것은 어떤 것일까? 그건 아마 어린아이의 천진난만한 웃음일 것이다. 아직 몽고반점을 가지고 있는 아이들의 티 없이 맑게 웃는 모습, 그것보다 더 아름다운 것은 없을 것이다.

예술의 궁극적인 이유 또한 아름다움에 있다. 아직 사회의 때를 입지 않은, 사람들의 인위적인 것이 더해지지 않은, 편견과 선입견으로 편협하지 않은, 제도와 윤리라는 것으로 옷 입혀지지 않은, 그러한 인간 본래의 모습에서 아름다움은 존재한다. 그저 그 사람을 좋아하는 감정 그 자체로, 순수한 끌림이라는 그 자체로 충분할 것이다.

처제의 세계로 들어갈 수밖에 없었던 그는 아내가 보는 앞에서 차라리 죽음을 택하는 것이 마음 편했을지도 모른다. 사회적으로, 윤리적으로 감당하기 힘들 것이기 때문이다. 하지만 그는 그 길을 택하지는 않는다. 다만 예술가였기 때문만은 아니다. 그건 아마도 그가 바라던 세계를 경험했기 때문이다.

(8)

소중한 그 사람이 나에게 상처를 줄 수도 있다. 그런 일이 없을 것이라 믿는다고 하더라도, 나에게 그런 비슷한 일도 일어나지 않으리라 생각하더라도, 그러한 일은 다분히 일어나곤 한다. 그런 커다란 상처가 있어도 살아가야 하는 것이 운명인 것일까. 모든 것을 잃어서 삶이 더 이상 의미가 없는 것처럼 보여도, 우리는 살아가야만 한다. 한강의 소설 〈에우로파〉는 어떤 상처를 안고서라도 살아가고 있는 인아에 대한 이야기이다.

주인공에게 어떤 한순간이 다가왔다. 인아라는 이름이 이제는 확실한 존재가 되어 그렇게 다가왔다. 그 존재로 인해 자신의 살아있음을 느낄 수 있었다. 그렇게 어떤 한 존재는 다른 한 존재에게 영향을 주곤 한다. 소중한 존재이기에 그럴 수밖에 없다.

살아갈 의지가 남아있지 않은데도 더 살아가야 하는 이유는 무엇인 걸까. 지나간 시간이 그리 의미 있었던 것도 아닌 것 같고, 앞으로 남은 시간도 이제까지 그랬던 것처럼 별반 차이가 없을 것 같은데, 무엇을 바라고 우리는 계속 살아가야 하는 것일까. 가볼 때까지 다 가봤는데, 더 이상 새로운 것도 없을 텐데, 우리는 무엇을 바라고 이 세상에서 계속 존재자로 있어야 하는 것일까.

"그것이 아주 오래전, 그녀가 위태롭게 어두웠을 때, 단

하룻밤의 몇 시간 동안 허락된 일이었다는 것을 알고 있다. 그런 일을 겪은 뒤에도 우리가 계속 살아가야 한다는 것을 알고 있다. 모든 것이 환영처럼 잠시 이뤄지거나 단박에 파괴된 뒤에도, 검은 바다의 밑면 같은 거리를 한 걸음씩 못을 치며 나아가는 일만 남는 것을 알고 있다. 나 역시 사람을 믿지 않는다고, 고통을 주는 데가 있는 인아의 웃음을 보며 생각한다. 언젠가 그녀가 나를, 내가 그녀를 깊게 상처 입히리란 것을 알고 있다. 우리 산책이 영원하지 않으리란 것을 안다."

그녀는 상처를 받고 상처를 주는 것을 이제는 두려워하지 않는다. 어차피 사랑하는 소중한 사람한테 아픔을 주기고 하고, 자신 또한 그로부터 고통을 받기도 한다는 것을 알기 때문이다. 그런 것이 어쩌면 당연한 것인지도 모른다. 하지만 그것이 겁이 나서 그를 버리거나 내가 떠난다고 한다면 영원히 치유되지 못하는 상처로 남게 될 뿐이다.

목성의 위성, 에우로파처럼 우리의 삶도 그와 별반 다르지 않음을 소설을 이야기하고 있다. 우리가 할 수 있는 것은 그 모든 것을 포용하고 그저 아무 생각 없이 살아가야 하는 것이 아닐까.

(9)

한강의 소설 <나무 불꽃>에서 정신 병원에 있는 영혜는 나무가 되고 싶어 한다. 그녀는 왜 나무가 되고 싶어 했던 것일까. 그녀 안에 있는 그 무엇이 그녀를 나무가 되기를 원하게 했던 것일까. 영혜는 나무가 되기 위해 음식을 하나도 먹지 않는다. 나무처럼 물과 햇빛만 있으면 충분하다고 생각한다.

영혜는 삶에 대한 애착이나 미련이 하나도 없었다. 죽음이나 삶에 별 차이가 없다고 생각했다. 죽는다고 아쉬울 것이 없는 듯 그녀는 죽음에 대해 어떤 두려움도 없었고, 오히려 그것을 원하고 있었다. 그녀의 삶의 무엇이 그녀를 이렇게 만들었던 것일까.

"맞은편에는 후락한 가건물들이 서 있었고, 차량이 다니지 않는 가장자리의 침목들 사이로 손질 안 된 풀들이 웃자라 있었다. 문득 이 세상을 살아본 적이 없다는 느낌이 드는 것에 그녀는 놀랐다. 사실이었다. 그녀는 살아본 적이 없었다. 기억할 수 있는 오래 전의 어린 시절부터, 다만 견뎌왔을 뿐이었다. 그녀는 자신이 선량한 인간임을 믿었으며, 그 믿음대로 누구에게도 피해를 주지 않았다. 성실했고, 나름대로 성공했으며, 언제까지나 그럴 것이었다. 그러나 이해할 수 없는 일이었다. 그 후락한 가건물과 웃자란 풀들 앞에서 그녀는 단 한 번도 살아본 적 없는 어린아이에 불과했다."

자신이 원하는 삶을 살아본 적 없이 그렇게 세월을 보냈던 영혜와 언니, 돌이켜보면 그들의 삶의 주인은 자신들이 아니었던 것이다. 나무가 평생을 그 자리에서 수동적으로 살아가는 것처럼, 그들의 삶도 자신이 아닌 다른 사람에 의해, 사회에 의해 그저 주어진 것들을 해내는 것에 불과했던 것이다.

영혜가 나무가 되려고 하는 것에서 언니 또한 자신의 삶도 죽어 있었음을 깨닫게 된다. 영혜는 무엇을 위해 살아가야 하는지, 누구를 위해 자신은 존재하고 있는 것인지, 스스로의 삶을 위해서는 무엇을 하고 있는 것인지 고민하게 된다. 영혜는 자신의 삶이 나무 같았던 삶이었기에, 만약 그렇다면, 차라리 아예 나무가 되려고 했던 것이다.

영혜와 언니는 나무 같은 삶을 끝내고 싶었다. 나무에 불이 붙어 찬란하게 불꽃이 타오르는 것처럼, 그들은 지금까지 살아온 것들이 모두 타서 사라지기를 희망했다. 자신의 삶이 아닌 그저 주어진 위치에서 주어진 대로 살아가야 하는 인생 자체에 무의미함을 느낄 뿐이었다.

우리는 삶의 주인으로서 살아가고 있지 않고 그냥 나무처럼 주어진 대로만 살아가고 있는지도 모른다. 오늘 해야 할 일을 하고, 주어진 대로만 지내고, 나 자신을 위한 삶이 아닌 다른 것들을 위한 삶으로만 나의 인생은 채워지고 있다. 그것이 얼마나 의미 있는 것인지, 내가 주인이 아닌 삶이라면 나는 왜 존재하고 있는 것인지, 이 소설은 묻고 있다.

(10)

삶에는 예상할 수 없는 일이 수없이 일어난다. 지극히 평범했던 사람이 갑자기 바뀌기도 한다. 평상시에 먹는 것에 아무런 문제가 없던 사람이 어느 날부터 육식을 전혀 하지 않고 채식만 할 수 있는 것일까.

우리의 삶은 어디로 흘러갈지 알 수가 없다. 평범한 삶이 갑자기 어떻게 될지는 그 누구도 예상하지 못한다. 아무 일 없이 주어진 대로 살아갈 수 있을 것 같은 우리의 삶은 생각하지 못한 일들로 인해 그동안 살아왔던 것들이 완전히 바뀔 수도 있다.

한강의 소설 〈채식주의자〉는 한 평범했던 회사원의 아내가 어느 날 갑자기 채식주의자가 되면서 일어나는 결코 평범하지 않은 이야기이다. 그의 아내는 왜 채식주의자가 됐던 것일까.

아내는 냉장고에 있던 고기와 생선을 모두 버린다. 그전에는 먹는 것에 있어서 지극히 정상적인 그녀였기에 남편은 아내의 갑작스런 행동에 놀랄 수밖에 없었다.

그녀가 갑자기 채식주의자가 된 것은 꿈을 꾸었기 때문이었다. 그 꿈이 그녀를 전혀 육식을 하지 못하게 만들어 버리고 말았다. 그녀는 왜 그런 꿈을 꾸었던 것일까. 꿈을 꾸었다고 해서 그 꿈이 무서워 육식을 하지 않는 채식주의자가 된 이유는 무엇 때문일까.

"내 다리를 물어뜯은 개가 아버지의 오토바이에 묶이고 있어. 그 개의 꼬리털을 태워 종아리의 상처에 붙이고, 그 위로 붕대를 친친 감고, 아홉 살의 나는 대문간에 나가 서 있어. 무더운 여름날이야. 가만히 있어도 땀이 뻘뻘 흘러내려. 개도 붉은 혓바닥을 턱까지 늘어뜨리고 숨을 몰아쉬고 있어. 나보다 몸집이 큰, 잘생긴 흰 개야. 주인집 딸을 물어뜯기 전까진 영리하다고 동네에 소문났던 녀석이었지. 그날 저녁 우리 집에선 잔치가 벌어졌어. 시장 골목의 알 만한 아저씨들이 다 모였어. 개에 물린 상처가 나으려면 먹어야 한다는 말에 나도 한입을 떠넣었지. 아니, 사실은 밥을 말아 한 그릇을 다 먹었어. 들깨 냄새가 다 덮지 못한 누린내가 코를 찔렀어. 국

밥 위로 어른거리던 눈, 녀석이 달리며, 거품 섞인 피를 토하며 나를 보던 두 눈을 기억해. 아무렇지도 않더군. 정말 아무렇지도 않았어."

아무렇지도 않은 것이 아니었다. 아무것도 몰랐던 유년 시절의 기억은 잠재의식 속에 남았고 세월을 거치면서 그와 비슷한 일들이 그렇게 누적되었다. 그리고 어느 한순간 아무렇지도 않았던 것이 아무렇지 않을 수가 없다는 것을 알게 되었던 것이다.

누군가에게는 다른 사람이 모르는 무언가가 있기 마련이다. 그 무엇이 그 사람의 삶을 완전히 바꾸어 버릴 수가 있다. 어떤 상황이 와도 그 힘을 이겨낼 수 없을 만큼 그 무엇이 그에게 있어서는 그렇게 커다란 것일 수밖에 없다.

"아내는 분수대 옆 벤치에 앉아 있었다. 환자복 상의를 벗어 무릎에 올려놓은 채, 앙상한 쇄골과 여윈 젖가슴, 연갈색 유두를 고스란히 드러내고 있었다. 그녀는 왼쪽 손목의 붕대를 풀어버렸고, 피가 새어 나오기라도 하는 듯 봉합 부위를 천천히 핥고 있었다. 햇살이 그녀의 벗은 몸과 얼굴을 감쌌다. 나는 아내의 움켜쥔 오른손을 펼쳤다. 아내의 손아귀에 목이 눌려 있던 새 한 마리가 벤치로 떨어졌다. 깃털이 군데군데 떨어져 나간 작은 동박새였다. 포식자에게 뜯긴 듯한 거친 이빨자국 아래로, 붉은 혈흔이 선명하게 번져 있었다."

우리가 살아가면서 내면의 쌓여가는 그 모든 것은 어느 순간 갑자기 튀어나와 우리의 전체 삶을 송두리째 바꾸어 놓을지 모른다. 그것이 꿈일 수도 있고, 사소한 말 한마디일 수도 있으며, 아무 생각 없이 습관처럼 했던 행동일 수도 있고, 사진 한 장일 수도 있으며, 사실이 아니지만 다른 사람에게 들은 소문일 수도 있다.

아무 생각 없이 먹었던 고기와 생선이 그녀에게는 다른 존재의 생명이라는 것을 그녀는 어느 순간 갑자기 깨닫게 되었던 것이다. 해서 그녀는 생명을 앗아가는 존재였기에 자신의 그러함에 대해 참을 수가 없었던 것이다. 그녀는 이제 더 이상 그러한 길로 갈 수 없기에 다른 사람이 보기에는 지극히 비정상적인 삶을 살아갈 수밖에 없었다.

우리도 어느 순간 그녀처럼 '채식주의자'의 삶을 살아가게 될지도 모른다. 나의 내면속에 잠자고 있던 것이, 혹은 내 주위의 수면 밑에서 숨고 있던 그 무엇이 이제는 그동안 살아왔던 삶을 좌우할 수 있는 존재가 되어 나의 삶을 휘감아 버릴지도 모른다. 삶은 그래서 어렵고 무거울 수밖에 없는 것이 아닐까.

(11)

이 세상에 유토피아는 존재하지 않는다. 이상향은 그저 이상향일 뿐이다. 현실은 유토피아가 아니기에 디스토피아일까? 아니면 유토피아를 꿈꾸기에 디스토피아일까? 유토피아를 포기하지 못하는 이유는 무엇일까? 한강의 〈훈자〉는 존재하지 않는 유토피아를 꿈꾸는 우리의 현실을 한 번쯤은 돌아봐야 할 필요를 생각하게 해주는 소설이다.

훈자는 지리적으로 인도의 북서부 파키스탄의 잠무카슈미

르에 있는 곳이다. 우리가 상상하는 유토피아가 있다면, 이런 곳일 수 있다.

"어디로 눈을 들어도 해발 육천 미터의 눈 덮인 봉우리들이 보이는, 지구상에서 가장 아름답다는 길. 탄식처럼 갑자기 훈자는 나타날 것이다. 지대가 높아, 늦은 봄이 되어서야 살구꽃이 지천으로 피는 곳. 가을이면 말린 살구가 가게마다 그득한 곳. 한번 들어가면 떠나고 싶지 않아지기 때문에 장기 여행자들의 블랙홀이라 불리는 곳."

현실은 어쩌면 유토피아가 될 수 없는 곳임이 너무나 분명하다. 그렇기에 우리는 훈자를 가보고 싶어 하는 것일까. 비록 그곳이 유토피아는 아니지만, 한 번이라도 그런 곳에 가볼 수 있음으로 그런 꿈을 꾸는 것일까. 아니면 지금 발을 디디고 있는 이 디스토피아를 어쨌든 벗어나고 싶기에 그런 희망을 포기하지 못하는 것일까.

현실은 우리를 버겁게 만든다. 마음 편하게 평생을 아무 걱정 없이 살아갈 수 있는 사람이 이 지구상에 그리 많지 않다. 누구나 행복을 꿈꾸지만, 우리 대부분은 많은 행복을 느끼며 살아가지 못하고 있다.

"더 이상 그 여자는 훈자를 생각하지 않았다. 훈자인 훈자도, 훈자가 아닌 훈자도 생각하지 않았다. 언제나 그랬듯 깊은 잠을 이루지 못했으나, 더 이상 악몽에 시달리지 않았다. 그러자 어느 날인가부터, 수면 부족 때문에 실제보다 표면이 건조하고 거칠어 보이는 사물들 위로, 결코 훈자일 수 없는 것들이 떠올랐다 사라졌다. 그것이 훈자라는 것을 오직 그 여자만 알 수 있는 것들, 그것이 왜 훈자인지 누구에게도, 자신에게조차 설명할 수 없는 것들이었다."

이제 그녀는 더 이상 훈자를 꿈꾸지 않았다. 희망은 단지 존재하는 것만으로 우리를 변화시키지 않는다. 꿈은 단지 꿈일 뿐 깨어나고 나면 허무할 뿐이다. 삶은 그저 받아들임으로 족하다. 그것이 아마 우리가 갈 수 있는 훈자, 즉 유토피아일지도 모른다. 삶 그 자체를 유토피아로 바꾸는 일, 그것이 우리가 해야 하는 것이 아닐까 싶다.

(12)

우리의 인생은 다른 사람과 함께 어느 시공간에 존재하며 살아가고 있다. 어두운 시대 속에서 살아갈 수밖에 없는 인간은 그 운명의 무게를 버티지 못하는 경우도 있다. 어느 시공간에 태어나 살아가야 하는지는 자신의 선택에 의한 것이 아니다. 그저 주어지는 것에 불과하다. 그것도 단 한 번일 뿐이다.

그 소중한 삶이라는 기회를 시대와 역사가 송두리째 앗아가 버린다면 그 슬픈 영혼의 아픔은 누가 달래줄 수 있을까. 한강의 〈소년이 온다〉는 아픈 역사적 시대에서 피어보지도 못하고 진 슬픈 영혼들의 진혼곡이다.

힘없고 약한 그들에게 돌아온 것은 어떠한 과정도 없었던 죽음뿐이었다. 그토록 허무하게 이생을 작별한 그들에게 우리는 무엇을 해줄 수 있는 것일까.

소년과 소녀, 그들은 현실을 믿지 못했는지도 모른다. 그들을 보호해주며 위해주어야 하는 어른들에게 죽임을 당할 것이라 상상하지도 못했을 것이다. 시대는 그 어린 소년, 소녀들에게 그러한 일을 해야만 했던 것일까.

"어떤 기억은 아물지 않습니다. 시간이 흘러 기억이 흐릿해지는 게 아니라, 오히려 그 기억만 남기고 다른 모든 것이 서서히 마모됩니다. 색 전구가 하나씩 나가듯 세계가 어두워집니다. 나 역시 안전한 사람이 아니란 걸 알고 있습니다. 이제는 내가 선생에게 묻고 싶습니다. 그러니까 인간은 근본적으로 잔인한 존재인 것입니까? 우리들은 단지 보편적인 경험을 한 것뿐입니까? 우리는 존엄하다는 착각속에 살고 있을 뿐, 언제든 아무것도 아닌 것, 벌레, 짐승, 고름과 진물의 덩어리고 변할 수 있는 겁니까? 굴욕당하고 훼손되고 살해되는 것, 그것이 역사 속에서 증명된 인간의 본질입니까?"

인간이란 무엇일까. 무슨 이유로 한 명의 인간이 다른 인간을 판단하고 억압하고 강요하고 죽임을 가하는 것일까. 너와 나는 그저 비슷한 존재가 아니면 안 되는 것일까. 무슨 이유로 소중한 한 인간의 삶 전체를 그토록 허무하게 송두리째 앗아가 버리는 걸까. 어두운 시대 속에서 살아갈 수밖에 없었던 가냘픈 그 영혼들의 삶은 어떻게 되는 것일까.

(13)

인간과 삶에 대한 깊은 이해가 있을수록 보다 나은 인간적인 삶이 가능할 것이다. 문학의 기능에 이러한 것이 포함되는 것은 당연하다. 문학을 통해 이것이 가능하다면 이러한 작품을 만들어내는 작가 또한 의미 있는 작업을 하는 것이라 할 것이다.

한강의 소설에는 인간과 삶에 대한 깊은 울림이 있다. 작가 특유의 시각으로 삶에 대한 깊이 있는 통찰이 있다. 그것이 한강이라는 작가의 소설의 특별한 의의라 할 수 있을 것이다.

우리는 그녀의 소설에서 전에는 경험하지 못하는 인간과 삶의 단면을 읽을 수 있다. 이미 많은 작품이 있지만, 매 작품마다 독특한 시각과 문학의 신선함을 느낄 수 있다. 그 작품을 읽으며 독자는 전에 없던 것을 경험하며, 새로운 시각을 만나게 된다. 한강은 문학이 인간이며 삶이라는 것을 알려주는 작가이다.

2. 잃어버린 것을 찾아서

<길>

윤동주

잃어버렸습니다.
무얼 어디다 잃었는지 몰라
두 손이 주머니를 더듬어
길에 나아갑니다

돌과 돌과 돌이 끝없이 연달아
길은 돌담을 끼고 갑니다

담은 쇠문을 굳게 닫아
길 위에 긴 그림자를 드리우고

길은 아침에서 저녁으로
저녁에서 아침으로 통했습니다

돌담을 더듬어 눈물짓다
쳐다보면 하늘은 부끄럽게 푸릅니다

풀 한 포기 없는 이 길을 걷는 것은
담 저쪽에 내가 남아 있는 까닭이고

내가 사는 것은, 다만,
잃은 것을 찾는 까닭입니다.

우리는 무언가 중요한 것을 잃어버린 채 살아가고 있는 것는지도 모른다. 진정한 나 자신을 잃은 채 껍데기만 있는 나의 모습으로 살아가기도 하고, 소중한 가족을 마음속에 두지 않고 지내기도 하며, 진리를 잃은 채 살아가기도 하고, 크게는 나라를 잃은 채 살아가기도 한다. 심지어는 나 자신이 무엇을 잃고 있는지조차도 모른 상태에서 그냥 수동적인 삶을 살아가기도 한다.

우리에게 있어 가장 소중한 것은 무엇일까. 그것은 나에게 왜 소중한 것일까. 나한테 소중한 것이 존재하고는 있는 것일까. 그런 소중한 것들이 있다면 나는 왜 그러한 것을 지키지 못하고 잃어버린 것일까.

한번 잃어버린 나의 소중한 것이 다시 나에게 돌아올 수 있을까. 내가 노력을 한다 해도 잃어버린 것을 찾을 수나 있을까. 왜 나는 나에게 소중한 것을 지킬 수 있는 능력이 없었던 것일까. 아무리 외부의 힘이 강하더라도 왜 그것을 극복하지 못했을까.

시인은 무언가 중요한 것을 잃어버렸다. 하지만 그는 그것이 무엇인지도 감이 잘 오지도 않고 왜 잃어버렸는지도 알 수가 없다. 단지 잃어버린 것만을 알고 있고 그것이 그에게 중요한 것만을 알고 있을 뿐이다. 시인은 그저 손을 주머니에 넣고 잃어버린 것을 찾기 위해 길을 나설 뿐이다.

잃어버린 소중한 것을 찾기 위해 나선 길은 돌담을 따라 끝없이 이어져 있기만 하고, 아무리 가도 그 돌담은 끝나지를 않는다. 돌담 중간에 있는 쇠문마저 잠겨 있어 들어갈 수도 없다. 아침부터 저녁까지 아무리 오래도록 그 길을 걸어가도 끝은 보이지 않고 저녁에서 다시 아침이 되어서도 돌담은 계속되기만 할 뿐이다.

힘에 지쳐 돌담을 만져보니 내가 잃어버린 그 소중한 것은 단단히 쌓여 있는 돌담 안에 있다는 것은 알 수 있었다. 하지만 그 돌담은 내가 넘어갈 수도 없고, 굳게 잠긴 쇠문도 열리지 않아서 돌담 안으로 들어갈 수도 없다.

그 소중한 것을 다시 찾고 싶지만, 시간적으로나 공간적으로 불가능하다는 것을 알고 눈물이 날 뿐이다. 그저 하염없이 하늘만 바라볼 뿐이다. 이럴 줄 알았으며 잃어버리지 말걸, 너무나 커다란 후회로 가슴이 미어지기만 한다.

풀 한 포기 나지 않은 생명이 없는 그 거친 길을 그래도 하염없이 가야만 한다. 어딘가에 돌담이 무너져 있는 곳이 있을 줄도 모르기에 그저 가야만 한다. 돌담 안에 있는 것은 너무 소중해서 나의 존재와 같을 수밖에 없기에 어디까지 가야 할지도 모른 채 그냥 갈 수밖에 없다.

나의 목숨이 언제 끝날지는 모르지만 내가 오늘도 살아가는 이유는 그 소중한 것을 되찾기 위함이다. 진정한 나, 내가 사랑하는 사람, 내가 추구하는 삶의 의미, 나의 살아있음을 느낄 수 있는 그 무엇, 그리고 잃어버린 조국, 그 소중한 것을 다시 되찾기 위함이 내가 존재하는 이유이기 때문이다.

3. 그립고도 아련하여

〈연꽃 만나고 가는 바람 같이〉

서정주

섭섭하게
그러나 아조 섭섭치는 말고
좀 섭섭한 듯만 하게
이별이게
그러나
아주 영 이별은 말고
어디 내생에서라도
다시 만나기로 하는 이별이게,
연꽃
만나러 가는
바람 아니라
만나고 가는 바람같이
엊그제

만나고 가는 바람 아니라
한두 철 전
만나고 가는 바람 같이

헤어짐은 어쩌면 당연한 것인지도 모른다. 오는 것은 오는 대로 가는 것은 가는 대로 그것이 인연인가 보다. 바람이 연꽃을 만났다. 그리고 잠시 머무른 후 다시 가야 했다. 헤어짐에 섭섭하지만 조금만 섭섭했으면 좋겠다.

헤어졌기에 그리움이란 것을 알았다. 다시 만날 수 있는 희망을 품고, 하지만 그 희망은 이루어지지 않을 수도 있다. 하지만 그리움은 사랑임에 분명하다.

그렇게 그립다가 언제 다시 한번 만날 수 있기를 꿈꿔본다. 이별이 아주 이별이 되지 않기를 바라면서, 죽기 전에 한 번만이라도 다시 만날 수 있기를 기도하면서.

설렘보다는 그리움이 더 아름다운 것일까? 하긴 만나고 났으니 더 바랄 것이 없을지도 모른다. 아직 만나지 못한 것보다 만나고 난 후 마음속에 오래 남아 있을 수 있으니 그것만으로도 감사할 일이다.

바로 전에 만났던 그 떨림도 좋지만, 오래전에 만나 남은 그 여운이 영원히 계속되기를 바라고 싶다. 그리움은 그렇게 언제까지나 마음에 남아 가끔 하늘을 바라보며 생각나는 것인가 보다.

<동천>

서정주

내 마음속 우리 님의 고운 눈썹을
즈믄 밤의 꿈으로 맑게 씻어서
하늘에다 옮기어 심어 놨더니
동지섣달 날으는 매서운 새가
그걸 알고 시늉하며 비끼어 가네.

그동안 수많은 시간의 우리의 노력은 얼마나 가치가 있는 것일까? 낮이건 밤이건 나름대로 최선을 다해서 살아왔던 우리의 인생은 어느 정도의 의미가 있는 것일까? 살아오는 순간마다 최선의 선택을 하려고 애를 썼고 그 선택으로 인한 책임으로 나의 모든 것을 쏟아부으며 살아왔건만 우리의 그러한 삶의 시간들은 우리 자신에게 무엇을 돌려주었을까?

삶의 많은 것들을 위해, 그것이 사랑이건, 자신만의 궁극적 목표이건 나 자신이 옳다고 믿는 것을 위해 최선을 다한다는 것은 어떤 의미일까? 나름대로의 그러한 노력은 어느 정도의 보람으로 돌아올 수 있는 것일까?

이제는 우리의 그러한 삶의 노력들을 하늘에 맡길 때가 된 것은 아닐까? 주어진 시간이 많이 남지 않았기에 앞으로 할 수 있는 일들이 그리 많을 것 같지 않기에 이제는 그동안 노력의 결실을 보고 싶을 때도 된 것은 아닐까?

다만 바라는 것은 지나온 시간들의 그 많은 노력과 애씀을 하늘도 어느 정도 알아주기를 바랄 뿐이다. 만약 그것마저 없다면 그동안의 모든 선택과 최선이 너무 허무하지 않을 수 없다. 아무리 힘이 센 운명이라도 우리의 남은 시간을 위해 어느 정도 비껴갔으면 한다. 이제는 그러한 것에 맞설 수 있을 만한 여력이 없기 때문이다.

〈귀촉도〉

서정주

눈물 아롱아롱
피리 불고 가신 님의 밟으신 길은
진달래 꽃비 오는 서역 삼만 리
흰 옷깃 여며 여며 가옵신 님의
다시 오진 못하는 파촉 삼만 리

신이나 삼아 줄 걸, 슬픈 사연의
올올이 아로새긴 육날 메투리
은장도 푸른 날로 이냥 베어서
부질없는 이 머리털 엮어 드릴 걸

초롱에 불빛 지친 밤하늘

굽이굽이 은하물 목이 젖은 새
차마 아니 솟는 가락 눈이 감겨서
제 피에 취한 새가 귀촉도 운다
그대 하늘 끝 호올로 가신 님아

너무나 울고 싶은 날이 있다. 가슴이 미어터지도록 울고 싶은 날이 있다. 나의 울음은 소쩍새의 그것과 공명이 된다. 너무나 서글픈 울음이다.

한밤중 산속에서 들리는 소쩍새의 울음은 무슨 사연일까? 나처럼 소쩍새도 그리 슬픈 일이 있는 것일까? 울어서 지칠 때까지 끝없는 그 아픔은 왜 그리도 잔인한 것일까?

나의 모든 것을 잃었기에, 다시 돌이킬 수 없기에 나의 슬픔은 극한에 다다를 수밖에 없다. 내가 할 수 있는 영역이 아니며, 그 누구도 할 수 있는 것이 아니다. 죽음은 그래서 절대적인 슬픔이다.

그는 다시 돌아올 수 없는 길을 떠났다. 서역으로 삼만 리, 파촉으로 삼만 리, 돌아올 수 없는 강을 건넜다. 아무리 소리쳐도 대답도 없고, 아무리 손을 흔들어도 반응조차 없다. 그저 그렇게 떠나가 버렸다. 그래서 삶은 비극인지도 모른다.

그렇게 먼 길을 갈 줄 알았으면 초라한 신발 한 켤레라도 마련해 줄 것을 그마저 해주지 못했다. 머리카락 한 번만이라도 더 만져나 볼 걸 그것도 못했다.

하지만 이제는 어쩌랴, 다 부질없는걸. 희망조차 품을 수 없고 그리움도 사치에 불과한 것을. 나는 그저 그렇게 밤새워 목놓아 우는 것 밖에 할 수 있는 것이 없다. 소쩍새가 밤새 우는 것처럼.

〈꽃밭의 독백(娑蘇의 斷章)〉

서정주

노래가 낫기는 그 중 나아도
구름까지 갔다간 되돌아오고,
네 발굽을 쳐 달려간 말은
바닷가에 가 멎어 버렸다.
활로 잡은 산돼지, 매로 잡은 산새들에도
이제는 벌써 입맛을 잃었다.
꽃아, 아침마다 개벽하는 꽃아.
네가 좋기는 제일 좋아도,
물낯 바닥에 얼굴이나 비취는
헤엄도 모르는 아이와 같이
나는 네 닫힌 문에 기대섰을 뿐이다.
문 열어라 꽃아. 문 열어라 꽃아.
벼락과 해일만이 길일지라도
문 열어라 꽃아. 문 열어라 꽃아.

사소(娑蘇)는 길을 나섰다. 구도자가 되어 영원한 절대 세계를 열망하여 그 길을 나섰다. 그녀는 인간, 그 인간의 한계를 너무나 잘 알고 있었다. 그 한계를 넘어서고 싶었다. 그녀가 바라는 마음속의 세계는 무궁하건만, 인간의 유한성 그 한계 안에 갇혀 그것을 넘어서고자 그저 길을 나섰다.

커다랗게 노래를 불러보아도 멀리 가는 듯 하나 구름 너머를 벗어날 수가 없고 아무리 빠른 말을 타고 달려도 바닷가에 이르는 것이 고작이었다. 산에 가서 잡은 멧돼지, 금방 날던 새를 잡아먹어 보아도 새로움이 없었다. 사소는 이제 인간의 유한성에 더 이상 머물고 싶지 않았다.

아침마다 피어나는 꽃을 보니 자연은 영원하건만 어찌하여 인간은 이리도 유한하단 말인가? 그 자연과 하나가 되어 인간의 한계를 넘고 싶건만 왜 이리도 힘이 든단 말인가?

결국 사소는 그저 문에 기대어 서서 인간의 한계를 받아들일 수밖에 없었다. 하지만 그녀의 영원에 대한 갈망은 멈출 수 없어 소리 내어 울부짖는다. 그 한계를 막고 있는 문을 열어달라고. 그녀의 열망을 꽃은 알아듣기나 하는 것일까?

사소의 그 열망은 그녀가 낳은 박혁거세에 이르러 이루어졌을까?

〈신부〉

서정주

신부는 초록 저고리 다홍치마로 겨우 귀밑머리만 풀리운 채 신랑하고 첫날밤을 아직 앉아 있었는데, 신랑이 그만 오줌이 급해져서 냉큼 일어나 달려가는 바람에 옷자락이 문 돌쩌귀에 걸렸습니다. 그것을 신랑은 생각이 또 급해서 제 신부가 음탕해서 그새를 못 참아서 뒤에서 손으로 잡아당기는 거라고, 그렇게만 알곤 뒤도 안 돌아보고 나가 버렸습니다. 문 돌쩌귀에 걸린 옷자락이 찢어진 채로 오줌 누곤 못 쓰겠다며 달아나 버렸습니다.

그러고 나서 40년인가 50년이 지나간 뒤에 뜻밖에 딴 볼일이 생겨 이 신부네 집 앞을 지나가다가 그래도 잠시 궁금해서 신부방 문을 열고 들여다보니 신부는 귀밑머리만 풀린 첫날밤 모습 그대로 초록 저고리 다홍치마로 아직도 고스란히 앉아 있었습니다. 안쓰러운 생각이 들어 그 어깨를 가서 어루만지니 그때서야 매운 재가 되어 폭삭 내려앉아 버렸습니다. 초록 재와 다홍 재로 내려앉아 버렸습니다.

오해는 우리의 인생에 있어 비극이 될 수도 있다. 중요한 것은 자신이 그 오해를 모른다는 것이다. 우리는 왜 오해를 하는 것일까? 여러 가지 이유가 있겠지만 자아가 너무 강할수록 오해의 소지가 커질 수 있다. 자아가 강한 사람일수록 자신이 생각하는 것이 옳고 자신의 판단이 틀리지 않았다고 생각하기 때문이다.

오해가 별것 아니라고 생각할 수도 있다. 물론 오해가 사소해서 그다지 큰 문제가 되지 않고 시간이 어느 정도 지나 잘 풀리면 문제가 되지는 않을 것이다. 하지만 어느 경우에는 그 오해가 생각대로 해결되지 않고 이상한 방향으로 흘러 우리 인생의 커다란 문제를 일으키고 전혀 생각지도 않은 비극으로 끝날 수도 있다.

사소한 오해가 커다란 문제로 증폭될 수 있는 것은 우리 삶에 있어서 수많은 변수가 곳곳에 존재하기 때문이다. 물리학에 보면 나비효과라는 것이 있다. 아마존 강에 있는 나비의 날갯짓이 시간이 흐름에 따라 수많은 변수로 인해 중국의 만리장성을 무너뜨린다는 것이다. 이러한 것이 가능할까? 충분히 가능하다. 카오스이론이 이를 분명히 증명한다.

우리 삶에 있어서도 나비효과 같은 것이 일어날 수 있다. 어떤 사람과의 오해가 시작은 별것이 아니었는데 시간이 지남에 따라 전혀 예상치 않은 변수를 만나 엄청나게 커다란 문제로 비화되는 것이다. 그 오해가 일어났을 때 얼른 풀었어야 했는데, 그렇지 못했기 때문에 나중에 시간이 지나면 돌이킬 수가 없게 된다. 그리고 아주 많은 시간이 흐른 뒤에는 왜 그때 오해를 풀지 않았을까 후회를 하는 것이다.

신랑의 작은 오해는 평생을 같이 살아가야 할 부부관계의 파멸을 불렀다. 그냥 그러려니 하고 받아들였으니 정말 아무 일도 아니었을 것을 그렇게 40~50년이 지나가 버린 것이다. 그 많은 세월의 한을 어찌할 것인가?

우리의 삶은 돌이킬 수 없다. 한번 지나간 세월은 다시 돌아오지 않는다. 화려한 삶을 꿈꾸는 것보다는 실수가 없는 삶이 더 아름다운 것인지 모른다. 오해를 줄이고 실수를 줄이기 위해서는 나 자신의 자아를 조금 내려놓는 것은 어떨까 싶다. 나의 오해가 나의 삶의 아픔을 불러올지도 모르기 때문이다.

〈화사〉

서정주

사향의 박하의 뒤안길이다.
아름다운 배암....사
얼마나 커다란 슬픔으로 태어났기에
저리도 징그러운 몸뚱어리냐
꽃대님 같다.
너의 할아버지가 이브를 꼬여 내던 달변의 혓바닥이
소리 잃은 채 날름거리는 붉은 아가리로
푸른 하늘이다. ..... 물어 뜯어라. 원통히 물어뜯어.
달아나거라. 저놈의 대가리!
돌팔매를 쏘면서. 쏘면서. 사향 방춧길
저놈의 뒤를 따르는 것은
우리 할아버지의 아내가 이브라서 그러는 게 아니라
석유 먹은 듯 .... 석유 먹은 듯 ..... 가쁜 숨결이야.

바늘에 꼬여 두를까 부다. 꽃대님 보다도 아름다운 빛...
클레오파트라의 피먹은 양 붉게 타오르는 고운 입술이다...
스며라 배암!
우리 순네는 스물난 색시, 고양이 같은 입술... 스며라, 배암!

우리의 일상은 왜 이리 바쁜 것일까? 쉼 없이 달려왔건만, 우리가 하고 있는 것은 어떤 의미가 있는 것일까? 원시의 세계로 돌아간다면 어떨까? 아무것도 없는 그저 존재하는 것만으로는 우리 삶이 의미가 없는 것일까? 하지만 그 세계에서도 우리의 삶은 비슷했을지도 모른다.

원시의 세계에도 삶을 힘들게 하는 존재는 있었다. 에덴에 살 수 있었을 그때도 배암이 혀를 날름거리고 있었다. 인간은 어쩌면 평안하게 살 수 있을 운명이 아니었나 보다.

징그럽게 보이던 뱀이 어느날 갑자기 예쁘고 아름답게 보이더니, 그 뱀에 의해 영원히 에덴에서 머무를 수가 없게 되었다.

우리에게 너무나 매혹적으로 보이고, 우리를 유혹하는 것이 좋은 것이 아니라는 것을 너무나 잘 알고 있음에도 불구하고 우리는 그러한 길을 선택해서 가고 있다.

오늘 이 땅에 발을 디디고 있는 우리 또한 에덴에 머물 수 있었던 그 기회를 스스로 포기하고 스스로 거친 땅을 택해 들어가 살려고 하는지도 모른다. 돌팔매질을 하면서도 그것을 따라다니고, 물릴지 모르는데도 하염없이 좇아가기만 한다.

무언가에 홀린 듯 숨가쁜 것을 아는데도 그 숨가쁨이 좋은 것인지, 그것도 모른 채 그냥 따라가기만 하고 있다. 내 몸 안에 그것들이 다 스며들어 결국 더 이상 갈 수 없음을 알고 난 후에야 비로소 보이지 않는 것이 보이는 것일까?

나의 이성은 사라지고 나를 물어뜯으려는 뱀을 보면서도 그리 가고 있는 이 슬픈 현실을 어떻게 이겨내야 하는 것일까? 사향과 박하가 아예 없었으면 좋으련만 사방에 그것들이 널려 있으니 어찌해야 한단 말인가? 삶은 그렇게 고통의 연속이며, 내 쌓은 업 또한 너무나 두터운데, 이것에서 언제 자유를 얻을 수 있을지 전혀 알 수가 없다.

〈푸르른 날〉

서정주

눈이 부시게 푸르른 날은
그리운 사람을 그리워 하자.

저기 저기 저, 가을 꽃 자리
초록이 지쳐 단풍 드는데

눈이 내리면 어이하리야
봄이 또 오면 어이하리야

내가 죽고서 네가 산다면
네가 죽고서 내가 산다면

눈이 부시게 푸르른 날은
그리운 사람을 그리워하자.

우리는 살아가면서 어떤 날이 가장 좋을까? 어제도 아니고 내일도 아닌 오늘이 가장 좋은 날이 아닐까? 오늘 하늘을 쳐다보니 눈이 부시도록 너무나 푸르렀다. 내일은 저 푸른 하늘이 어떻게 될지 모른다.

나에게 소중한 사람은 누구일까? 나의 마음속에 가득 자리를 차지하고 있는 사람은 누구일까? 오늘 같이 너무나 맑고 푸르른 날 그 사람이 생각나는 것은 무슨 이유일까? 함께 하지 못함은 함께 하고픈 마음으로 더욱 그 사람이 그리워질 뿐이다.

시간은 흘러 푸르른 날도 다 지나가고, 이제 그리운 사람을 만나지도 못하고, 그리워하는 시간도 많이 남지 않게 될지도 모른다. 시간이 다 지나가기 전에 실컷 그리워하는 것마저 잃지 않게 되길 바랄 뿐이다.

그는 그 자리에서 나는 이 자리에서 그렇게 서로를 그리워하다가 언젠가 이생을 마치면 아름다운 그리움도 끝이 나리라.

그러니 오늘 눈이 부시도록 푸르른 날에 그를 더 많이 그리워하자. 그리움은 나의 존재의 지나온 흔적이며 남기고 갈 발자취일지도 모른다. 그 흔적과 발자취에는 그와 함께 했었다. 모든 존재는 그렇게 그리움을 남긴다.

4. 나에게 이르는 길

(1)

헤르만 헤세는 1877년 독일 남부 작은 도시 칼프에서 태어났다. 그의 아버지는 개신교 선교사였고, 그의 외삼촌은 독일인으로서는 특이하게도 불교 연구의 권위자였다. 이로 인해 헤세는 어릴 때부터 기독교와 불교 양쪽의 관심을 갖게 된다. 헤세는 학자였던 외조부의 수많은 장서를 통해 어릴 적부터 세계 고전 작품을 읽었고, 이는 헤세로 하여금 개인주의자이면서도 세계시민의 밑바탕을 마련해 준 환경이었던 것 같다.

헤세는 1891년 개신교 신학교에 입학하지만, 자신의 문학적 성향과 너무 맞지 않아 6개월 정도 다니다가 그만둔다. 그 후 헤세는 부모와 심각한 갈등을 겪었고 여러 학교를 다니는 과정에서 우울증에 시달려 자살을 시도하기도 했다. 이에 그의 부모는 헤세를 정신병원에 입원시키고, 헤세는 거기서 정원을 돌보며 정신 지체 아동을 돕는 일을 한다. 이때 헤세는 신과 부모 그리고 세상으로부터 버림을 받았다고 느끼며 엄격한 종교적인 경건주의를 가식이라 생각하게 된다.

헤세는 1894년 시계 공장에서 기계공으로 견습공 생활을 하지만 단순한 노동적인 삶을 견디지 못해 그만두고, 튀빙겐으로 가 문학과 정신적 삶에 전념하고자 1895년 한 서점에서 일하게 된다. 이 즈음이 바로 헤세가 작가로서 출발하는 계기가 되었다. 이곳에서 일하며 그는 여러 분야의 많은 책들을 읽으며 작가로서의 자양분을 얻는다.

1901년 그는 이탈리아 여행에 나서 여러 도시를 방문하고 바젤로 와 서점에서 다시 일을 하면서 문학 작품들을 발표하기 시작하고 첫 소설 〈페터 카멘친트〉를 출간하면서 작가로서의 본격적인 활동을 시작하게 된다.

1904년 아홉 살 연상인 마리아 베르누이와 결혼하고 이후 세 아들이 태어난다. 결혼 생활 중에도 헤세는 여행을 자주 하였고 공동체를 조직하여 암굴에서 체류하기도 한다. 1911년 결혼 생활에서 아내와 불화가 심해지면서 인도로 여행을 나서게 된다. 이 인도 여행은 추후 그의 작품에 상당히 많은 영향을 준다.

세계 제1차 대전이 발발하자 독일군에 자원입대하는데 부적격 판정을 받고 대신 전쟁 포로 사업소에서 일하게 된다. 여기서 그는 수많은 신문과 잡지에 많은 글을 발표하며 단호한 반전주의자가 된다. 이로 인해 많은 언론적인 공격을 받게 되고, 가정적으로도 부친과 아들의 질병 그리고 결국 첫 번째 아내와 파경을 맞게 된다. 이는 그에게 신경 쇠약이라는 질병을 안겨 주었고 심리치료를 받는 과정에서 정신분석학에 접하게 되며 이것이 새로운 창조적 에너지가 된다. 이때 발표된 작품이 바로 〈데미안〉이다. 그리고 뒤를 이어 〈싯다르타〉를 출간하여 헤세 작품 인생의 최고점을 찍는다.

1923년 그는 독일 국적을 포기하고 스위스 국적을 취득하면서 1924년 루트 벵거와 두 번째 결혼을 한다. 하지만 이 결혼도 얼마 가지 못하고 1927년 다시 이혼을 하게 된다. 당시 그의 고독한 심정이 담긴 소설이 바로 〈황야의 이리〉이다. 1931년 그는 니논 돌빈을 만나 세 번째 결혼을 한다. 이때부터 쓰기 시작한 소설이 바로 〈유리알 유희〉이다. 그리고 1946년 노벨 문학상을 받는다. 그리고 그는 1962년 백혈병으로 타계한다.

싯다르타는 처음 읽었을 때부터 나의 마음에 들어왔고 지금도 나의 안에 있다. 나는 나이가 들수록 어쩌면 싯다르타의 길을 내가 가야 할 길이라는 생각이 든다.

"자기를 빙 둘러싼 주위의 세계가 녹아 없어져 자신으로부터 떠나가 버리고, 마치 하늘에 떠 있는 별처럼 홀로 외롭게 서 있던 이 순간으로부터, 냉기와 절망의 이 순간으로부터 벗어나, 예전보다 자아를 더욱 단단하게 응집시킨 채, 싯다르타는 불쑥 일어났다. 그는 〈이것이야말로 깨달음의 마지막 전율, 탄생의 마지막 경련이었다〉고 느꼈다. 이윽고 그는 다시 발걸음을 떼더니, 신속하고 성급하게 걷기 시작하였다. 이제 더 이상 집으로 가는 것도, 이제 더 이상 아버지에게 가는 것도, 이제 더 이상 되돌아가는 것도 아니었다."

싯다르타는 그의 내면에 모든 것의 하나이자 불멸의 존재인 아트만을 알게 된다. 그리고 싯다르타는 그가 가야 할 길을 알았다. 그 이후 그는 모든 것을 버렸다. 미련없이 가지고 있던 것을 다 버렸다. 그는 모든 것을 비우고 내려놓았다. 이제까지 가지고 있었던 것들이 다 공이란 것을 깨달았다.

"이 순간 싯다르타는 운명과 싸우는 일을 그만두었으며, 고민하는 일도 그만두었다. 그의 얼굴 위에 깨달음의 즐거움이 꽃피었다. 어떤 의지도 이제 더 이상 결코 그것에 대립하지 않는, 완성을 알고 있는 그런 깨달음이었다. 그 깨달음은 함께 괴로워하고 함께 기뻐하는 동고동락의 마음으로 가득 찬 채, 그 도도한 강물의 흐름에 몸을 내맡긴 채, 그 단일성의 일부를 이루면서 그 사건의 강물에, 그 생명의 흐름에 동의하고 있었다."

운명도 그에게는 의미 없었다. 자신마저 버리고 자아로부터 벗어나 그가 이르른 곳은 무아였다. 자기를 초월한 없음의 경지로 그는 나아갔다. 그것이 그의 길이었다. 싯다르타는 인생이라는 수레바퀴에서 나와 훨이훨이 날아올라 피안의 세계에 이르렀다. 그는 모든 것으로부터 자유를 느꼈다. 세상과 내가 하나가 된 것이다.

(2)

나의 나됨은 진정한 나에게 이르기 위한 길이 아닐까? 하지만 지금의 나는 나에 대해 얼마나 알고 있고, 진정한 나에게 이르기 위한 제대로 된 길을 가고 있는 것일까? 시간이 다 돼서 더 이상 갈 수 없을 때 최종적으로 내가 도착한 그 곳은 어디쯤일까? 그나마 만족할 수 있는 최소한 위안이 될 정도의 장소에 도착한 후 나의 길을 마무리할 수는 있는 것일까?

부지런히 가고는 있는지, 지금 내가 가는 길의 방향이 제대로 된 것인지 가끔은 되돌아보며 생각해 볼 일이다. 잘못 길을 들었다면 이제까지 걸어온 길에 대해 미련 없이 잊어버리고 다시 제대로 된 길을 찾아야만 한다.

얼마나 많이 가느냐가 중요하지는 않다. 제대로 된 길을 가느냐가 중요하다. 나 자신이 걸어가면서 후회하지 않을 그런 길을 가야만 한다. 가는 도중에 나 자신을 발견하고 그 과정 자체가 즐거워야 한다. 가면 갈수록 온전한 나 자신을 완성할 수 있는 그러한 길이어야 한다. 갈수록 내가 파괴되고 무너져 내리는 길이라면 다시 길을 찾아야 한다. 나이에 상관없이 모든 것에 상관없이 그러한 결정을 내리는 것이 진정한 나됨에 조금이라도 도움이 될 것이다.

"모든 사람의 삶은 제각기 자기 자신에게로 이르는 길이다. 자기 자신에게로 가는 길의 시도이며 좁은 오솔길을 가리켜 보여준다. 그 누구도 온전히 자기 자신이 되어본 적이 없건만, 누구나 자기 자신이 되려고 애쓴다. 어떤 이들은 결코 인간이 되지 못하고, 개구리나 도마뱀이나 개미로 남아있다. 어떤 이들은 상체는 인간인데 하체는 물고기다. 하지만 누구나 인간이 되라고 던진 자연의 내던짐이다. 그리고 모든 사람의 기원, 그 어머니들은 동일하다. 우리는 모두 같은 심연에서 나왔다. 하지만 깊은 심연에서 밖으로 내던져진 하나의 시도인 인간은 누구나 자신만의 목적지를 향해 나아간다. 우리는 서로를 이해할 수는 있지만, 누구나 오직 자기 자신만을 해석할 수 있을 뿐이다."

좁은 오솔길을 걷다가 넓은 길로 가보기도 한다. 어떤 길이 맞을지 모르기에 한 번도 가본 적이 없었기에 그렇다. 삶이란 한 번도 가보지 못한 길을 가는 것의 연속이다. 모든 길을 다 가보고 그러한 경험을 바탕으로 삶을 걸어가는 사람은 아무도 없다. 그렇기에 삶은 무겁고 어렵고 힘들 수밖에 없다. 하지만 그렇기에 삶은 재미있고 도전할 수 있으며 새로운 것들로 가득하다.

온전한 나 자신에 이르기 위한 지름길은 존재하지 않는다. 주위에 있는 사람이 가르쳐 주지도 않는다. 각자의 길은 각자의 책임일 뿐이다. 자신의 진정한 길을 찾기 위해 애써야 하는 이유가 여기에 있다. 그 길을 찾은 것만으로는 부족하다. 끝없이 가며 돌아보고 다시 선택하며 걸어가고 다시 돌아보며 그러한 무한한 반복이 온전한 나 자신에게 이르는 길일 뿐이다. 힘들어할 필요가 없다. 가다가 지치면 그늘에 잠깐 쉬어 가면 될 뿐이다. 오늘도 나는 진정한 나 자신에 이르기 위한 길을 가고 있었던 것일까?

(3)

헤세의 <클링조어의 마지막 여름>에서 주인공인 클링조어는 화가이다. 헤세가 좋아했던 고흐를 모델로 삼아 소설을 쓴 것 으로 생각된다. 이 소설은 예술가로서 삶에 대한 열정을 가지고 자신의 미술 세계를 창조해 가려는 주인공의 치열한 삶을 그린 이야기이다.

"계속해서 즐기면서, 계속해서 창조적으로, 모든 창문들 뒤쪽에서 매일 낮 음악이 울리고 매일 밤 수천 개의 촛불이 반짝이는 성처럼 계속해서 모든 감각과 신경을 명료하게 극도로 긴장시킨 채, 그는 매일 낮 여러 시간 동안 열정적으로 작업하고, 매일 밤 여러 시간 동안 열정적으로 생각했다. 이제 끝이 다가오고 있었다. 이미 힘은 많이 소진되었고, 시력도 많이 약해졌다. 삶은 많은 피를 흘렸다."

이 책을 읽다보면 우리는 얼마나 열정적으로 삶을 살아가고 있는 것인지 생각하게 된다. 주인공 클링조어는 자신만의 세계를 담은 그림을 그리기 위해서 그의 모든 것을 바쳐서 살았다. 예술가로서 완벽한 삶을 살아가려는 클링조어가 한편으로는 많이 부러울 정도이다. 자신의 모든 것을 걸고 살아갈 수 있는 그 뜨거운 열정을 우리는 잊어버린 것은 아닐까.

"내 말은, 오늘은 결코 다시 오지 않으며 오늘을 먹고 마시고 맛보고 냄새 맡지 않는 사람에게 영원히 절대로 두 번 다시 주어지지 않는다는 거야. 태양은 두 번 다시 오늘처럼 빛나지 않을 거야. 태양은 하늘에서 목성과 나와 아고스토와 에어질리아, 우리 모두의 성좌를 이루고 있어. 이러한 상황은 결코, 결코 다시 오지 않아, 수천 년이 지나도 다시 돌아오지 않는다는 말이야. 행운이 올 것 같으니까 나는 지금 당신 왼쪽으로 조금 다가가서 당신의 에머랄드 빛 양산을 받쳐 들고 싶어. 그러면 양산 빛으로 인해 내 머리가 오팔처럼 보일 거야. 하지만 당신도 같이해 줘야 하고 노래를 불러야 해, 당신이 아는 가장 아름다운 노래를."

주인공 클링조어는 오직 오늘을 치열하게 살아가는 데 관심이 있을 뿐이다. 대부분의 사람들이 원하는 삶의 길을 거부하고, 자신의 예술을 위해 오늘이라는 현재가 존재하고 있고, 오늘을 온전히 자신의 예술을 위해 살아가는 것만이 그의 삶의 진정한 의미라고 생각한다.

나이가 들수록 나의 내면에는 뜨거운 열정이 사라지곤 한다. 물론 그것이 인지상정인지는 모르지만, 가끔씩은 나이가 들었어도 나의 내면의 모든 것을 바칠 수 있는 그러한 것이 있으면 행복하겠다는 생각이 드는 것은 나뿐만은 아닐 것이다.

나에게는 어떠한 일들이 지금 나의 위치에서 열정을 쏟아부을 수 있는 것일까? 어떤 중요한 결실을 맺기 위해서는 그러한 열정이 꼭 필요할 텐데, 현재 나에게 그러한 정열이 없다는 것은 내가 앞으로 어떠한 열매를 맺을 수 있는 것이 없다는 것을 뜻할 것이다. 젊었을 때의 그러한 정열은 아닐지라도 지금 나의 에너지를 어느 정도 쏟아부을 수 있는 그러한 일들을 찾아봐야겠다고 생각해본다. 찾다 보면 조만간 어떤 것 하나라도 발견할 수 않을까?

(4)

소설 〈크눌프〉에서 주인공인 크눌프는 방랑벽이 있었다. 그는 다른 사람들처럼 직업을 갖거나 결혼을 해서 아이를 낳아 기르는 그런 삶을 살지는 않는다. 그냥 여기저기 다니면서 친구들 집을 전전하며 생활을 하는데 어찌 보면 낙오된 삶을 살아간다. 하지만 그는 선하며 예의 바르고 밝은 성격을 가지고 있다.

그는 친구의 집에서 아무런 목적도 없이 하루하루를 보낸다. 친구와 친구 아내와도 즐거운 시간을 가진다. 이웃집 하녀와 아름다운 감정을 나누기도 하지만 좋은 추억을 남긴 채 다시 방랑의 길을 떠난다.

또한, 크눌프는 어떤 한 사람과 함께 숲과 들판을 함께 돌아다닌다. 그들은 자유롭게 이곳저곳을 다니며 많은 대화를 나누기도 하면서 새로운 경험들을 같이 한다.

크눌프는 그 친구에게 다음과 같은 말을 한다.

"모든 사람은 각자 영혼을 지니고 있고, 자신의 영혼을 다른 영혼과 뒤섞을 수는 없어. 두 사람은 서로 만나기도 하고, 함께 이야기할 수도 있고 또 서로 가까이 지낼 수도 있지. 하지만 그들의 영혼은 각자 자기 자리에 뿌리를 내리고 있는 꽃과 같아서, 어떤 영혼도 다른 영혼에게로 갈 수가 없어."

크눌프는 고독 속에서 그의 삶을 이어갔다. 그리고 그 고독을 스스로 받아들였다. 크눌프는 왜 방랑의 길을 갔던 것일까? 그 이유는 주위 사람들로부터 받은 아픔 때문이었다. 믿었던 사람으로부터 배신을 당하고 상처를 입었지만, 크눌프는 여전히 밝게 살아간다. 크눌프는 그러한 아픔 속에서도 어떻게 그렇게 밝게 살아갈 수 있었을까? 그는 인생의 덧없음을 그의 경험으로부터 깨달았다.

크눌프는 인생이란 결국 혼자서 자신의 짐을 지고 가야만 하는 쓸쓸하고 고독한 것을 알았다. 하지만 걱정과 근심으로 가득한 인생에도 기쁜 날들이 있음을 그는 알고 있었다.

방랑의 끝에서 폐결핵으로 쇠약해진 크눌프는 친구 의사로부터 도시의 병원으로 가서 치료받을 것을 권유받는다. 하지만 그는 그의 병이 불치병이라는 것을 알았고, 그에게 남아있는 시간이 얼마되지 않는다는 것을 깨달은 후 자신의 고향으로 돌아간다. 그리고 옛날 추억의 장소와 어릴적 친구를 만나며 그에게 주어진 마지막 시간을 보낸다. 그러던 중 친구 한명이 크눌프에게 왜 인생을 방랑만 하며 시간을 낭비하고 크눌프에게 주어진 재능을 사용하지 않았는지에 대해 질책을 한다. 이에 크눌프는 숲속으로 들어가 진정한 삶의 길이 무엇인지 고민을 한다. 그리고 크눌프는 신에게 자신의 존재 의의에 대해 물어본다.

그리고 신은 크눌프에게 말한다.

"나는 오직 너의 있는 모습 그대로를 필요로 했다. 너는 나의 이름으로 방랑을 했던 것이고, 정착하려는 성향을 지닌 사람들에게 늘 자유에 대한 향수를 조금씩은 일깨워 주어야 했다. 너는 나의 이름으로 어리석은 일을 했던 것이고 조롱을 받기도 했다. 네 안에서 내가 조롱을 받은 것이고, 내가 사랑을 받은 것이다. 그러므로 너는 나의 자녀요, 나의 형제요, 나의 일부다. 네가 무엇을 누리든, 무엇으로 고통을 받든지, 나는 항상 너와 함께 했었다."

즉, 크눌프는 신으로부터 사람들에게 '자유에 대한 동경'을 일깨워주기 위한 것이라는 답을 얻는다. 그리고 그는 어쩌면 젊은 나이라 할 수 있는 40대에 평화롭게 눈을 감는다.

어찌보면 크눌프는 대부분의 사람들의 삶의 기준에서 볼

때 아무런 목표없이 방랑만 하며 시간만 낭비하는 가치없는 삶을 살았는지 모른다.

“나는 크눌프와 같은 인물들이 아주 마음에 끌립니다. 그들은 유용하지는 않지만, 많은 유용한 사람들보다 해를 끼치지는 않습니다. 크눌프와 같이 재능 있고 생기 있는 사람들이 그들의 주변 세계에서 자리를 찾지 못한다면, 그 주변 세계는 크눌프와 마찬가지로 책임이 있다고 봅니다.”

자유를 사랑했던 크눌프는 어쩌면 헤세 자신이었는지 모른다. 우리에게 주어진 여러 가지 삶의 길에서 어떤 길을 가야 할까. 그리고 어떤 길이 옳은 길일까. 그 기준은 무엇일까.

나에게 왔던 것은 어차피 나의 것이 아니었다. 그러기에 하나씩 나로부터 떠나갔고 지금 있는 것도 다 떠날 것이다. 나는 원래 방랑자에 불과했는지도 모른다.

(5)

우리는 오늘 어떤 모습으로 살아가고 있는 것일까? 무엇을 위해 우리는 오늘도 열심히 생활을 해나가고 있는 것일까? 나의 내면은 나의 진정한 삶의 모습을 바라보며 하루를 지내고 있는 것일까?

니체는 우리 인생의 단계를 낙타, 사자, 어린아이 세 단계로 이야기하면서 최종적인 우리 삶이 어린아이와 같아야 한다고 주장한다. 니체가 이야기하는 어린아이는 상징이다. 어린아이는 행복하다. 오늘 하루를 재밌게 지낸다. 자신의 세계에서 자유롭다. 흔히 이야기하는 물아일체의 삶이 바로 니체가 이야기하는 어린아이의 세계이다. 헤르만 헤세의 소설 〈아이리스〉는 비록 짧은 소설이지만 이러한 세계에 대한 이야기를 담고 있다.

"영혼의 비밀을 지니고 있는 사람은 끊임없이 스스로를 창조한다. 자기 자신을 만들어 가면서 현실과 환상 사이에 놓인 신비로운 관계를 지속시킨다. 하지만 사람들 대부분은 진실한 내면세계를 잃어버리고, 평생 동안 욕망의 포로가 되어 걱정과 갈망, 실현될 수 없는 목표로 괴로워한다. 목표나 욕망은 내면에 존재하는 것이 아니기 때문에, 그들은 다시 내면으로 돌아갈 수 없다."

소설의 주인공 안젤름은 아이리스 꽃을 좋아했던 소년이었다. 시간이 지나 성장하면서 그는 사회에서 요구하는 것들, 자신의 욕심으로 인해 순수했던 마음을 잃어버린다. 내면의 세계보다는 우리에게 보여지는 외면의 화려함과 사회적 관습을 따라 살아가게 된다. 스스로의 발전을 위한 객관적인 안목을 잃어버리고 스스로의 내면세계를 외면하게 된다.

그러던 중 안젤름은 자기 친구의 누이인 '아이리스'라는 이름의 여성을 만나고 그녀를 사랑하게 된다. '아이리스'는 자신에게 청혼을 한 안젤름에게 순수했던 어린 시절의 내면의 세계를 찾는다면 그와 결혼하겠다고 한다.

"아이리스 향기는 잃어버린 기억을 되살려 주지요. 아름답고 고귀한 것들을 생각나게 하고, 음악을 들을 때나, 시를 읽을 때도 그렇습니다. 어떤 때는 눈앞에 보이기도 했어요. 마치 잃어버린 고향을 계곡 아래서 찾은 것처럼 말이에요. 그러고는 다시 잊혀져 버려요. 사랑하는 안젤름, 나는 우리가 예전에 잃어버린 소리에 귀를 기울이며 살아가게 될 것이라고 믿어요. 진정한 고향은 그곳에 있을 거예요."

아이리스는 순수하고 깨끗한 내면의 세계를 유지하지 못하면 결혼 후에도 많은 다툼과 상처가 계속될 것이라는 것을 알고 있었다. 세상의 욕망과 탐욕을 쫓다 보면 진정한 삶의 의미를 잃고 아름답고 행복한 생활을 해 나가기가 힘들 것이라 생각했던 것이다.

안젤름은 사랑하는 아이리스를 위해 자신이 그동안 잃고 있었던 순수했던 마음을 찾으려 노력한다. 예전의 어린 시절을 회상하며 삶의 의미와 자신의 내면에 대해 생각하고, 나름대로 노력을 하게 된다. 그리고 그는 조금씩 예전의 순수했던 모습으로 돌아가기 시작한다.

"안젤름은 이미 내면의 존재를 느끼고 있었다. 이미지가 아닌, 사물의 본질을 깨닫기 시작했던 것이다. 본질은 가끔씩 안젤름에게 이야기를 들려주었다. 그 목소리는 위로와 희망을 가져다주는 아이리스의 목소리였으며, 어머니의 목소리이기도 했다. 기적이 일어나고 있었지만 이상하게 여기지 않았다."

그러던 중 병약했던 아이리스는 그만 세상을 떠나게 된다. 아이리스가 세상을 떠나면서 안젤름의 그간 노력을 고마워하며 비록 자신은 죽더라도 항상 안젤름 곁에 영원히 머무를 것이라며 '아이리스' 꽃을 선물한다.

너무나 커다란 절망에 빠진 안젤름은 고향을 떠나 방황하게 되고 시간이 지난 후 삶의 진정한 의미를 깨닫고 고향으로 돌아온다. 그 고향에서 그는 항상 아이리스 꽃을 보며 살아간다.

소설은 안젤름이 아이리스 꽃봉오리 안으로 들어가는 것으로 끝이 나지만 이러한 종결은 헤세 특유의 소설 기법일 뿐이다. 이는 안젤름이 어린아이와 같은 물아일체의 깨달음의 세계에 들아갔다는 의미이다. 안젤름은 깨달았기에 어린아이의 세계로 돌아온 것이다.

아이리스는 안젤름의 순수한 세계로의 돌아옴에 도움을 주었다. 그녀 자신이 순수했기에 가능했다. 우리 주위에 이런 사람은 몇 명이나 있을까? 아이리스 같은 사람이 그립다. 내 자신을 돌아볼 수 있는 도움을 주는 사람이 주위에 많다면 그와 함께 나의 순수함을 유지할 수 있을 것이다.

우리가 추구하는 것을 위해 노력하면서도 순수함을 잃지 않는 것이 중요한 것 같다. 나의 내면을 항상 바라보며 내 자신을 새롭게 창조해나가는 것에도 게으름을 피우지 말아야 한다. 안젤름은 비록 아이리스의 도움을 받긴 했지만 깨달음을 얻고 그 자유로운 내면의 세계로 돌아왔다. 니체가 이야기한 어린아이의 세계로 돌아온 것이다.

(6)

헤세의 〈나르치스와 골드문트〉에서 나르치스는 이성을, 골드문트는 감성을 상징한다. 수도원에서 배움의 과정에 있었던 나르치는 세상에 대한 호기심 많은 골드문트를 만난다.

“그리고 분명히 말하고 싶은 것은, 너나 내가 어떤 직책을 맡게 되든 간에, 또 우리의 형편이 어떻게 되든 간에, 네가 나를 진지하게 불러주고 필요로 하는 그런 순간에 내가 너에게 침묵하지는 않을 거야. 결단코 그런 일은 없을 거야."

나르치스는 이성적인 쪽으로 골드문트는 감성 쪽으로 치우쳐 있지만 그러한 차이에도 불구하고 서로에게 의지가 되고 힘이 되어줄 수는 있다.

우리의 일상에서도 마찬가지가 아닐까? 비록 서로의 처지가 다르더라도 서로에게 좋은 영향을 끼치며 더욱 발전이 될 수 있는 그런 사람이 옆에 있다면 얼마나 좋을까?

"군계일학처럼 외로운 존재였던 나르치스는 골드문트가 모든 면에서 자기와 상반된 존재인 듯하면서도 닮은 데가 있다는 것을 직감으로 알았다. 나르치스가 어두운 성격에 깡마른 체격이었다면 골드문트는 눈부시게 화사한 존재였다. 또 나르치스가 사변가요 분석가였다면 골드문트는 몽상가로서 어린아이처럼 순진한 영혼의 소유자로 보였다. 그렇지만 두 사람 사이의 그러한 대립적 측면보다는 공통점이 더 컸다. 둘은 훌륭한 인격자였고 두 사람이 보여주는 재능과 개성은 다른 생도들에 비해 두드러졌으며, 또 둘은 숙명적으로 그 어떤 특별한 경고를 받으며 태어난 존재였던 것이다."

서로가 많이 다르더라도 아무런 문제가 없다. 남자건 여자건, 나이가 많건 나이가 적건, 자라온 환경이 다르고, 생각하는 것이 다르고, 성격과 좋아하는 것들이 모두 다르더라도 그것은 문제가 되지 않는다.

"그래, 골드문트. 난 너와 같은 부류가 아냐. 네가 생각하는 그런 부류가 아냐. 물론 나도 말로는 하지 않은 서약을 간직하고 있지. 그건 맞아. 그렇지만 단연코 너와 같은 부류는 아냐. 오늘 너한테 해줄 말이 있는데, 언젠가는 이 말이 생각날 거야. 모름지기 우리의 우정에는 네가 얼마나 완벽하게 나와는 다른 존재인가를 너한테 보여주는 것 말고는 다른 어떤 목표도 의미도 없어. 너한테 해주고 싶은 말은 바로 이거야."

다른 부류라 할지라도 서로에게 의미 있는 존재가 되는 데에는 아무런 문제가 없다. 진심으로 그를 위하고, 그가 잘 되기를 바라며, 그의 꿈이 이루어지기를 바라는 그러한 네가 내 옆에 있다는 것만으로도 어쩌면 축복인지 모른다.

"나르치스가 다시 말을 이었다. '진심으로 하는 말이야. 우리는 가까워질 수 없어. 마치 해와 달, 바다와 육지가 가까워질 수 없듯이 말이야. 이봐, 우리 두 사람은 해와 달, 바다와 육지처럼 떨어져 있는 거야. 우리의 목표는 상대방의 세계로 넘어 들어가는 것이 아니라 서로를 인식하는 거야. 상대방을 있는 그대로 지켜보고 존중해야 한단 말이야. 그렇게 해서 서로가 대립하면서도 보완하는 관계가 성립되는 것이지' "

서로 다르기 때문에 같아질 수 없는 것은 결코 문제가 되지 않는다. 중요한 것은 서로가 서로를 있는 그대로 받아들이는 것이다. 나와 다르니 그의 존재로 인해 내가 더욱 발전할 수 있고, 그와 다른 나로 인해 그는 더 넓은 세계를 볼 수 있기 때문이다.

"제가 원하는 것은 생생한 삶을 맛보고 마음대로 떠돌아다니는 것입니다. 여름과 겨울을 느끼고, 세상을 구경하고, 세상의 아름다움과 혐오스러움을 맛보는 것입니다. 배고픔과 목마름의 고통을 겪고 싶고, 이곳 선생님 밑에서 생활하고 배운 모든 것을 다시 잊고 벗어나고 싶습니다. 언젠가는 선생님의 마리아 상처럼 아름답고 가슴 깊이 감동을 주는 작품을 만들고 싶습니다. 그렇지만 선생님처럼 되어 그렇게 살고 싶지는 않습니다."

그가 가고자 하는 길을 가도록 해야 한다. 그가 꿈꾸는 것을 이룰 수 있도록 도와주어야 한다. 나와 다른 길을 가더라도 힘을 내라고 응원을 해주어야 한다.

나처럼 살라고 하지 말아야 한다. 나와 비슷하게 살아가라고 하지 말아야 한다. 나와 다르다고 탓하지 말아야 한다. 나와 다르기에 그가 나의 옆에 있을 것만으로도 충분하다고 생각해야 한다.

"나르치스의 생각에는 이러한 의문들이 맴돌았다. 오래전에 그가 충격과 경고를 주면서 골드문트의 청춘에 개입하여 그의 인생을 새로운 영역으로 옮겨놓았듯이 이제 골드문트가 돌아온 후부터는 오히려 골드문트가 그에게 생각거리를 주고 충격을 주었으며, 자신이 믿던 것을 회의하게 하고 자기 자신을 되돌아보지 않을 수 없게 만들었다. 골드문트는 그와 대등한 존재인 것이다. 나르치스가 그에게 무엇을 주었든 간에 나르치스는 그 모든 것을 다시 골드문트에게서 되돌려받은 것 같았다."

서로가 다르더라도 좋은 영향을 충분히 줄 수 있다. 내가 보는 세계를 그에게 보여줄 수 있고, 그가 볼 수 없는 것을 나의 눈으로 보게 해줄 수 있다. 나 또한 내가 볼 수 없는 것을 그로 인해 볼 수 있고, 내가 모르는 세상을 그로 인해 알게 될 수 있다.

"오늘은 내가 자네를 얼마나 좋아하며, 자네가 늘 나한테 얼마나 소중한 존재였는지, 자네가 내 인생을 얼마나 풍요롭게 했는지 털어놓아야겠네. 이런 이야기가 자네한테는 대수롭지 않을지도 모르지. 자네는 사람을 사랑하는 데 익숙해 있고, 자네한테는 사랑이라는 것이 진귀한 게 아닐 테니까. 자네는 그토록 많은 여성들한테 귀찮을 정도로 사랑을 받지 않았나. 하지만 나는 다르다네. 내가 살아온 인생에는 사랑이 빈곤하고, 나의 인생에서 무엇보다 결여되어 있는 것이 사랑일세."

다른 그가 있기에 나의 삶이 풍요해질 수 있다. 나와 다른 그의 존재로 나는 더 나은 자리로 올라갈 수 있다. 그가 나와 다르다는 것이 어쩌면 행운이고 축복일 수 있다. 그가 힘들면 내가 업어줄 수 있고, 내가 힘들면 그가 나를 업고 갈 수 있다.

"세상에 등을 돌리고 손을 씻은 채 정결한 삶을 살면서 조화가 넘치는 아름다운 사상의 정원을 꾸며놓고 잘 가꾸어진 화단 사이로 죄를 모르고 거니는 것보다는 어쩌면 세상의 끔찍스런 흐름과 혼돈에 자신을 내맡긴 채 그러다가 죄를 짓기도 하고 죄의 쓰라린 결과를 감수하기도 하며 살아가는 것이 결국에는 더 당당하고 위대한 것인지도 모른다."

그는 나에게 영향을 주고, 나 또한 그에게 영향을 주는 그와 나는 서로에게 있어 영혼의 파트너이다. 서로가 독립적인 존재로서 의지가 되고 힘이 되기에 다가올 시간이 기대가 될 수밖에 없다. 나와 다르다고 배척하고, 나의 생각과 같지 않다고 밀어내는 이상 미래의 시간은 암담할 뿐이다. 네가 있기에 내가 있고 내가 있기에 네가 있다.

(7)

인생은 수레바퀴 같은 것이 아닐까? 계속해서 굴러가는 인생의 수레바퀴가 우리의 삶을 짓누르고 있다는 생각이 들기도 한다. 헤르만 헤세의 〈수레바퀴 아래서〉는 주인공 한스 기벤라트의 힘들었던 그만의 삶에 대한 이야기로 헤세의 자서전적 소설이다.

"한스 기벤란트는 의심할 여지 없이 재능 있는 아이였다. 그가 얼마나 섬세하고 남다른지는, 다른 아이들 틈에 끼여 돌아다니는 그의 모습을 바라보기만 해도 쉽게 알 수 있었다. 슈바르츠발트의 이 자그마한 마을에서는 여지껏 그러한 인물이 배출된 적이 없었다. 이 좁은 세계 너머로 눈을 돌리거나 영향을 끼칠 만한 사람이 여기서는 아직 한 명도 나오지 않았다. 진지한 눈망울과 영리해 보이는 이마, 그리고 단정한 걸음걸이를 이 소년이 도대체 어디서 물려받았는지 신만이 알리라."

주인공 한스의 어린 시절은 행복했다. 그는 주위 모든 사람에게 인정받는 재능있는 소년이었다. 자연과 벗하며 즐거운 날들을 보내면서도 학교에서는 가장 우수한 학생이었고 집안의 자랑이기도 했다.

"저녁 식탁에 앉은 한스는 많은 친지들이 그를 축하하기 위해 왔었다는 이야기를 들었다. 그러고는 오늘 발행된 주간지를 받아들었다. 거기에는 〈공지사항〉이라는 표제어 아래 다음과 같은 기사가 실려 있었다. 〈올해 우리 마을은 초급 신학교의 입학시험에 단 한 명의 후보자인 한스 기벤라트를 보냈었다. 방금 우리는 그 소년이 2등으로 합격했다는 기쁜 소식을 접하게 되었다.〉 한스는 신문을 접어 주머니에 넣었다. 그러고는 아무 말도 하지 않았다. 하지만 그의 가슴은 자부심과 환호성으로 터질 지경이었다."

한스의 동네에서 유일하게 선발되어 신학교에 2등으로 합격한 그는 미래의 촉망받는 소년이었다. 한스는 삶의 희열을 느꼈다. 자신 스스로 살아있음을 몸으로 직접 경험할 수 있었다. 인생은 아름다웠고 꿈으로 가득했다. 밝은 미래만이 그의 앞에 놓여있는 듯했다.

"학교와 아버지, 그리고 몇몇 선생들의 야비스러운 명예심이 연약한 어린 생명을 이처럼 무참하게 짓밟고 말았다는 사실을 생각한 사람은 하나도 없었다. 왜 그는 가장 감수성이 예민하고 상처받기 쉬운 소년 시절에 매일 밤늦게까지 공부를 해야만 했는가? 왜 그에게서 토끼를 빼앗아버리고, 라틴어 학교에서 같이 공부하던 동료들로부터 멀어지게 만들었는가? 왜 낚시하러 가거나 시내를 거닐어보는 것조차 금지했는가? 왜 심신을 피곤하게 만들 뿐인 하찮은 명예심을 부추겨 그에게 저속하고 공허한 이상을 심어주었는가? 왜 시험이 끝난 뒤에도 응당 쉬어야 할 휴식조차 허락하지 않았는가? 이제 지칠 대로 지친 나머지 길가에 쓰러진 이 망아지는 아무 쓸모도 없는 존재가 되어버린 것이다.”

하지만 신학교 입학한 후 한스는 인생의 아픔을 하나씩 알게 되기 시작한다. 어릴 적 아무 생각 없이 주위 사람들의 권유에 따라 복종하며 살아온 것이 진정으로 자신을 위한 길이었는지에 관해 생각하게 된다. 특히 가장 친했던 친구였던 헤르만 하일너가 신학교에서 퇴학당하는 것을 보며 삶에 대한 깊은 회의를 느끼기 시작한다.

이어 한스에게는 지나온 모든 세월들이 아무 의미 없이 돌아가는 수레바퀴였을 뿐이라고 생각한다. 그 수레바퀴 밑에서 자신의 삶이 짓밟아지고 있었을 뿐이었다. 한스는 심한 우울증과 신경과민에 빠져 학교를 더 이상 다닐 수가 없었고, 결국 고향에 있는 집으로 돌아오게 된다.

“한스는 사과나무 아래 이슬에 젖은 풀밭에 드러누웠다. 온갖 불쾌한 감정과 고통스러운 불안감, 혼돈에 싸인 상념 때문에 도저히 잠을 이룰 수가 없었다. 자신이 더럽혀지고, 모욕을 당한 듯한 느낌이 들었다. 어떻게 집으로 돌아갈 수 있을까? 아버지에게 무슨 말을 해야 하나? 내일 나는 어찌 될 것인가? 그는 너무나도 낙심하여 자신이 처참하다는 생각이 들었다. 이제는 영원히 쉬고, 잠들고, 또 부끄러워해야 할 것만 같았다. 머리와 눈도 아팠다. 한스는 더 이상 걸을 힘조차 없었다. 어렴풋한 상념과 추억들, 수치심과 자책감이 음울하게 물결치며 한스를 뒤덮었다. 한스는 큰 소리로 흐느끼며 풀밭에 쓰러졌다.”

고향으로 돌아와 포기한 신학 대신 과즙을 짜는 일을 하기 시작한 한스는 그곳에서 엠마를 만나 사랑에 빠진다. 삶의 아픔의 구덩이에 빠져 있었던 한스에게 엠마는 새로운 세계에 대한 희망이었다. 그는 엠마와의 사람에 가슴이 뛰고 어릴 적 느꼈던 삶의 환희를 다시 갖기 시작하지만, 엠마에게 있어서 한스는 한낱 노리갯감에 불과했었다. 그녀는 한스의 가슴에 치유할 수 없는 상처를 남긴 채 말도 없이 그를 떠나버리고 만다.

“이렇듯 고통과 고독에 내맡겨진 병든 소년 한스에게 위로자의 가면을 쓴 또 다른 유령이 다가왔다. 그리고 점차 그와 친숙하게 되어 급기야는 자신과 떼어놓을 수 없는 존재가 되어버렸다. 그것은 다름 아닌 죽음에 대한 생각이었다. 권총을 구한다거나 숲속 어딘가에 밧줄을 매단다거나 하는 일은 물론 어렵지 않았다. 이러한 생각은 거의 매일같이 한스의 산책길을 따라다녔다. 한스는 조용하고 외딴 장소를 찾아 이리저리 헤매던 끝에 편히 죽음을 맞이할 수 있는 곳을 발견하고는 죽음의 보금자리로 정해 놓았다. 그리고 시간이 있을 때마다 거기에 찾아갔다. 머지않아 사람들이 여기서 자신의 시체를 발견하게 되리라는 상상을 하며 이상야릇한 쾌감을 느끼기도 했다.”

한스는 자신이 좋아하고 사랑했던 사람들이 모두 자신을 떠나버렸던 것에 대한 아픔의 상처에서 치유받지 못한다. 그는 삶에 대한 애착을 잃어버리기 시작했고, 정신적으로 자신에게 일어났던 일들을 감당하지 못한다. 삶에 대한 의미를 느끼지 못했고, 인생의 허무함에 앞으로 나갈 수가 없었다.

"한스는 이미 싸늘한 시체가 검푸른 강물을 따라 골짜기 아래로 조용히 떠내려가고 있었다. 구역질이나 부끄러움이나 괴로움도 모두 그에게서 떠나버렸다. 어둠 속에서 흘러 내려가는 한스의 메마른 몸뚱이 위로 푸른 빛을 띤 차가운 가을밤의 달빛이 비치고 있었다. 시꺼먼 강물은 그의 손과 머리, 그리고 창백한 입술을 어루만지고 있었다. 날이 밝기 전에 먹이를 구하려고 나선 겁많은 수달이 교활한 눈초리를 번뜩이며 그의 곁을 소리 없이 지나갔을 뿐, 어느 누구도 그를 보지 못했다."

결국 그는 어느 날 강가에서 강물에 떠내려온 시체로 발견된다. 그에게 있어 인생의 수레바퀴는 여린 그의 마음으로 감당해 내기에는 너무 무거웠고 결국 그 수레바퀴에 깔려버리고 만다.

"줄기를 잘라낸 나무는 뿌리 근처에서 다시 새로운 싹이 움터 나온다. 이처럼 왕성한 시기에 병들어 상처 입은 영혼 또한 꿈으로 가득 찬 봄날 같은 어린 시절로 되돌아가기도 한다. 마치 거기서 새로운 희망을 찾아내어 끊어진 생명의 끈을 다시금 이을 수 있기라도 한 듯이. 뿌리에서 움튼 새싹은 하루가 다르게 무럭무럭 자라나지만, 그것은 단지 겉으로 보여지는 생명에 불과할 뿐, 결코 다시 나무가 되지는 않는다. 한스 기벤라트도 그랬다."

인생의 수레바퀴에 너무 지치다 보면 우리는 그 수레바퀴에 깔리게 될 수 있다. 그러한 일은 그 누구에게나 일어날 수 있다. 삶은 아무도 모르기 때문이다. 삶이라는 인생의 수레바퀴는 누구에게나 무거울 수 있다. 그러한 수레바퀴에 깔리기보다는 그 수레바퀴와 더불어 굴러가면서 더 앞으로 나아가야 나아갈 수 있는 방법은 없는 것일까?

5. 얼마 남지 않은 삶을 알고 있다면

만약 어느 날 갑자기 내가 살 수 있는 날이 얼마 남지 않았음을 알게 된다면 어떻게 될까? 김훈의 <강산무진>은 퇴직을 몇 년 앞둔 어느 중년 남자가 자신에게 남겨진 시간이 얼마 되지 않은 것을 알고 서서히 삶을 정리하는 이야기이다.

"담뱃갑 안에 일곱 개비가 남아 있었다. 일곱 개비를 다 피우고 나면 담배를 끊어야겠다고 생각했다. 남은 생애의 시간 속에서 피울 수 있는 담배 일곱 개비가 그다지 적지 않게 느껴졌다. 그것이 적지 않게 느껴지는 것은 어쨌든 아직은 일곱 개비가 남아 있기 때문인 것 같았다. 몸속에 깊이 스몄다가 토해지는 담배 연기는 호흡처럼 편안하고 친숙했다."

이 세상에서 좋아하던 것, 습관처럼 하던 것, 매일 하던 것들을 이제 더 이상 못하게 되는 날이 언젠가는 온다. 우리가 생각하는 당연한 것들의 끝은 분명히 있기 마련이다. 그런 날이 언제가 될지 알 수가 없을 뿐이다.

"점심 식후 삼십 분에 물약을 먹고 나서 은행에 가서 적금을 해약했다. 내년 3월이면 만기가 되어서 일억 원을 받게 되어 있는 적금이었다. 금년 겨울 전에 입원을 하게 되면 병실에서 적립금을 내기가 번거로울 것이었다. 12월 치까지 사 개월분 적립금 이백오십만 원을 일시불로 미리 지급하고 12월 31일 자로 해약했다. 저녁때 주식을 처분했다. 전자주와 자동차주였는데, 성장 가능성이 있는 우량주들이었다. 인터넷에 들어가서 시세차트를 검색했다. 지난 두 달 동안 다소간의 등락이 있기는 했지만, 시세는 꾸준히 올랐고 거래물량도 늘고 있었다. 전망이 좋은 주식들이어서 당장 처분하기는 아까웠지만, 연말이 되면 어떨지 불안했다.”

평생 땀 흘려 노력한 것의 결과는 무엇일까? 그 결과가 어떻든 우리는 그것을 하나도 가지고 가지 못한다. 모두 정리하고 내려놓고 남겨놓고 떠나야만 한다. 무엇을 위해 그동안 그렇게 치열하게 살아왔던 것일까? 내가 노력했던 것들이 얼마나 가치가 있는 것들이었을까? 나는 나 자신을 위해 무엇을 하며 살아왔던 것일까?

“조선 후기 회화 특별전은 제1전시실에서 열리고 있었다. 거기에 강산무진도라는 산수화가 걸려 있었다. 가로 길이가 팔 미터가 넘는, 긴 그림이었다. 특별전을 위해서 다른 미술관의 소장품을 빌려온 것인데, 그림이 길어서 전시실 칸막이를 걷어냈다고 설명문에 적혀 있었다. 화가 이인문의 이름은 들어본 적이 없었다. 그림의 제목처럼 팔 미터가 넘는 가로 화폭을 따라서 강산은 끝이 없이 펼쳐져 있었다. 눈으로 본 강산과 꿈에 본 강산, 꿈에도 보지 못한 강산들이 포개지고 잇닿으면서 출렁거렸다. 산들이 잦아지는 골짜기마다 마을이 들어섰고, 마을이 끝나는 곳에서 들이 펼쳐졌고, 들판 가장자리에서 다시 산맥이 일어섰다. 윤곽선을 풀어헤친 산맥은 연기처럼 엉키고 또 흩어지면서 허공 속을 흘러갔고, 기진해서 소멸해가는 산맥들이 하늘 속으로 빨려드는 잔영 너머에서 바다는 시작되고 있었다."

삶은 잠시일 뿐이다. 영원할 것 같은 세월도 순식간에 지나가 버린다. 거대한 자연에 비해 우리 삶은 덧없다. 끝없이 펼쳐진 강과 산에 비하면 인간의 삶은 하루살이에 불과할지도 모른다.

"아내는 며칠씩 집을 비우고 기도원에 들어갔다가 목이 쉬어서 돌아왔다. 아내가 기도원에 가는 횟수가 점점 잦아지자 딸이 교회 목사를 찾아가서 제 어머니의 행태를 설명하고 정상적인 생활을 회복할 수 있도록 도와달라고 요청했다. 그때 교회 목사는 '세상의 악과 폭력을 보고 슬퍼하는 것은 심성이 건전하다는 증거입니다. 그게 정상적 인간입니다.' 라고 말했다고 한다. 이혼 얘기를 먼저 꺼낸 쪽은 나였고 아내는 결혼이라 애초부터 존재하지 않았던 것처럼 선선히 응했다. 이혼은 말다툼 한번 없이 합의되었다. 아내는 옷가지며 살림살이를 정리해서 기도원으로 들어갔다. 이혼한 지 삼 년 후에, 아내는 기도원 전도사와 재혼했다."

인위적이건 자연적이건 인연도 끝이 나기 마련이다. 인간이 다른 사람과 관계를 맺고 살아갈 수밖에는 없지만 아름다운 인연은 그리 많지 않다. 사람에 집착하고 연연할수록 그 인연의 아픔의 깊이가 클지도 모른다.

"관리사무소에서 봉분 앞에 더운 쌀밥과 미역국, 주과포를 차려주었다. 나는 술잔을 올리고 두 번 절했다. 인부들이 가래질로 봉분을 밀어버리고 땅을 파 내려갔다. 땅속으로 뻗은 나무뿌리가 썩은 관을 친친 감고 있었다. 고무장갑을 낀 인부들이 삭은 염포를 걷어냈다. 땅속에 습기가 없어서 시신은 말끔히 육탈되어 있었다. 백골에도 감정 같은 것이 살아 있었다. 두개골은 노여움을 띤 듯한 표정으로 이가 숭숭 빠진 턱을 벌리고 있었고, 머리맡에 바스러진 머리카락이 먼지처럼 쌓여 있었다. 어머니는 생시에 어깨가 둥글었는데, 육탈된 어깨뼈는 완강한 직각이었다. 허벅지뼈는 골반뼈에서 분리된 채 앙상한 두 줄기로 가지런했고 손가락뼈와 발가락뼈는 마디가 분해되어 흩어져 있었다."

나 자신이 이 세상을 떠나면 부모의 산소마저 돌봐줄 사람이 없기에 그것마저 정리해야만 한다. 이 땅에서 내가 해야 할 일을 남겨놓지 말아야 한다. 그렇게 깨끗하게 모든 것을 정리하는 것이 죽음을 앞둔 사람들의 몫이다.

"날이 저물어서 수련이 꽃잎을 오므려가고 있었다. 아직 덜 오므려진 틈새로 안쪽의 꽃술이 내비쳤고, 꽃잎의 안쪽에 흐린 어둠이 배어 있었다. 어둠은 밖에서 꽃봉오리 속으로 흘러들어간 것 같기도 했고, 봉오리 안에서 생긴 어둠이 꽃잎 틈새로 흘러나오는 것 같기도 했다. 작은 물고기들이 수면 위에서 퍼덕거릴 때마다 물 위의 저녁 빛들이 반짝였고 수련의 꽃봉오리들이 흔들렸다. 물 위에서 흔들리던 그림자들이 고요해지고, 물고기들이 그림자에서 그림자로 건너갔다. 건너가는 물고기 뒤로 실처럼 가는 물결이 잡혔다. 박물관 관람을 마치고 돌아가는 여고생들이 연못가에서 주전부리를 하면서 사진을 찍었다. 한 아이가 웃으면 다른 아이들이 따라서 웃었다. 웃음은 물결처럼 빠르게 퍼져나갔고 웃음이 한바탕 지나가면 또 다른 웃음이 일어섰다.”

아름다운 생명의 모습을 볼 수 있는 기회, 생기 가득한 소녀들의 웃음소리를 들을 수 있는 기회가 얼마 남아 있는지 알 수는 없지만, 생명은 아름다울 수밖에 없다. 살아있는 그 자체가 어쩌면 가장 아름다운 것일지도 모른다.

“비행기는 정시에 이륙했다. 아득하고 가없는 산과 강들이 아래로 흘러갔다. 비행기가 동해에 가까워지자 산과 강이 끝나는 저쪽에서 안개처럼 뿌연 바다가 보였다. 날이 흐려서 바다는 잿빛이었고, 구름을 뚫고 쏟아지는 빛의 다발이 눈 덮인 먼 산들 위에 얼룩무늬를 드리우고 있었다. 강산무진도는 살아 있는 내 눈 아래 펼쳐져 있었고 그 화폭 위쪽, 산들이 잔영으로 스러지고 바다가 시작되는 언저리에서 새빨간 럭키스트라이크 담뱃갑이 바람에 날리는 환영이 보였다. 비행기가 동해 위로 나왔을 때 나는 유리창의 덧문을 내렸다.”

죽음을 향한 마지막 여정은 사람마다 다를 수 있지만, 어떠한 모습이건 그 길을 따라 모든 살아있는 것들과 작별을 해야 한다. 다시 볼 수 없는 그 존재들의 모습을 마음속에 새기며 우리는 언젠가 그렇게 떠나가야만 한다.

김훈의 〈화장〉은 중년 남자인 주인공이 갑자기 뇌종양에 걸린 아내를 돌보다가 결국 사망하여 화장으로 장례를 마치는 과정까지의 이야기이다.

“아내는 두통 발작이 도지면 머리카락을 쥐어뜯고 시퍼런

위액까지 토해냈다. 검불처럼 늘어져 있던 아내는 아직도 저런 힘이 남아 있을까 싶게 뼈만 남은 육신으로 몸부림을 치다가 실신했다. 실신하면 바로 똥을 쌌다. 항문 괄약근이 열려서, 아내의 똥은 오랫동안 비실비실 흘러나왔다. 마스크를 쓴 간병인이 기저귀로 아내의 사타구니를 막았다. 아내의 똥은 멀건 액즙이었다. 김 조각과 미음 속의 낱알과 달걀 흰자위까지도 소화되지 않은 채로 쏟아져나왔다. 삭다 만 배설물의 악취는 찌를 듯이 날카로웠다. 그 악취 속에서 아내가 내일 넘겨야 하는 다섯 종류의 약들의 냄새가 섞여서 겉돌았다. 주로 액즙에 불과했던 그 배설물은 흘러나오자마자 바로 기저귀에 스몄고, 양이래 봐야 한 공기도 못 되었지만 똥 냄새와 약 냄새가 섞이지 않고 제가끔 날뛰었다."

예전에는 죽음이 나와는 멀리 있었다고 생각을 했다. 하지만 갈수록 이제 죽음은 나의 주변에 항상 존재하고 있다는 생각이 든다. 죽음을 가까이 느낄수록 삶의 소중함이 마음속 깊이 다가오는 것 같다. 죽음의 모습을 보면 우리 인간은 정말 별것이 아니라는 것을 새삼스럽게 느끼게 된다. 죽음의 앞에서는 우리의 치부를 가릴 수도 없고, 자존감이나 존엄도 한낱 아침이슬처럼 그냥 다 사라져 버리는 것 같다. 모든 것을 그렇게 허무하게 보여주어야 한다는 것이 아직은 조금 무섭기도 하다.

"당신께 달려가서 사랑한다고 말하고 싶었습니다. 사랑한다고, 시급히 자백하지 않으면 아내와 저와 그리고 이 병원과 울트라 마린블루의 화장품과 이미지들이 모두 일시에 증발해

버리고 말 것 같은 조바심으로 저는 발을 구르고 싶었습니다. 그리고 당신께서 저의 조바심을 아신다면, 여자인 당신의 가슴은 저를 안아주실 것만 같았습니다. 당신의 이름은 추은주. 제가 당신의 이름으로 당신을 부를 때, 당신은 당신의 이름으로 불린 그 사람인지요. 당신에게 들리지 않는 당신의 이름이, 추은주, 당신의 이름인지요."

시한부 인생의 아내를 간호하는 주인공에게 어떻게 젊은 회사 여직원인 추은주가 그의 마음에 들어왔던 것일까. 삶과 죽음이 그 어떤 상황에서도 공존하는 것일까.

인간이 아무리 이성적인 존재라 하더라도 본능을 이길 수는 없는 것일까. 아니면 그러한 본능에 따라가는 것이 솔직한 인간성을 가진 것이라고 할 수 있는 것일까.

"소각 완료라는 글자가 소각로 문짝에 켜져 있었다. 유리창 너머에서 화장장 직원이 다시 거수경례를 해 보였다. 직원은 버튼을 눌러 소각로 입구를 열었다. 바람에 불려 가다가 멎은 듯한 뼛조각 몇 점과 재들이 소각로 바닥에 흩어져 있었다. 대퇴부인지 두개골인지 알 수 없이 흩뿌려진 조각들이었다. 희고, 가벼워 보였다. 아내의 뇌수 속에서 반짝이던 종양의 불빛은 보이지 않았다. 유리창 너머로 소각로 속은 아직도 뜨거워 보였다. 빗자루를 든 직원이 소각로 안으로 들어갔다. 그는 땀방울이 유골에 떨어지지 않도록 이마에 수건을 동이고 있었다. 직원이 빗자루로 뼛가루를 쓸어서 쓰레받기에 담아서 유골함에 넣었다. 직원은 가루부터 먼저 담고 큰 뼛조각들은 유골함의 위쪽에 담았다. 유골함 뚜껑을 닫고 나서 직원은 다시 거수경례를 보냈다. 직원은 유골함을 흰 보자기에 쌌다. 유리창 아래쪽 작은 구멍을 열고 직원은 유골함을 내밀었다. 나는 유골함을 받았다. 딸이 울었다."

화장이 끝나고 나면 우리가 남기는 것은 몇 줌 안 되는 회색빛 재밖에 남지 않는다. 우리는 무엇을 위해 평생토록 그렇게 치열하게 살아가고 있는 것일까. 그토록 발버둥 치며 오늘을 애쓰는 이유의 최종적인 목적지는 어디인 것일까.

삶이 경이로울 수 있는 것은 죽음이 있기 때문이 아닐까 싶다. 죽음이란 마지막 순간이 멀리 있는 것이 아니라 항상 우리 주위에 존재하고 있다는 것을 느끼고 있다. 그래서 오늘이라는 현재가 더욱 애착이 가는지도 모른다. 얼마가 남아 있을지 모른다는 사실, 그 시간을 정말 소중히 여겨야 한다는 현실, 이제 꽃이 사방에 피는 계절에 죽음을 생각하기는 싫지만, 그것을 받아들이고 오늘 피는 아름다운 꽃을 다른 눈으로 보고 싶다는 생각이 든다.

6. 사랑은 기다림일지도

기다림은 사랑이다. 사랑하기에 기다리는 것이다. 사랑하지 않는다면 기다릴 이유가 없다. 오래도록 기다린다는 것은 사랑의 깊이가 그만큼 크다는 뜻이다.

하지만 기다림에도 끝이 있다. 시간이 지나면 육체와 정신도 지쳐가기 마련이다. 기다림 끝에 그가 오지만, 이제 남아 있는 것은 그저 바라보는 것밖에는 없다. 그 많은 시간을 기다림에만 썼기 때문이다. 더 많이 행복하고, 더 기쁘고, 더 즐거울 수 있는 시간을 오로지 기다리기만 했다. 이제는 행복할 수 있는 시간도, 함께 무언가를 할 시간도 남아 있지 않다.

기다리다 지쳐 영혼마저 슬프고 기뻐할 마음마저 잃어버렸다.

어긋난 사랑이 아니길 바랐지만, 어긋난 것이 아닐까 하는 그 운명이 애꿎을 뿐이다.

<석문(石門)>

조지훈

당신의 손끝만 스쳐도 여기 소리 없이 열릴 돌문이 있습니다. 뭇사람이 조바심치나 굳이 닫힌 이 돌문 안에는, 석벽난간 열두층계 위에 이제 검푸른 이끼가 앉았습니다.
당신이 오시는 날까지는, 길이 꺼지지 않는 촛불 한 자루도 간직하였습니다. 이는 당신의 그리운 얼굴이 이 희미한 불 앞에 어리울 때까지는, 천년이 지나도 눈감지 않을 저의 슬픈 영혼의 모습입니다.
길숨한 속눈썹에 어리우는 이 두어 방울 이슬은 무엇입니까? 당신이 남긴 푸른 도포자락으로 이 눈물을 씻으렵니까? 두볼은 옛날 그대로 복사꽃 빛이지만 한숨에 절로 입술이 푸르러감을 어찌합니까?
몇만 리 굽이치는 강물을 건너와 당신의 따슨 손길이 저의 흰 목덜미를 어루만질 때 그때야 저는 자취도 없이 한줌 티끌로 사라지겠습니다. 어두운 밤하늘 허공중천에 바람처럼 사라지는 저의 옷자락은, 눈물어린 눈이 아니고는 보지 못하리이다.
여기 돌문이 있습니다. 원한도 사무칠 양이면 지극한 정성에 열리지 않는 돌문이 있습니다. 당신이 오셔서 다시 천년토록 앉아 기다리라고, 슬픈 비바람에 낡아가는 돌문이 있습니다.

천년이 되도록 변하지 않고 그 자리를 지키고 있는 돌과 같은 사랑이었다. 움직일 것 같은 돌문을 열 수 있는 사람은 오직 한 사람, 그가 사랑하는 사람뿐이다. 다른 이가 그 문을 두드렸지만 천년 동안 열어주지 않았다. 검푸른 이끼가 낄 때까지 그렇게 한없이 기다려왔다.

촛불 하나 켜놓고 그렇게 기다렸다. 그가 오면 어떤 모습일지 촛불이라도 있어야 볼 수 있기 때문이다. 내가 기다리던 사람이 맞는지 확인하고 싶기 때문이다.

그렇게 기다려도 오지 않음에 가슴에 한이 되어 눈물만 흐르고 있다. 사랑하는 사람이 있다는 것은 기뻐해야 할 일인데, 왜 눈물만 흐르게 되는 것일까? 사랑하는 마음이 잘못인 것일까? 기다리는 것이 잘못인 것일까? 충분히 행복할 수 있는, 충분히 기뻐할 수 있는 그런 사람인 것을, 어째서 영혼마저 슬퍼지는 걸까?

기다림에 지쳐 이제 사라질 때가 되었다. 육체건 영혼이건 세상의 그 모든 것은 운명이 있기 때문이다. 더 기다리고 싶지만, 그 운명이 삶을 가져갈 때가 되었다. 기다리고 싶어도 기다릴 수가 없기에 눈물을 머금고 이제는 영영 헤어질 수밖에 없다. 한 번이라도 보기 위해 그 오랜 세월을 기다렸건만, 영원히 볼 수 없는 운명인 줄을 몰랐다. 그가 평생에 한 일은 오직 기다림뿐이었다.

〈산상(山上)의 노래〉

조지훈

높으디 높은 산마루

낡은 고목(古木)에 못 박힌 듯 기대어
내 홀로 긴 밤을
무엇을 간구하며 울어 왔는가.

아아 이 아침
시들은 핏줄의 굽이굽이로
사늘한 가슴의 한복판까지
은은히 울려오는 종소리.

이제 눈감아도 오히려
꽃다운 하늘이거니
내 영혼의 촛불로
어둠 속에 나래 떨던 샛별아 숨으라.

환히 트이는 이마 위
떠오르는 햇살은
시월상달의 꿈과 같고나.

메마른 입술에 피가 돌아
오래 잊었던 피리의
가락을 더듬노니

새들 즐거이 구름 끝에 노래 부르고
사슴과 토끼는

한 포기 향기로운 싸릿순을 사양하라.

여기 높으디 높은 산마루
맑은 바람 속에 옷자락을 날리며
내 홀로 서서

무엇을 기다리며 노래하는가.

너무나 암울한 현실, 앞이 보이지 않는 절망감 속에서 그토록 오랜 세월을 꿋꿋이 견디어 왔다. 밤은 너무나 길지만 언젠간 해 뜨는 새벽이 오리란 걸 알았다. 그러기에 간구하며 간절히 울부짖은 것이 아니더냐.

진정으로 나의 생명과도 바꿀 수 있을 그 간절한 소원은 이루어지리라 믿었다. 나의 몸부림치는 그 간절함에 나의 몸과 마음도 무너져 내렸다. 찢어지는 듯한 가슴에 더 버틸 힘조차 없었지만, 기어이 희망의 종소리가 들렸다.

포기하지 않는 자만이 들을 수 있는 종소리였다. 나의 그 간절한 간구가 드디어 이루어져 꿈속에서마저 온 세상이 꽃으로 만발하였다. 이제는 태양이 다시 떠올라 따스한 햇살이 온 누리에 비추리라.

다 죽어가던 나의 몸에서 생명의 피는 다시 돌기 시작하고 나는 이제 새로운 생기를 찾아 희망의 날만을 바라보고 있다. 이제 마음의 평안과 기쁨으로 가득한 세월이 기다리고 있으리라.

아직은 바람이 거세고 해야 할 일도 많으리라. 하지만 그 어두운 시절도 버티고 견디었거늘 거센 바람 이기지 못할 이유가 없다. 진정으로 나의 내면에서 갈구하는 그러한 완전한 날들이 그 언젠간 꼭 오리라.

7. 삶의 무거움

숨을 쉰다는 것을 생명을 뜻한다. 태어나 지금 여기에 오기까지 나에게 생명처럼 중요했던 사람은 누구였을까? 그 사람은 나를 얼마나 변화시켰던 것일까? 생명처럼 소중한 사람도 언젠가는 떠나야 할 터인데 그때 나는 무엇을 할 수 있는 것일까? 신경숙 <깊은 숨을 쉴 때마다>는 오래도록 함께했던 소중한 사람에 대한 이야기이다.

"도시에는 가난하지만 얼굴이 흰 큰오빠가 있었다. 사랑하는 오빠. 태어난 마을에서는 영어책을 큰 소리 내어 읽는 오빠를 무서워했지만, 도시로 나온 그 해부터 지금까지 오빠를 사랑하지 않았던 적이 한 순간도 없다. 가난해서 데모도 못했던 청년, 나는 오빠의 가난에 보태진 혹, 그가 터무니없이 내게 화를 내도 나는 그를 사랑했다. 한번, 오빠가 내게 참을 수 없는 말을 했다. 너 보따리 싸가지고 집에 가버려라. 가슴이 퉁퉁 붓는 느낌. 오빠 그때 내게 너무 했나 봐. 그로부터 세월이 얼만데 그 생각을 하니 또 가슴이 붓네."

세월은 사랑을 쌓는다. 그 오랜 세월 동안 수많은 일을 함께 겪었기에 사랑은 깊어질 수밖에 없다. 좋았다가 미웠다가 화해했다가 다시 또 싸우는 그 과정은 지구상에서 가장 소중한 사랑으로 거듭나기 마련이다. 그 과정을 버티지 못한다면 그것으로 사랑은 끝난다. 혈육의 사랑이 깊을 수밖에 없는 이유다. 천륜은 운명이기에 끊어지지 않는다.

"문 여는 소리가 나자 그 외진 방에서 대문까지 뛰쳐나와 대번에 내 뺨을 치던 오빠. 어디… 갔었어, 라는 말이 끝나기도 전에 우린 와락 껴안고 눈물을 터뜨렸지. 오빠아- 참말이지, 70년대 식이다. 나는 오빠의 가난. 내가 대학을 꿈꾸지 않았으면 오빠가 좀 덜 가난했을지도. 어쨌든 오빠의 가난인 나는 아침이면 다락방에서 내려와 그의 도시락을 싸고 있다. 그의 가발을 꺼내 빗질하고 있다. 그가 밤늦게까지 돌아오지 않으면 전철역 계단에 쪼그리고 앉아 그를 기다리고 있다. 그는 그 시절의 내 우주. 나는 그를 기준 삼아 자전하고 공전했다. 그때 싹튼 사랑이 아직 살아서 팔딱인다. 그건 내 생애를 지배할 것이다."

사랑하기에 화가 나고 사랑하기에 미워지는 것일까? 아무런 감정이 없다면 그러한 것은 아예 생기지도 않을 것이다. 그러한 아픔과 상처를 극복하고 나서야 삶의 중심이 되는 인연이 되는 것인지도 모른다. 스쳐 지나가는 인연에게는 화가 나거나 마음을 아프게 하지는 않는다.

"이제 갑자기 나 혼자서 뭘 해야 될지를 나는 모르겠어요. 나는 그 애가 다시 올 수 없다는 걸 잘 알면서도 그게 믿기지가 않아서, 날마다 그 애를 기다렸죠. 금방 그 애가 나타날 것 같았어요. 잘 마른 수건을 볼 때면 그 애에게 주려고 여깄어, 말하곤 했죠. 그 앤 누구라도 한 번 손을 댄 수건은 절대

쓰지 않았거든요. 물건을 사도 두 개씩 사는 버릇이 들어서 그 애가 다 먹어버릴까 봐 얼른 내 앞으로 당겨놓고… 떠나 보면 그 애와 한 번도 가본 적이 없는 곳에 가보면 혹시 혼자가 될 수 있지 않을까, 싶었는데 여기로도 그 애가 찾아올 것만 같고….”

나의 가장 소중했던 인연이 떠나가 버린 시공간을 어떻게 버텨야 하는 것일까? 떠났다는 것이 믿어지지 않고 불현듯 나타날 것만 같은 마음 깊이 자리 잡은 그 사람을 어떻게 잊을 수 있을까?

“당신이 떠나고 얼마 안 있어 나도 그곳을 떠나왔답니다. 그 애의 죽음을 내가 이 세상 바깥으로 나가는 다른 시작으로 받아들이고 살고 있는 것이 때로 슬프지만 어쨌든 살아가고 있어요. 어떤 일을 당하고도 살아진다는 사실이 신비롭기도 하고 사무치기도 해요. 더듬더듬 혼자서 다시 첼로를 켜는 일에 익숙해졌고, 쉽지는 않지만 친구도 사귀어가고 있습니다.”

소중한 인연을 잃고서도 살아가야만 하는 것이 인생인 것일까? 비록 마음 아프지만 그래도 살아갈 수 있는 이유는 그 오랜 세월 함께했던 아름다운 시간과 추억이 마음 깊이 남아 있기 때문일 것이다. 아마 그 사람은 나도 모르는 그곳에서 그가 있었던 때처럼 살아가고 있는 나의 모습을 보고 있는지도 모른다.

우리는 이 세상에서 많은 사람을 만나게 된다. 만남의 연속에는 인연이 있지만 그러한 인연이 어떻게 될지는 아무도 모른다. 신경숙의 <그가 모르는 장소>는 뒤틀리고 얽히는 우리 삶에 있어서의 인연에 대한 소설이다.

"처음에는 어린 너를 데리고 이 호수에 올 적에는 마음이 슬프고 서럽고 그런 때만였단다. 다 지난 얘기다만은 고만 죽고 자플 때면 너를 데리고 여기에 왔구나. 세상이 어디 만만한 게 한 대목이나 있더냐? 그냥 지나가는 일이 없는 게 인생사지마는 유독 나한테만 그래 보이더라. 한 가지도 그냥 지나가지 않았어야. 에누리가 없었어야. 그때마다 여기에 와서 마음을 달래보고 달래보고 그랬구나. 내 마음을 달래기에는 여기가 가장 알맞은 장소였어야. 너를 데리고 이 세상을 사는 일이 쉽지 않았더니라. 온통 마음을 달래며 보낸 평생이었지."

다른 여자에게서 태어난 남편의 자식을 인연이라 생각해서 평생 돌보고 키웠던 주인공 어머니의 마음은 어떠했을까? 그것도 젊은 나이에 남편을 잃고 혼자 그 인연을 감당해 낸다는 것은 결코 쉬운 일이 아니었을 것이다.

"외할아버지 돌아가신지도 모르고 너그 아버지 만나 함께 살겄다고 찾아갔더니 어머니가 그러더라. 너만 곁에 있었어두니 아베는 삼 년은 더 살었을 것이다. 싸운 것밖에는 없는데, 싸운 것밖에는. 아버지를 괴롭힌 것뿐이 없는데, 내가 그 마을을 떠나구선 곧 돌아가셨다고 하드라. 뭣을 그렇게 싸웠으끄나. 징허게도 싸웠니라. 징그랍게 싸웠어야. 나는 그때 세상하고 싸울 일을 그때 아버지하고 다 싸워버린 것 같어야. 그 뒤론 뭣하고도 싸울 의욕을 상실해버린 것 같어야. 뭐라 말하

것냐, 젊어서, 젊어서 그랬다. 그랬달밖에."

우리는 모르기 때문에 싸운다. 그 존재가 얼마나 소중한지를, 그 인연이 얼마나 소중한지를 모르기 때문에 싸운다. 나 자신에 대해 모르고, 상대에 대해 모르고, 인연에 대해 모르기 때문에 그렇게 힘들게 싸우는 것이다. 젊었기에, 삶이 무엇인지, 인생이 무엇인지 모르기 때문에 그 소중한 시간을 그 사람과 그렇게 아프게 싸운다.

"너를 거둬줘서 고맙다고 했냐, 네가 있어서 내가 살았는데? 나는 네가 없었으면 네 아버지하고 살도 안 했다아, 네 아버지가 살어 계실 적엔 네 아버질 사랑도 안 했다아. 네 아버지가 남아 있는 너와 나를 위해 실날 같은 아홉 달이나 간신히 붙들고 있는 것을 봄서야 그때야 사랑을 느꼈지야. 이미 늦은 마음이었어. 해도 내내 그 힘으로 살은 것도 사실이네. 너를 키우면서 마음 아펐던 것은 네게 동생도 하나 못 만들어주는 내 처지였어야."

다른 사람을 진심으로 사랑하지 못하는 것은 나 자신을 그 사람보다 더 생각하기 때문이다. 인연을 어긋나게 하는 것은 내가 모든 것의 주인이 되고자 함일 뿐이다. 어떤 존재에 대해서도 주인은 없다는 것을 모르기에 그 자리를 내가 차지하려고 하기에, 인연은 그렇게 얽히고 스쳐 가는지도 모른다. 내가 주인이 되고자 할 때 소중한 존재를 잃어버리게 되는지도 모른다.

소중했던 사람이, 오래도록 많은 시간을 함께했던 사람이 영영 돌아오지 않는다면 어떻게 해야 하는 것일까? 신경숙의

〈그는 언제 오는가〉는 평생을 같이했던 동생의 갑작스러운 죽음으로 인해 생긴 살아남은 자의 삶에 관한 이야기이다.

"예나 지금이나 내가 생에게 바라는 게 있다면 생이 내 앞에서만은 더 이상 곡예를 부리지 않았으면 하는 것뿐이었다. 조용한 생활을 할 수만 있다면 내 생에 아무런 일이 일어나지 않아도 좋다고. 아무런 일이 없어도 나는 가위를 들고서 미용실 의자에 편안히 앉아있는 여자들의 머리를 손질하며 평생을 보낼 수 있다고. 아무도 사랑하지 않고도 살아갈 수 있다고. 그것이 오만이었을까. 인생은 또 한 번 나에게서 내 동생을 빼앗아 갔다. 알 수 없는 방법으로. 그는 또 언제 올 것인가."

삶에서 드라마를 꿈꾸지 않는 사람들이 있다. 그 이유는 삶이 무엇인지 알기 때문이다. 삶 자체가 드라마일 수밖에 없으니 꿈꿀 필요조차 없다는 것을 너무나 잘 알기 때문이다. 그저 평범하게, 살아있었던 흔적도 남기지 않은 채 살아가려는 것도 욕심인 것일까? 삶은 그런 꿈도 허락하지 않는 것일까?

"나는 나도 잘 모르겠으나, 그러나 분명 내 안에서 솟구치는 말을 쏟아내고 있었다. 말을 멈춘 건 내가 그의 얼굴을 만지게 되었을 때 내 손바닥에 가득 그의 눈물이 묻어서이다. 깨어 있었던가. 그냥 눈물을 흘리는 게 아니라 그는 주룩주룩 울고 있다. 소리 없이. 나는 그의 머리를 내 품 안으로 끌어당겼다. 울어요. 실컷. 그리고 돌아가서 그 여자에게 사랑한다고 말해요. 안 하기 시작하면 나처럼 돼요."

떠나간 사람을 대신해서 또 다른 누군가가 오는 것일까?

그가 올 수가 없으니 결국 다른 사람을 받아들여야 하는 것일까? 삶의 본능은 아픔을 능가하는 것인지도 모른다. 그렇게 우리들의 기억을 잊히게 만드는 것이 본능인지 모른다.

"지금은 이렇게 캄캄한 마음이지만 어디선가 다시 냄새가 나고 우리는 더듬더듬 다시 그 냄새를 찾아갈 거야. 지금은 이렇게 가슴 아프고 아쉽지만 언젠가는 알게 되지 않겠어요. 다시 옛날로는 돌아갈 수 없다는 것을. 그때까지 우리는 사랑하는 사람을 공유했던 그리움으로 서로의 집 앞을 지나갈 때면 지붕을 올려다보겠지. 불시에 그가 다시 찾아올까 봐 불안해하며 우린 밤이 깊도록 수화기를 붙들고 대화를 나누게 될지도 모르죠. 어쩌면 언젠가 다시 이 장소로 돌아와 있을지도. 그러나 제부, 우린 살아갈 거예요. 그게 우리의 본능일 테니."

살아남은 자의 몫은 어차피 이미 주어져 있고, 지나간 시간은 이제 추억으로 남겨져 또 다른 시간을 만나야 하는 것일까? 예전처럼 익숙한 삶을 회복하고, 사랑하는 사람을 잃어버린 아픔의 크기도 그렇게 줄어드는 것일까? 어쩌면 그런 삶의 본능마저 없다면 우리는 그 아픔을 이겨내지 못할지도 모른다.

"남대천이 어디냐고. 가본 적이 있느냐고. 강원도 양양에 있는 천이고 몇 번 가보았다고 했죠. 그건 갑자기 왜 묻느냐니까 그러데요. 남대천 물속 가득 연어가 돌아오고 있대요. 얼마나 장관일까? 한번 가보고 싶다고 그러더군요. 그때서야 신문을 보니까 삼사 년 전에 치어로 방류되었던 연어들이 북태

평양까지 갔다가 산란하러 회귀하는 사진이 실려 있더군요. 그 사람이 그러데요. 연어들은 뭐 하러 그렇게 기를 쓰고 떠난 곳으로 돌아오는 거냐구. 알을 낳고 나면 까맣게 타서 죽는다면서. 죽으려고 오는 거냐구. 갑자기 그 사람의 목소리가 격해지더군요. 죽으려고 돌아온단 말이에요? 하면서"

연어가 그 먼 길을 거쳐 남대천으로 돌아오는 이유는 정말 죽기 위해 오는 것일까? 그녀는 자신이 죽으면 화장되어 남대천에 뿌려지기를 원했다. 아마 그녀가 그런 유언을 남긴 것은 자신이 죽고 나면 살아남은 자들이 남대천으로 돌아오는 연어의 본능처럼 자신을 잊고 살아주기를 바랐기 때문인지도 모른다.

사랑하고 소중했던 사람이 나의 곁을 떠난다면 얼마나 마음이 아프고 허전할까? 주위가 온통 비어있는 것처럼, 이 세상에 살아가야 할 이유를 찾을 수 없을 것 같은 그러한 일상이 이어질지도 모른다.

신경숙의 소설 <지금 우리 곁에 누가 있는 걸까요?>은 어린 딸을 하늘나라로 보내고 난 어떤 부부에 대한 이야기이다.

"이해하실는지 모르겠습니다만 저는 딸아이를 잃고도 아무 일 없었다는 듯이 회사에 충실하고 친구들과 만나 술을 마시고 가족 모임에도 변함없이 얼굴을 내미는 남편이 견딜 수 없어졌어요. 일요일에 적막한 거실에 앉아 텔레비전을 보고 있는 남편의 옆모습을 부엌에서 바라보고 있노라면 마음속에서 뭔지 모를 분노 같은 게 솟아올랐어요. 아침마다 어김없이 거울 앞에서 전기면도기 소리를 내며 면도를 하고 있는 남편이 한없이 멀리 느껴졌지요. 그런 마음이 쌓이다 보니 자연 잠자리를 함께하는 일도 싫어졌고, 몇 번 실랑이를 벌인 후론 남편 또한 제 몸에 손을 대는 일이 없어졌으며, 어느 날부턴가 서로 각방을 쓰게 되었습니다. 점점 그와 나 사이에 대화는 사라졌어요. 거의 말없이 지냈지요. 모든 일을 변함없이 덤덤히 이어나가고 있는 남편에게 제 마음의 공황 상태를 드러내지 않으려다 보니 점점 더 그렇게 되었지요. 처음부터 차라리 네 탓이거나 내 탓이라고 하면서 할말 못할말 다 내뱉고 한바탕 울기라도 했더라면 그토록 냉랭한 사이로 변하진 않았을 거예요."

아내는 남편이 너무 무정하게 느껴졌다. 하나밖에 없는 어린 딸 아이가 저세상으로 가버리고 말았는데도, 아무 일도 없었다는 듯이 살아가는 남편에게 정을 느끼지 못했다. 가장 소중했던 존재가 사라진 시공간에서 예전처럼 지내는 남편의 모습에 엄청난 거리감이 생겨버리고 말았다.

"부엌창으로 들어온 눈빛에 비친 남편의 얼굴을 바로 보았습니다. 연신 산에... 라고 대답하던 남편은 울고 있었어요. 딸아이를 잃고도 어디 하나 흐트러지지 않던 남편, 오히려 모든 일상을 더 단정히 잘 꾸려나가던 남편이 단추가 두 개나 풀린 구겨진 잠옷을 입고 입을 비틀며 울고 있었어요. 혼자서 죽은 딸아이를 산에 묻은 남자가, 아무렇지도 않은 듯 승진 시험을 보고 헤드헌터를 통해 연봉이 더 많은 곳으로 회사를 옮기던 남자가 종내엔 제 품에 와락 얼굴을 묻고 소리내어 울었어요. 제 잠옷 앞자락이 흠씬 젖도록요. 눈보라는 그쳐 있었고 마당에 수북이 쌓인 눈에서 태어난 흰빛은 거실을 지나 부엌까지 들어와 남편을 하얗게 비추었습니다. 이 눈물을 다 감추느라고 제가 산에 다니는 동안 이 남자는 그리 반듯하게 살았던 게지요. 제사를 지내고 다름없는 표정으로 친구들을 만나고. 그칠 줄 모르는 남편의 눈물을 바라보며 그 모든 일을 자연스럽게 수행하기가 저처럼 아예 안 하기보다 훨씬 힘들었겠구나 깨달았습니다."

남편은 어린 딸아이를 혼자 가서 묻었다. 어디에 묻었는지, 어떻게 장례를 치루었는지 아내에게는 아무 말도 하지 않았다. 아내에게 딸아이는 자신이 혼자 가서 묻을 테니 따라오라고 하지도 않았다. 왜 그랬던 것일까?

남편은 아내의 아픔을 조금이라도 덜어주고 자신이 모든 아픔을 짊어지려고 했던 것이다. 슬픈 마음을 보여주면 아내가 더 딸에 대한 생각을 할까 봐 일부러 자신의 마음조차 보여주지 않았고, 아무 일도 없었던 것처럼 일상생활을 해나간 것도 바로 그런 이유 때문이었다.

"제가 오늘 병원에 간 연유는 며칠 전부터 구토가 나고 속이 메스꺼워서였습니다. 눈보라를 뚫고 제게 왔던 방문객이 구월이면 태어난다고 합니다. 병원 담장을 에워싸고 있는 개나리에 움이 트고 있는 걸 보았습니다. 하늘은 눈을 뿌리고 있는데 아랑곳없이 나무는 움을 틔우고 있더군요. 한 개 한 개의 움은 곧 터질 듯이 부풀어 있었어요. 병원에 오기 전엔 세상의 나무들이 이렇게 서로 아귀다툼하듯 봄을 기다리고 있는 줄은 몰랐습니다. 산 위의 눈도 녹았을까요. 간혹 덧붙

이곤 했던 너를 잊지 않았다, 라는 문장도 물이 되었을까요. 병원을 나와서 삼월의 때늦은 눈이 흩뿌리는 도시의 가로수 밑을 이리저리 걸어 다녔습니다. 어쩌면 이번 겨울의 마지막 눈일지도 모르지요.”

우리 곁에는 지금 누가 있는 것일까? 사랑하는 사람이 나와 영원히 함께 할 수 있다면 얼마나 좋을까? 하지만 현실은 아무리 소중한 존재라고 할지라도 언젠가는 작별을 할 수밖에 없을 것이다. 그 아픔은 너무나 크지만, 우리가 어찌지 못하는 한계일 수밖에는 없다.

우리의 삶은 아픔과 기쁨, 만남과 헤어짐, 행복과 불행이 그러한 모든 것이 모여 있는 집합일 수밖에 없으니 그저 받아들이고 내려놓고 살아가야 하는 것이 어쩌면 운명인지도 모른다

〈엄마를 부탁해〉는 지하철역에서 잃어버린 엄마를 찾으면서 예전의 기억이 떠오르며 엄마에 대한 마음을 담은 너무나 슬픈 이야기이다. 엄마는 가족으로부터 사라짐으로써 가족들에게 잊혀졌던 엄마가 다시 새롭게 다가오며 더욱 소중한 존재가 된다. 치매로 인해 홀로 집을 찾아올 능력이 없는 고령의 엄마, 엄마를 찾기 위해 전단지를 붙이고 광고를 내면서 엄마를 애써 찾지만 결국 엄마를 찾지 못한다.

“너는 내가 낳은 첫애 아니냐. 니가 나한티 처음 해보게 한 것이 어디 이뿐이간? 너의 모든 게 나한티는 새세상인디. 너는 내게 뭐든 처음 해보게 했잖어. 배가 그리 부른 것도 처음이었구 젖도 처음 물려봤구. 너를 낳았을 때 내 나이가 꼭 지

금 너였다. (중략) 고단헐 땐 방으로 들어가서 누워 있는 니 작은 손가락을 펼쳐보곤 했어. 발가락도 맨져보고. 그러구 나면 힘이 나곤 했어. 신발을 처음 신길 때 정말 신바람이 났었다. 니가 아장아장 걸어서 나한티 올 땐 어찌나 웃음이 터졌는지 금은보화를 내 앞에 쏟아놔도 그같이 웃진 않았을게다."

엄마에게 첫째는 애틋했다. 첫째로 인해 새로운 세상이 열렸고 그 세상이 엄마에게는 전부였다. 힘든 삶의 있어서 위로가 되고 기쁨이 되는 원천이었다. 어쩌면 존재 그 자체였는지도 모른다. 그 어떤 것보다 소중한 존재로 인해 삶은 달라졌다. 그렇게 시작된 부모 자식 간의 보이지 않는 끈은 평생을 서로에게 얽힌 채 살아가야 하는 운명이었다.

"너를 도시에 데려다주고 다시 시골집으로 돌아가는 밤기차를 탔던 그때의 엄마의 나이가 지금의 네 나이와 같다는 것을 너는 아프게 깨달았다. 한 여자. 태어난 기쁨도 어린 시절도 소녀 시절도 꿈도 잊은 채 초경이 시작되기도 전에 결혼을 해 다섯 아이를 낳고 그 자식들이 성장하는 동안 점점 사라진 여인. 자식을 위해서는 그 무엇에 놀라지도 흔들리지도 않은 여인. 일생이 희생으로 점철되다 실종당한 여인. 너는 엄마와 너를 견주어보았다. 그럼에도 불구하고 엄마는 한 세계 자체였다. 엄마라면 지금의 너처럼 두려움을 피해 이렇게 달아나고 있지 않았을 것이다."

만남은 헤어짐을 전제로 한다. 성장한 자식은 하나둘 엄마 품을 당연한 듯 떠난다. 그동안의 엄마의 시간은 희생 자체였다. 자식은 기억도 잘하지 못하는 그러한 엄마의 시간 속에 엄마의 여인으로서의 삶은 사라져 가고 오직 엄마의 삶으로만 살아야 했다. 바라만 봐도 좋은 자식의 모습에 엄마는 미소만 지을 뿐이다. 그 어떤 대가나 그 어떤 보상보다 성장한 자식의 모습, 그것만으로도 만족하는 것이 엄마의 삶이었다.

"나는 엄마처럼 못 사는데 엄마라고 그렇게 살고 싶었을까? 엄마가 옆에 있을 때 왜 나는 이런 생각을 한 번도 하지 않았을까. 딸인 내가 이 지경이었는데 엄마는 다른 사람들 앞에서 얼마나 고독했을까. 누구에게도 이해받지 못한 채로 오로지 희생만 해야 했다니 그런 부당한 일이 어떻게 있을 수 있어. 언니. 단 하루 만이라도 엄마와 같이 있을 수 있는 날이 우리들에게 올까? 엄마를 이해하며 엄마의 얘기를 들으며 세월의 갈피 어딘가에 파묻혀버렸을 엄마의 꿈을 위로하며 엄마와 함께 보낼 수 있는 시간이 내게 올까? 하루가 아니라 단 몇 시간만이라도 그런 시간이 주어진다면 나는 엄마에게 말할 테야. 엄마가 한 모든 일들을, 그걸 해낼 수 있었던 엄마를, 아무도 기억해 주지 않는 엄마의 일생을 사랑한다고. 존경한다고."

지나간 시간은 돌이킬 수 없다. 함께 하지 못한 시간, 이해하지 못했던 시간, 그러한 시간들은 다시 돌아오지 않는다. 그래서 마음이 시릴 뿐이다.

가족은 그냥 받아들임이다. 있는 그대로, 그 모습 그대로, 온전한 받아들임을 할 수 있는 유일한 곳이 바로 가족이다. 치매건, 불치병이건, 어떤 일이건, 그냥 있는 그대로 아무 생각 없이 받아들일 수 있는 것은 가족밖에 없다. 그것을 하지 못함은 더 이상 가족의 의미가 없다. 조건은 사랑이 아니다. 진정한 사랑은 있는 그대로 온전히 다 받아들임이다.

8. 언젠간 떠나게 되고

항상 내 곁에 있을 것 같지만 그렇지 않은 것들도 많다. 나에게서 떠나간 것 중에 돌아오는 것도 있지만 그렇지 않은 것도 있다. 지금 내 옆에 있는 소중한 것이 어쩌면 마지막이 될지도 모른다. 우리의 삶에서 미래는 내가 생각하고 기대한 것과는 너무나 다를 수 있다.

김애란의 <입동>은 이제 태어난 지 얼마 되지 않은 아이, 앞으로도 그 아이와 계속 살게 될 것을 당연하게 생각했던 부부에게 어느 날 갑자기 그 아이가 떠나가 버린 것에 대한 이야기이다.

"아내와 나는 복분자액이 터진 날의 일을 따로 입에 올리지는 않았다. 어머니는 다음날 바로 본가로 내려갔고 우리는 평소와 다름없는 나날을 보내려 애썼다. 그러니까 어제와 같은 하루, 아주 긴 하루, 아내 말대로라면 '다 엉망이 되어버린' 하루를, 가끔은 사람들이 '시간'이라 부르는 뭔가가 '빨리 감기' 한 필름마냥 스쳐가는 기분이 들었다. 풍경이, 계절이. 세상이 우리만 빼고 자전하는 듯한, 점점 그 폭을 좁혀 소용돌이를 만든 뒤 우리 가족을 삼키려는 것처럼 보였다.

꽃이 피고 바람이 부는 이유도, 눈이 녹고 새순이 돋는 까닭도 모두 그 때문인 것 같았다. 시간이 누군가를 일방적으로 편드는 듯했다.”

가장 소중한 것을 잃은 사람에게 시간은 아무런 의미가 없다. 아니 시간이 의미가 없는 것이 아니라 살아가는 것 자체가 의미가 없는 것인지도 모른다. 그렇기에 남들이 보내는 시간과는 전혀 다른 그러한 시간을 살아가고 있는 셈이다.

소중했던 그 시간이 이제는 다시 돌아오지 않을 것이기에 지금 주어진 시간도, 앞으로 주어질 시간도 그저 흘러가는 무의미의 순간들일 수밖에 없다.

“지난봄, 우리는 영우를 잃었다. 영우는 후진하는 어린이집 차에 치여 그 자리서 숨졌다. 오십이 개월. 봄이랄까 여름이란걸, 가을 또는 겨울이란 걸 다섯 번도 채 보지 못하고였다. 가끔은 열불이 날 만큼 말을 안 듣고 말썽을 피웠지만 딱 그 또래만큼 그랬던, 그런 건 어디서 배웠는지 제 부모를 안을 때 고사리 같은 손으로 토닥토닥 등을 두드려주던, 이제 다시는 안아볼 수도, 만져볼 수도 없는 아이였다. 무슨 수를 쓴들 두 번 다시 야단칠 수도, 먹일 수도, 재울 수도, 달랠 수도, 입 맞출 수도 없는 아이였다. 화장터에서 영우를 보내며 아내는 ‘잘 가’라 않고 ‘잘 자’라 했다. 다시 만날 수 있는 양손으로 사진을 매만지며 그랬다.”

떠난 것 중에는 돌아오지 않는 것이 있다. 아무리 애타게 기다려도, 아무리 애타게 바라더라도 영원히 돌아오지 않는 것이 있다. 삶은 그래서 슬프고도 무겁다. 나의 한계를 넘어서고, 나의 영역을 넘어서기에 나의 치열한 노력과 바람도 아무런 의미 없이 공중으로 흩어질 뿐이다.

"아내가 끅끅 이상한 소리를 내다 결국 울음을 터뜨렸다. 나는 영우가 제 이름을 쓰는 걸 한 번도 보지 못했다. 이따금 방바닥이나 스케치북에 그림도 글씨도 아닌 무언가를 구불구불 그려 넣는 건 알았다. 그런데 제대로 앉거나 기지도 못했던 아이가 어느 순간 훌쩍 자라 '김' 자랑 '이응'을 썼다니, 대견해 머리통이라도 쓰다듬어주고 싶었다. 영우의 새까만 머리카락은 또 얼마나 차지고 부드러웠는지. 한 번만, 단 한 번만이라도 영우를 다시 안아보고 싶었다. 그럴 수만 있다면 어떤 대가도 치를 수 있을 것 같았다."

소중했던 그 순간이 다시 온다면 얼마나 좋을까? 단 한 번만이라도 아름다웠던 그 순간을 다시 겪을 수 있다면 얼마나 좋을까? 하지만 삶은 그것을 허락하지 않는다. 우리의 바람도 소원도 외면한 채 삶은 그렇게 끝내버리고 만다.

"아내가 물끄러미 나를 올려다봤다. 텅 빈 눈동자가 불 꺼진 형광등처럼 어두웠다. 아내는 한 손으로 영우가 직접 쓴, 아니 쓰다 만 이름을 어루만졌다. 순간 어디선가 영우가 다다다다 뛰어와 두 팔로 내 다리를 감싸 안을 것 같았다. '토닥토닥' 그런 건 어디서 배웠는지, 제 엄마 등을 말없이 두드려줄 것도 같았다. 하지만 그런 일은 일어나지 않았다. 앞으로도 절대 일어나지 않을 터였다. 그 단순한 사실이 가슴을 아프게 후벼팠다. 나는 결국 고개를 숙이고 말았다. 부엌 바닥으로 굵은 눈물방울이 툭 흘러내렸다. 하지만 그 순간조차 손에서 벽지를 놓을 수 없어, 그렇다고 놓지 않을 수도 없어 두 팔을 든 채 벌서듯 서 있었다. 물먹은 풀이 내 몸에서 나오는 고름처럼 아래로 후드득 떨어졌다. 한파가 오려면 아직 멀었는데 온몸이 후들후들 떨렸다. 두 팔이 바들바들 떨렸다."

가슴이 시리다. 시리다 못해 너무 추워 견딜 수가 없다. 삶이 때때로 우리에게 주는 그 추위를 우리는 견딜 수가 없다.

단지 방법이 있다면 마음으로 사는 수밖에 없다. 나의 생명이 다할 때까지 나의 마음속에 영원히 붙들고 사는 수밖에 없다. 내가 할 수 있는 것은 그것밖에는 아무것도 없다. 삶은 우리를 힘들고 쓸쓸하게 만들기에 할 수 있는 그것밖에는 없다.

인간에게는 한계가 있기 마련이다. 우리가 할 수 있는 것은 어느 정도까지 일뿐이다. 현실은 우리에게 많은 것을 주지도 않지만, 가지고 있는 것을 빼앗아 가기도 한다. 힘겨운 현실과의 싸움에서 우리는 어디까지 버티어 낼 수 있는 것일까?

김애란의 〈물속 골리앗〉은 홍수 때 엄청난 물의 힘이 모든 것을 앗아가듯, 우리를 둘러싸고 있는 현실이 얼마나 무거운 것인지를 이야기하고 있다.

"오늘이 내일 같고 어제가 그제 같은 날들이 이어졌다. 아침이 저녁 같고 새벽이 저물녘 같은 하루가 반복됐다. 오랫동안 한 곳에 고립돼 있다 보니 날짜 감각이 무뎌지는 것 같았다. 세상은 낮에도 어둡고 밤에도 어두웠다. 해를 본 게 언제인지 기억나지 않았다. 어머니는 아버지의 무덤을 걱정했다. 하지만 우리가 할 수 있는 일이 아무것도 없다는 걸 알고 계셨다.

외부와 연락이 끊기자, 어머니는 하루 종일 먼 산을 바라봤다. 그게 망자에게 무슨 도움이라도 되는 양, 물안개에 싸인 산자락을 줄기차게 응시했다. 그리고 어느 순간부터 아버지 얘길 전혀 하지 않으셨다."

비가 계속해서 내렸다. 장마철이라 비 오는 것이 당연하기는 하지만, 유달리 비가 계속해서 오는 때가 있다. 둑은 폭우를 감당하지 못하고 무너지고, 끊임없이 오는 비에 홍수가 날 수밖에 없다. 그 엄청난 양의 홍수는 모든 것을 삼켜버린다. 어느 정도 버티고 있지만, 언제 무너질지는 알 수가 없다.

"얼마 후, 어머니는 힘이 풀렸는지 자리에 풀썩 주저앉았다. 그러고는 입을 벌려 통곡하기 시작했다. 참으로 길고 큰 울음이었다. 나는 어머니를 뒤에서 계속 안고 있었다. 어머니는 몸속에 든 물을 전부 빼내려는 듯 몸부림쳤다. 방안의 봉지들은 탄력을 잃고 점점 쪼그라들었다. 그리고 마침내 어머니가 울음을 그쳤을 때 정체 모를 고요가 찾아왔다. 그러자 잊고 있던 빗소리가 다시 들려왔다. 새벽에 뚝 그치기라도 하면, 그 고요함에 놀라 모두 눈을 번쩍 뜰 만큼 시끄러운 소리였다. 우리는 잠시 그 소리에 귀를 기울였다. 문득, 어머니가 고른 숨을 뱉는 게 느껴졌다. 갓 잠든 아이의 호흡처럼 피로하고 달콤한 날숨이었다."

버티다 무너지기 시작하자 속수무책이었다. 한꺼번에 모든 것이 그렇게 사라져 버린다. 어떠한 자비도 없이 우리에게 소중했던 것들이 존재하지도 않았던 것처럼 없어져 버린다. 버티던 내면의 세계는 완전히 터져버리고 더 이상 감당할 수가 없었다.

"눈과 입속으로 흙탕물이 계속 들어왔다. 숨이 차고 앞이 잘 보이지 않았다. 그래도 포기하지 않고 끝까지 어머니를 쫓아갔다. 지금이 아니면 영원히 볼 수 없을 거란 생각에 가슴이 터질 것 같았다. 나무는 다가오다, 물러서다, 다시 가까워졌다. 그러곤 결국 빠른 속도로 내 곁에서 멀어져 갔다. 나는 울음을 터뜨리며 '엄마, 엄마!'를 외쳤다. 시뻘게진 뺨 위로 하염없이 눈물이 흘러내렸다. 어머니는 물살을 따라 애드벌룬처럼 둥실둥실 먼 곳으로 흘러갔다. 녹색 테이프로 둘둘 감긴 얼굴이 이쪽을 오래도록 바라보는 게 느껴졌다. 정자나무는 걱정 말라는 듯, 마치 여러 개의 팔을 가진 신처럼 단단한 뿌리로 어머니를 감싸 안은 채 저 끝으로 사라졌다."

그래도 나에게 가장 소중한 것을 위해 몸부림을 친다. 이것마저 잃을 수는 없기에, 사력을 다해 나의 모든 것을 바친다. 하지만 현실은 나의 피와 같은 노력마저 외면하고 만다. 가장 사랑했던 것들이 내가 감당할 수 없는 그 엄청난 힘에 허무하게 사라져 버린다.

"타워크레인 바닥에 털썩 주저앉았다. 그러고는 이내 훌쩍훌쩍 울었다. 그가 사라졌다는 사실보다 다시 혼자 남겨졌다는 게 무섭고 서러웠다. 주위는 어느새 어두워져 있었다. 이제 어떻게 해야 하는지, 어디로 가야 되는지, 아무것도 알 수 없었다. 어쩌면 이곳이 내가 갈 수 있는 세계의 끝인지도 몰랐다. 여기구나. 여기까지구나. 쓰러지듯 철판에 몸을 던졌다. 그동안의 피로가 순식간에 밀려오며 온몸이 흐물흐물 녹아내렸다. 나는 한참 동안 멍하니 누워 있었다. 그리고 계속 죽음에 대해 생각했다. 여기서 내가 얼마나 버틸 수 있을까. 숨이 멎을 땐 어떤 기분이 들까. 죽은 뒤 내 몸은 어떻게 될까. 물에 불은 얼굴을 사람들이 알아볼 수나 있을까. 그전에 발견되기는 할까. 별별 생각이 다 들었다."

모든 것은 끝나버리고, 더 이상 설 자리도 없었다. 무엇을 해야 할지, 어디로 가야 할지, 할 수 있는 것이 있을는지, 아무런 희망도 보이지 않는다. 그동안 치열하게 살아왔던 시간들이 허무해지고, 내가 걸어가야 할 길이 있는지도 모르는 상황이다. 현실이 그렇게 무겁다면 주어질 미래는 어떤 모습인 것일까? 그렇게 애쓴 것이 한순간 사라져 버리듯 모든 것이 아무런 의미가 없는 것일까? 어쩔 수 없는 것은 그러한 것이 현실이라는 사실이다.

밝음의 이면에는 어두움이 있고 화려함의 이면에는 초라함이 있기 마련인 것일까? 삶에는 항상 양면성이 있을 수밖에 없는 것이 현실이기는 하지만, 그 양면성이 우리의 마음을 아프게 하는 것 또한 부인할 수 없다.

김애란의 〈하루의 축〉은 추석 명절 수많은 사람이 해외로 떠나가는 인천공항의 화려함 이면에는 삶의 아픔 또한 간직한 채 살아가는 사람도 존재하고 있다는 것을 이야기해 주고 있다.

"인천국제공항은 내장이 훤히 비치는 물고기처럼 유려한 곡선과 과감한 직선을 바탕으로 세련되게 설계돼 있었다. 특히 여객 터미널은 5만 장 이상의 유리가 사용돼 하늘과 최대한 가깝게, 하늘과 통하게끔 지어져 있었다. 그리고 그것이 좀 더 투명하라고, 좀 더 반짝이라고, 매일매일 수백 명의 사람들이 공들여 일하고 있었다. 탑승동에만 약 5백 명, 공항 전체로 따지면 7백여 명에 달하는 청소 노동자들이 그들이었다. 기옥 씨는 그중 한 명이었다.”

추석 명절 좋은 추억을 만들기 위해 노력하는 것은 모든 사람의 당연한 심정일 것이다. 그 추억을 더욱 특별하게 하기 위해 수많은 사람들이 공항을 통해 해외로, 타지로 떠나간다. 하지만 그런 가운데에서도 명절과는 상관없이 다른 사람들이 눈여겨보지 않는 곳에서 묵묵히 자신의 일을 해야만 하는 사람들이 있다. 물론 그것이 그들의 직업이기도 한 것은 사실이나, 그 이면에 존재하는 아픔 또한 어찌할 수 없다는 것에 가슴 저리기도 한 것은 무슨 이유 때문인 걸까?

“이거 놓고 가셨어요. 기옥 씨가 세면대에 있던 종이 상자 하나를 건넸다. 살짝 벌어진 틈 사이로 내용물이 보였다. 스무 가지가 넘는 색깔의 신선한 마카롱 세트였다. 한 개에 2천 원이 넘는 과자로 상자 겉면에는 모 호텔 베이커리 상표가 붙어 있었다. 기옥 씨는 그게 마카롱이라 불린단 사실을 몰랐지만, 자기 손에 들린 과자가 거의 새거나 다름없이 꽉 차 있다는 건 알았다. 이윽고 애 엄마가 말간 얼굴로 기옥 씨를 바라보며 말했다. 놓고 간 거 아니에요.”

남편을 일찍 잃고, 아들마저 전과자로 감옥에 가 있는 기옥 씨, 배운 것도 없었기에, 부모로부터 받은 것도 전혀 없었기에, 그녀의 옆에는 이제 그 누구도 존재하지 않아서 추석 명절이어도 그녀는 갈 수 있는 곳도 없고, 그녀를 찾아오는 사람도 없었다. 그녀가 추석에 하는 일은 수많은 사람들이 명절을 지내기 위해 오고 가는 그 화려한 인천국제공항에서 화장실 청소를 하는 것이 전부였다.

"기옥 씨는 입을 크게 벌려 과자를 반쯤 베어 물었다. 처음에는 '아유 달어.' 하고 살짝 몸서리쳤지만, 곧 프랑스 전통 과자의 그윽하고 깊은 단맛, 부드럽고 바삭한 식감을 조심스레 음미했다. 하지만 얼마 안 돼 기옥 씨의 안색은 이내 어두워졌다. 기옥 씨는 왠지 울 것 같은 얼굴로 나지막하게 웅얼거렸다. '왜 이렇게 단가. 이렇게 달콤해도 되는 건가.' 바람이 불자 기옥 씨의 브래지어 위에 핀 가짜 꽃들이, 이름을 알 수 없는 이국의 열대 식물이 휘청대는 느낌이 들었다. 기옥 씨의 얼마 안 되는 머리카락도 힘없이 흩날렸다. 일단 무언가 위를 자극하자 더 큰 허기가 밀려왔다. 기옥 씨는 가슴팍의 선득한 기운을 느끼며, 양 볼에 검버섯이 핀 달, 휑뎅그렁한 대머리를 드러내고 있는 큰 달을 망연히 바라봤다. 그러고는 부시럭- 봉투 안에 손을 넣어 노란색 마카롱 하나를 집어 들었다."

그녀의 인생은 영원히 초라할 수밖에 없는 것일까? 이제 얼마 남지 않은 여생인데 그토록 외롭게 살아가야만 하는 것일까? 아마 그녀도 나름대로 열심히 최선을 다해 살아왔을 것이다. 하지만 인생이란 그다지 공평하지 못한 것이 엄연한 사실일지 모른다. 우리가 해야 할 일은 스스로를 응원하는 것밖에 없는 것일까?

9. 많은 선택 중에서

우리는 살아가면서 수많은 선택을 하게 된다. 그 선택에 앞서 많은 생각을 하기 마련이며, 스스로의 의지에 의해, 혹은 어쩔 수 없이 한 가지를 택하곤 한다. 그러한 우리의 선택은 정말 최선인 것일까? 서영은의 단편 소설 <묘수>는 삶에 있어서 어떤 생각을 하고 선택을 하는 것이 최선일지에 대한 이야기이다.

“다 무익하고 부질없으니 놓아라, 놓아라, 하는데도 놓지 못하고 가슴에 얼굴을 파묻은 채 울음을 삼킨 유일한 것은 사랑, 그것뿐이었다. 하지만 이 세상에서 사랑 그것만큼 부질없는 것이 또 있을까…. 사랑이란 타인 안에서 내가 죽는 것, 그 잔인한 역설과 오랜 세월 진저리 나게 겨루어 왔음에도 나는 상처투성이인 채 아직 살아 있다. 나의 이 살아 있음은, 죽음이 있어 부질없고 무가치한 것이 아니라 죽음 때문에 불멸로 반전되리라고 믿는다면, 사람들은 알 수 있을까. 그래서 그 나귀가 내 가슴에 얼굴을 부빌 때 나는 알았노라고, 하나님의 사자임이 틀림없다는 확신은 홀연히 나타난 나귀의 신비로운 몸짓 때문이 아니라, 내가 살아온 전 생애, 생의 허무한 궁극, 역설과 끈질기게 대면하며 품게 된 비통한 갈망이 가르쳐 준 것이라고 한다면 답이 될까."

사랑도 어쩌면 하나의 선택이라 할 수 있을 것이다. 나만이 아닌 타인과의 관계에 따른 그 선택은 우리의 삶을 어떻게 바꾸어 놓는 것일까? 사랑이란 진정 타인 안에서 내가 죽는 것일까? 만약 그렇다면 왜 그러한 선택을 하는 것일까?

오래도록 겨루는 것을 피하는 사람은 진정한 사랑을 할 자격이 없는 사람이 아닐까 싶다. 많은 경우 자신이 원하는 대로 되지 않기에 소중했던 그 사랑마저 끊기도 한다. 또한, 자기 편한 대로 살기 위해 애써 선택한 그 사랑을 배신하기도 한다.

사랑은 불멸이어야 한다. 그것이 진정한 사랑이다. 그러기 위해서는 나 자신을 버려야 한다. 스스로를 내세우는 한 참된 사랑은 존재하기 힘들다. 사랑은 선택으로 시작할지 모르나 그 지속은 선택만으로는 감당하기에 충분한 것이 아닐지 모른다.

"순례를 마치고 집으로 돌아온 나는 일상의 삶에서 믿음에 뿌리를 둔 소소한 결단을 이어갔다. 사업을 한다고 큰돈을 빌려 가서 삼 년 만에 파산한 조카를 빚쟁이의 굴레에서 풀어 주었고, 값나가는 보석류나 그림들을 지인들에게 나누어 주었고, 내 삶의 여전한 의미일 수 있는 부부의 인연에도 더 이상 연연하지 않았고, 도움을 구하는 손길이 있으면 그것이 금전이라 할지라도 거절하지 않고 과감히 손을 폈다. 높임을 받는 자리에는 나서지 않으려 애썼고, 바깥의 일들도 최소한의 생활비를 충당할 만하면 더 이상 받지 않았다."

그녀가 산티아고 순례를 다녀온 이유는 무엇이었을까? 산티아고 순례 후 그녀의 삶은 어떻게 바뀐 것일까? 더 이상 최선의 선택을 기대하지 않는 것일까? 아니면 인생에서 묘수라는 것은 그다지 큰 의미가 없다는 것을 깨달았던 것일까?

최선이라고 해서 선택한 것이 최선이 아닐 수도 있다. 그것은 선택하는 이의 한계 때문이기도 하고, 우리의 삶 자체가 불확실하기 때문이기도 하다. 나의 선택이 최선이 아닐 수 있다는 마음, 그것이 최선의 선택을 하려 하는 것보다 더 중요한 것이 아닐까?

소중한 존재라는 사실을 몰랐단 말인가? 어떻게 그것을 모르고 사랑을 했더란 말인가? 사랑을 믿지 못해서, 자신의 시간이 올곧이 담겨 있는 그 삶마저 부인하는 것인가? 서영은의 〈먼 그대〉는 어느 한 여인의 사랑의 아픔에 대한 이야기이다.

다른 것은 바라지 않고 오직 존재만을 바라보고 살아가는 사람들이 있다. 하지만 가슴 아픈 것은 그러한 사람이 진정한 사랑을 얻지 못한다는 것에 있다. 사랑이 그렇게 어긋나서 삶마저 지치게 만드는 것은 어쩔 수 없는 것인가?

"그녀들이 이미 확인한 바와 같이 문자는 남다른 무엇을 소유했던 게 아니었다. 그녀로선 무엇을 하든 그 일을 하면서 사랑하는 사람을 생각한 것뿐이었다. 콩나물을 다듬든, 연탄불을 피우든, 지붕 위의 눈을 치우든 그를 생각하노라면 어딘가 높은 곳에 등불을 걸어 둔 것처럼 마음 구석구석이 따스해지고, 밝아오는 것을 느꼈다. 그 따스함과 밝은 빛이 몸 밖으로 스며 나가 빰을 물들이고, 살에 생기가 넘치게 하는 것을 그녀 자신은 오히려 깨닫지 못했다."

문자에게는 한수라는 존재가 전부였다. 아내와 아이 둘이 있는 남자가 그녀의 마음속에 들어온 것은 무슨 이유였을까? 현실을 전혀 모르는 것도 아니고, 미래에 대한 걱정을 전혀 하지 않은 것도 아닐 터인데, 문자는 어떻게 그러한 것을 다 알면서도 그런 순수한 마음을 가질 수 있었던 것일까?

"한수가 그녀에게 오는 것은 단지 일요일 뿐이었지만, 그는 항시 그녀의 시렁 위에 걸려 있는 등불이나 다름없었다. 시장에서 물건을 깎다가도 그녀는 '그가 만약 이 사실을 안다면' 하고 깎는 일을 그만두었고, 남과 다툴 뻔하다가도 그를 떠올리면 분노가 촉촉하게 가라앉았다. 이렇게 일요일, 화요일 ...... 토요일을 보내는 사이에 그는 그녀의 존재 자체를 조금씩 연금시켜, 이윽고 일요일이 되었을 땐 그녀의 손길이 닿기만 해도 닿는 것은 무엇이든지 금빛물이 들었다. 그녀가 그를 위해 마련한 저녁상은, 가난한 자가 일주일 내내 거친 솥과 젖은 걸레로 마룻바닥을 힘들여 닦아서 번 돈으로 성전 앞에 켤 양초를 사는 것같이 마련된 것이었다."

손에 닿지 않는 먼 곳에 있는 듯한 존재, 하지만 그 존재를 사랑할 수밖에 없는 것은 그저 그녀의 운명이었던 것일까? 멀리 존재하고 있지만, 단순히 존재하는 것 자체만으로도 그녀에게는 충분했던 것일까?

우리 대부분은 사랑이라는 것을 자신을 위해서, 자기에게 맞는 한에서 받아들이는 경우가 태반이다. 그러한 조건이 만족해지지 않는 경우, 서슴없이 사랑을 배신하는 경우도 너무 흔하다.

하지만 문자에게는 사랑으로 모든 것이 족했다. 그 어떤 다른 것도 그녀에게는 필요 없었다. 그가 그녀에게 가끔씩 올 수 있는 것만으로도 만족했다.

"어느 날 문자는 시계를 보고 자리에서 일어나는 그의 내의 자락을 뒤에서 꽉 움켜쥐며 '가지 말아요, 오늘 밤만은 함께 있어줘요' 하고 등에 얼굴을 묻었다. 그러나 이내 잡은 옷자락을 맥없이 놓아 주는 순간, 울컥 울음이 넘어오는 것을 간신히 참았다. 예전에는 문자의 손길이 닿은 것마다 금빛으로 물들었던 것이 이제는 그녀의 가슴을 미어지게 할 때가 많았다. 그녀는 그에게 옷을 입혀 주려고 옷걸이에서 양복을 걷어 내다 그 속주머니에 찔려진 두툼한 돈 뭉치를 보고도 목이 메었고, 보자기에 싸서 아랫목에 묻어 두었던 그의 구두를 꺼내다가 밑창에 새겨진 고급 상표를 보고도 가슴이 미어졌다."

잡고 싶지만 잡을 수도 없는 사랑이었다. 단순히 운명을 받아들이는 것으로는 그녀의 사랑을 설명할 수는 없을 것이다. 그녀에게는 사랑의 힘이 제일 컸기에, 그 모든 것이 그녀에게 주어지지 않더라고, 심지어 자신의 모든 것을 빼앗길지라도 있는 그대로의 존재, 그 이상을 바라지 않았다. 존재 그 자체가 그녀에게는 사랑이었다. 그 존재의 어떠함은 그녀에게 아무런 문제가 되지 않았다.

“고통이여 나를 찔러라. 너의 무자비한 칼날이 나를 갈가리 찢어도 나는 산다. 다리로 설 수 없으면 몸통으로라도, 몸통이 없으면 모가지만으로라도, 지금보다 더한 고통 속에 나를 세워 놓더라도 나는 결코 항복하지 않을 거야. 그가 나에게 준 고통을 나는 철저히 그를 사랑함으로써 복수할 테다. 나는 어디도 가지 않고 이 한자리에서 주어진 그대로를 가지고도 살 수 있다는 것을 보여줄 테야. 그래, 그에게뿐만 아니라, 내게 이런 운명을 마련해 놓고 내가 못 견디어 신음하면 자비를 베풀려고 기다리고 있는 신에게도 나는 멋지게 복수할 거야.”

아무리 커다란 고통이 그녀를 덮칠지라도 그녀는 두려워하지 않았다. 사랑의 아픔을 복수한다고 하지만, 그녀에게는 복수마저도 사랑이었다. 그에게 어떠한 일이 일어나더라도, 그녀는 그 모든 것을 받아들일 수 있는 사람이었다. 그녀에게 어떠한 일이 일어나도 모든 것을 견뎌낼 수 있는 사람이었다. 그녀의 사랑은 그만큼 크고 깊었다.

“그날 저녁 그의 넥타이를 받아 옷걸이에 걸다가 문자는 그것에 꽂혀 있는 진주 넥타이핀을 발견했다. 그러나 그녀의 가슴은 이전처럼 미어지지 않았다. 마침내 그녀의 맘속으로부터 그가 가진 모든 것이 무관해졌던 것이다. 그가 누리는 모든 것이 그녀와 무관해졌다. 문자는 오로지 곁에서 담담한 맘으로 지켜볼 뿐이었다. 그의 끝없는 욕망이 그의 집 문전에 줄을 잇는 업자들의 선물 상자와 돈 봉투를 딛고 자꾸자꾸 높아지는 것을.”

모든 것을 받아들일 수 있으니 모든 감정과 사고가 사라지고 말게 되는 것일까? 어떠한 일이 생기더라고, 모두 다 포용할 수 있게 되는 것일까? 자신의 감정도 더 이상 문제되지 않는 것일까? 추측하건대 그녀의 담담함은 그녀의 사랑을 온전히 보여주고도 남을 것이다.

"한수의 아내가 아기를 데리러 나타나기 며칠 전부터 문자는 밤마다 아기를 빼앗기는 꿈을 꾸었다. 때로는 아기를 안고 검은 옷의 괴한을 피해 산으로 들로 쫓겨 다니기도 했고, 때로는 아기를 이미 빼앗겨 실성한 듯이 찾아다니다 잠이 깨기도 했다. 잠이 깨어 보면 꿈속에서 질렀던, 자기 목소리 같지 않은 비명의 여운이 그저도 귓가에 맴돌고 있었다."

자신의 가장 소중한 존재인 자식마저 빼앗김에 불구하고, 그녀는 그것마저 받아들였다. 너무나 불안하고 걱정이 되어 평상시에 그러한 꿈을 꾸었고, 결국은 현실에서도 그렇게 되어 버리고 말았다. 그렇게 되지 말아야 했다. 하지만 그녀가 할 수 있는 것이 없었다. 사랑이라는 것이 죄가 될 뿐이었다. 차라리 사랑을 하지 않은 것이 더 나았을지도 모른다. 그랬다면, 겪지 않아도 될 아픔을 경험하진 않았으리라.

"가엾어요. 그리고 너무너무 데려오고 싶어요. 하지만, 나는 그 아이를 데려옴으로써 나 자신을 만족시키고 싶지 않아요. 옥조를 내놓을 때 이미 그 아이는 제 맘에서 떠나갔어요. 그렇다고 그 아이를 사랑하지 않는다는 얘기는 아녜요. 제가 옥조를 사랑하는 맘은 여느 엄마들이랑 달라요. 얼마 전 칭기스칸에 관한 전기를 보았어요. 그는 금나라를 치고 나서, 그 낯선 나라의 낯선 사람에게 자기 아들을 버리고 떠나더군요. 칭기스칸으로 하여금 영웅이 되게 한 것은 아들을 버림으로써 사랑까지도 밟고 지나갈 수 있었던 바로 그 힘이었던 것 같아요. 소유에 대한 집념과 마찬가지고 혈육 역시도 초극되어야 할 그 무엇이라 여겨져요."

모든 것을 초월하게 될 수밖에 없는 그녀, 자신의 자식마저 넘어서야만 했던 그녀, 그런 그녀에게 왜 그 사람은 그녀를 그렇게 멀리 보내고 마는 것일까? 모든 것을 잃고 나서야 알게 되는 것일까? 지금 있는 그 자리에서 소중하게 생각하는 것이 그리 어려운 것일까?

"고통의 사닥다리를 오르는 일이 다 쓸데없는 짓이라면? 이 길의 끝에 아무것도 없다면? 모든 것이 다 조작된 의미라면? 아픔과 고통의 끝이 또 다른 아픔과 고통의 연속으로 이어진다면.....?"

그녀에게 그는 항상 먼 그대였는지도 모른다. 그 거리를 좁히고 싶었지만, 그 거리는 좁혀지지 않는 절대적인 거리인지도 모른다. 영원히 그 먼 자리를 지키고 있을지도 모른다. 오래도록 그 거리가 좁아지기를 바랐지만, 언젠간 그것이 불가능하다는 것을 깨닫게 될지도 모른다.

"그가 단추를 채우는 동안 문자는 먼저 부엌으로 나와서 그가 신기 좋게 구두를 가지런히, 그리고 약간 벌려 놓아 주었다. 밥을 푸다 만 밥솥에서 김이 서려 올라 자욱했다. 문득 쓰라린 비애를 느꼈으나 그녀는 조용히 웃었다. 한수는 문자가 문밖에서 배웅하고 있다는 것을 알면서도 곧장 뚜걱뚜걱 아래로 내려갔다. 그는 언덕을 내려가 잠시 후엔 시야에서 사라졌다. 그러나 문자에겐 그가 자기 시야에서 끝도 없이 멀어지고 있을 뿐인 것으로 느껴졌다. 그는 이미 한 남자라기보다, 그녀에게 더 한층 시련을 주기 위해 더 높은 곳으로 멀어지는 신의 등불처럼 여겨졌다. 그리하여 그녀는 그것에 도달하고픈 열렬한 갈망으로 온몸이 또다시 갈기처럼 펄럭였다."

그렇게 떠나보내야 한다. 떠나보내고 나서도 그립지만 지금은 그렇게 떠나보내야 한다. 차라리 먼 곳에 있다고 생각하고 담담히 살아가는 것이 최선일지 모른다. 비록 그 사람이 멀리 있다고 하더라도, 사랑을 잃지 않기 위해, 그 사랑이 어떠한 것이든 그녀에게는 그만큼 소중하기 때문이다.

10. 내가 있는 자리

지금 내가 있는 이 자리는 어떻게 오게 된 것일까? 나는 이 자리에 오기까지 어떤 것들을 겪고 여기에 온 것일까? 여기까지 오면서 잃은 것은 없었을까?

나는 지금 이 자리에 얼마나 오래 있게 될까? 내가 이 자리에 영원히 머물 수는 없는 일, 언제까지 이 자리에 머물게 될까? 이 자리가 끝나면 나는 어디로 가게 될까? 내가 가는 그곳은 어떤 곳일까? 내가 원하는 곳일까, 그렇지 않은 곳일까? 편혜영의 <우리가 가는 곳>은 현재 내가 있는 곳, 그리고 내가 가고 있는 곳에 대해 생각하게 해주는 이야기이다.

주인공이 하는 일은 실종된 사람을 찾는 일이다. 그는 어떻게 그런 일을 하게 되었을까? 언제까지 그는 이 일을 하게 될까? 실종된 사람을 찾으면서 그는 많은 사람의 삶의 여정을 자연스레 엿보게 되기도 한다. 모든 사람들은 각자 나름대로의 길이 있었다.

"이대로는 살 수 없을 뿐이지, 새로운 삶에 희망이나 기대를 거는 건 아니다. 기실 그들은 스스로 도망쳤다고 여긴다. 도망자로서 이후의 삶은 뻔하다. 신원 조회가 필요한 일을 할 수 없으므로 사회에서 가장 불안정하고 힘든 비정규직 노동자가 된다. 이전의 삶과 별로 달라질 게 없다는 소리다."

삶을 회피한다고 해서 삶이 피해지는 것일까? 어디로 가건, 거기에도 또 다른 삶이 기다리고 있을 뿐이다. 지금이 힘들다고 나중은 힘이 들지 않는 삶이 기다리고 있는 것일까? 오늘을 살아내지 못하면서 내일을 살아낼 수 있을까?

주인공은 고속도로를 타다가 화물 트럭에 실려 가는 목조 주택을 따라간다. 그들이 따라간 곳은 한적한 농촌이었다. 목조 주택은 농막을 위해 그곳으로 운반되었다. 주인공은 어떤 것을 기대하고 갔을까? 그저 호기심으로, 아니면 재미로 따라갔던 것일까? 하지만 그가 도착한 곳은 별곳이 아니었다.

삶에서 우리가 기대하는 것은 어떤 특별함을 바라기 때문일까? 그럴지도 모른다. 하지만 삶에 있어서 특별한 것은 오늘 지금이 아닐까?

"어쩐지 들떠 보이는 오영지에게서 등을 돌리고 나는 눈을 감았다. 내일 우리는 어디로 가게 될까. 그게 어디인지 아직은 알 수 없지만, 이제까지와는 다른 곳일 것이다. 동시에 조금도 다르지 않은 곳이겠지. 하지만 어디든 도착할 것이다. 지금 중요한 것은 그것뿐이었다."

지금 있는 곳을 떠나면 어딘가에 가게 될 것이다. 하지만 그곳이 지금과 엄청나게 다른 곳은 아닐 것이다. 아니, 그곳이 엄청나게 다른 곳이라고 해서 우리의 삶이 크게 바뀌지는 않을 것이다. 삶은 그저 그만그만하고, 인간 또한 그저 그만그만할 뿐이다.

편혜영의 “밤의 마침”에서는 우리가 살아가는 일상에서 조그마한 부분이 전혀 예상하지 못한 커다란 폭풍이 될 수도 있다는 것을 느끼게 된다.

소설에서 주인공은 친구와 술을 먹다가 옆에 있던 미성년자들과 얽히게 되면서 그의 삶에 엄청난 변화가 생기는 것을 이야기하고 있다.

“일련의 일이 진행되는 동안 그는 회사에 자주 결근하고 주요 회의에 참석하지 못하고 거래처 관리에 소홀하고 동료와 후배에게 업무를 떠넘긴다. 소문은 점점 질이 나빠지면서 회복할 수 없는 수준에 이른다. 그는 때마침 불어닥친 구조조정을 비껴가지 못한다. 이웃에 퍼진 소문 때문에 이제 겨우 초등학교 2학년인 그의 아이는 친구들 사이에서 따돌림을 당한다. 그와 아내는 결혼 후 처음으로 장만해 오랫동안 살던 집을 팔고 낯선 곳으로 이사를 한다. 당신을 못 믿는 건 아니야. 이게 다 당신 탓도 아니고. 모든 일이 끝난 후 아내가 말한다. 하지만 아내는 그 때문에 이 모든 일이 벌어졌고 자신과 아이가 상처를 입었다는 피해의식과 불쾌를 숨기지 못하고 점차 그에게 냉담해진다.”

어떻게 보면 친구와 술을 마신다는 것은 일상의 지극한 평범한 일이다. 하지만 우연히 술을 마시다 벌어진 일로 인해 주인공의 일상은 완전히 파탄이 나 버린다. 그를 이해하려고 노력하는 사람도 없다. 그의 편이 되어 주는 사람은 아무도 없고. 심지어 아내마저 그를 외면하게 된다. 그로 인해 그의 삶은 예전으로 돌아갈 수 없게 되어 버리고 만다.

소설이지만 이러한 일들이 우리에게도 일어나지 않는다고는 말할 수 없을 것이다. 아니, 오히려 우리의 일상에서는 이보다 더 심한 일들도 많을 것이다. 생각해 보면 별것도 아닌 것이었는데, 여러 가지 일들이 겹치고 꼬이면서 우리의 삶을 완전히 바꾸어 버릴 수도 있는 경우가 너무나 많을 것 같다. 또한 그렇게 한번 일어난 일은 돌이킬 수가 없게 된다.

어떠한 일이 나에게 일어나도 끝까지 나를 믿어 주는 사람은 얼마나 될까? 나를 이해하고 받아주려는 사람은 아마 그리 많지 않을 것이다. 왜냐하면 대부분의 경우 각자의 입장에서 자신의 생각으로 모든 것을 판단하려고 하기 때문이다. 실질적으로 나의 입장이 되어서 그 모든 사실을 알아주려고 노력하는 사람은 아마 극히 드물 것이다. 삶은 그래서 전혀 예측하지 않는 방향으로 되는 경우가 너무 많은 것 같다.

평범하게 산다는 것이 얼마나 어려운 것인지 우리는 잘 알고 있다. 오히려 평범하게 살 수 있는 것이 더 위대한 것인지도 모른다. 삶이라는 것이 나의 뜻대로 원하는 대로 되어 가기보다는 그렇지 않은 경우가 더 많기 때문이다.

일상에서 할 수 있는 것은 정말 평범한 일이지만, 나에게 어떠한 커다란 일이 생기면 그러한 일상도 어려울 수가 있을 것이다. 그러한 일이 일어나지 않고 그저 매일 같은 일상이 계속되었으면 싶다. 엄청난 것도 바라지 않으니까 마음 편하게 아침에 일어나서 운동하고 내가 해야 할 일을 하는 그러한 평범한 하루의 연속이 아마 하늘이 내리는 가장 커다란 축복이 아닌가 싶다.

모든 것에 자신이 없다. 지금 생각하는 것이 옳은 것인지 그렇지 않은 것인지도 모르겠다. 어떤 것을 선택해야 하는지, 꼭 선택을 해야만 하는 것인지도 확신이 들지 않는다. 지금 가고자 하는 길이 맞는 것인지, 아니면 더 이상 그 길을 가지 말아야 하는 것인지도 알 수가 없다.

편혜영의 소설 〈밤의 구애〉는 조그만 화원을 운영하는 어떤 키 작은 남자의 그동안 살아왔던 자신 없는 삶의 과정에 이제는 작별이 필요함을 말해주는 이야기이다.

옛 동료 아버지의 죽음 앞에서, 교통사고로 불이 붙은 트럭을 직접 보고 나서, 어떤 마라토너의 끝없는 질주에서, 그는 더 이상 삶의 망설임은 아무런 의미가 없다는 것을 인식한다.

그가 그동안 알고 지냈던 어떤 여인에 대해 그가 애매하게 취해왔던 마음이 더 이상 망설임의 이유로 끝낼 수는 없다는 것을 알고 그는 이제 결단을 한다.

“수화기를 통해 여자의 가느다란 숨소리가 들려왔다. 차분하면서도 규칙적인 소리였다. 그 소리가 묘하게도 김의 마음을 가라앉혔다. 김은 여자의 숨소리에 맞춰 숨을 내쉬고 들이마셨다. 여자와 호흡을 맞추려면 조금 서둘러 숨을 뱉어야 했다. 몇 번의 시도에도 숨의 간격을 맞추기 어려워지자 김은 불쑥 여자에게 사랑을 고백했다. 여자는 잠자코 있었다. 여자가 아무 말도 하지 않는 것이 두려웠지만 어떤 대꾸를 하는 것도 두려워서 오로지 여자에게 틈을 주지 않기 위해 생각나는 대로 말을 이었다. 오랫동안 유심히 여자를 바라보는 기쁨을, 여자와 처음으로 우연히 팔꿈치가 스쳤을 때 박동한 심장을, 처음 여자의 손을 잡았을 때 거짓말같이 여겨지던 낯선 감각을, 그를 차분하게 하는 부드러운 숨소리를 얘기했다. 여자에게 사랑받지 못하지나 않을까 하는 불안감을, 여자를 사랑하고 있음을 깨달았던 순간의 설렘을 얘기했다."

우리는 살아가면서 수많은 사람과 사건을 만나게 된다. 그러한 것들이 우리의 삶을 그냥 스쳐 지나가 버리는 경우도 너무나 많다. 세월이 지나 그냥 스쳐 지나갔던 것이 자신의 삶에서 너무나 중요했다는 것을 뒤늦게 깨닫기도 한다. 어쩌면 삶의 과정에서 하고 있는 어떤 망설임이 우리의 돌이킬 수 없는 무엇보다도 소중한 것이었는지도 모른다.

우리에게 남겨진 시간이 한정된 것이라면, 그러한 망설임이 어떤 의미가 있는 것일까? 내가 하고자 하는 일, 이루고자 하는 꿈, 진정으로 좋은 소중한 사람들, 그러한 것들을 우리는 그저 그렇게 스쳐 지나가게만 해야 하는 것일까?

11. 숙명을 받아들이며

알베르 까뮈의 시지프 신화는 인간의 운명을 가장 잘 표현한 글이 아닐까 싶다. 까뮈는 1913년에 알제리에서 태어났다. 그가 태어난 후 바로 세계 제1차 대전이 일어났고, 그의 아버지는 이 전쟁에서 사망한다. 아버지 없이 청각장애인이었던 어머니, 그리고 할머니와 가난한 어린 시절을 보냈다. 고학으로 힘들게 대학에 들어갔을 때 그의 평생의 스승 장 그르니에를 만난다.

대학 때부터 까뮈는 인간 존재의 부조리에 대해 고민했다. 대학 졸업 후 그는 신문기자가 되었고 1942년에 쓴 <이방인>으로 단숨에 문단의 주목을 받았다. 이 소설은 부조리한 세상에서 무관심으로 살아가던 한 남자가 살인을 하고 사형선고를 받은 후 죽음에 직면하면서 깨달아 가는 이야기이다. 그의 이런 부조리에 대한 고민은 <시지프의 신화>에 더욱 명확히 나타난다.

"신들이 시지프에게 내린 형벌은 쉬지 않고 바위를 굴려 산꼭대기까지 올리는 것이었다. 그런데 산꼭대기에 오르면, 바위는 그 자체의 무게 때문에 다시 굴러떨어지곤 했다. 그들이 허무하고 희망 없는 노동보다 더 끔찍한 형벌은 없다고 생각한 것은 일리가 있었다. 우리는 이미 시지프가 부조리한 영웅임을 알아차렸다. 그는 그의 열정뿐만 아니라 그의 고뇌로 인하여 부조리한 영웅인 것이다. 신들에 대한 멸시, 죽음에 대한 증오, 그리고 삶에 대한 열정은 아무것도 성취할 수 없는 일에 전 존재를 다 바쳐야 하는 형용할 수 없는 형벌을 그에게 안겨주었다. 이것이 이 땅에 대한 정열을 위하여 지불해야 할 대가이다."

신의 저주에 의해 영원히 산 밑에서 산 위로 바위를 밀어 올려야 하는 시지프의 운명은 무슨 의미가 있는 것일까? 바위를 올려놓으면 다시 산 밑으로 떨어지고, 다시 내려가 또다시 바위를 밀어 올리면 바위는 또다시 산 밑으로 떨어지고. 시지프는 그러한 무한한 반복의 저주를 헤어날 수가 없었다.

"이 신화가 비극적인 것은 주인공의 의식이 깨어 있기 때문이다. 만약 한걸음 한 걸음 옮길 때마다 성공의 희망이 그를 떠받쳐준다면 무엇 때문에 그가 고통스러워하겠는가? 오늘날의 노동자는 그 생애의 그날 그날을 똑같은 일을 하며 산다. 그 운명도 시지프에 못지않게 부조리하다."

시지프는 밀어올려봤자 다시 내려갈 수밖에 없는 부조리의 삶을 계속 살아야만 하는 것일까? 그는 의식이 깨어 있지 않은 채 차라리 그 사실을 아무런 생각 없이 하면 더 낫지 않을까? 어쩌면 우리의 삶 자체도 시지프와 다를 것이 하나도 없다.

"그의 운명은 그의 것이다. 그의 바위는 그의 것이다. 이와 마찬가지로 부조리한 인간이 자신의 고통을 응시할 때 모든 우상을 침묵하게 만든다. 문득 본연의 침묵으로 되돌아간 우주 안에서 경이에 찬 작은 목소리들이 대지로부터 헤아릴 수 없이 솟아오른다. 은밀하고 무의식적인 부름이며 모든 얼굴의 초대인 그것들은 승리의 필연적인 이면이요 대가다. 그림자 없는 햇빛이란 없기에 밤을 알아야만 한다. 부조리한 인간의 대답은 긍정이며 그의 노력에는 끝이 없을 것이다. 개인적인 운명은 있어도 초월적인 운명이란 없다. 게다가 그 운명이란 피할 수 없고 경멸해야 할 것으로 판단된다."

어쩌면 부조리가 운명인지도 모른다. 이치에 맞지 않는 게 확실하다. 합당하지 않다. 합리적이지 않고 타당하지 않는 데 받아들일 수밖에 없다. 운명을 바꿀 수 있는 힘은 인간에게는 없다. 거기에 순응하는 수밖에 다른 방법이 있다면 그 부조리로부터 도피하는 수밖에 없다. 스스로 그 운명을 포기하는 것이다. 즉, 부조리에서 벗어나는 길은 스스로 자신의 삶을 마감하는 것 밖엔 선택의 여지가 없다. 그러면 더 이상 바위를 밀어올리지 않아도 된다.

"이제 나는 시지프를 산기슭에 남겨둔다. 사람은 언제나 자기 짐의 무게를 다시 발견한다. 그러나 시지프는 신들을 부정하며 바위를 들어 올리는 한 차원 높은 성실성을 가르친다. 그 역시 모든 것이 다 잘 되었다고 판단한다. 이제부터는 주인이 따로 없는 이 우주가 그에게는 쓸모없는 것으로도, 하찮은 것으로도 보이지 않는다. 그에게서는 이 돌의 부스러기 하나하나, 어둠 가득한 이 산의 광물적 광채 하나하나가 그것만으로도 하나의 세계를 만든다. 정상을 향한 투쟁 그 자체가 인간의 마음을 가득 채우기에 충분하다. 이제 시지프는 행복하다고 상상해야 한다."

시지프는 그의 운명을 받아들일 수밖에 없었다. 그리고 도전하는 자체에 만족해야만 했다. 그게 인간이다. 인간이 할 수 있는 것은 그리 많지 않다. 부조리를 바꿀 수 없는 인간이기에 행복하다고 상상하며 지내기로 한 것이다. 바위를 계속 밀어올리는 것이 어쩌면 운명에 대한 반항이며 투쟁이지만, 그리고 그러한 반항과 투쟁도 소용없다는 걸 알지만 그것으로 자족할 수밖에 없는 게 인간의 한계다. 더 이상 아무것도 바라지 말자. 자족할 수 있는 것으로도 충분하다고 생각하자. 실존은 어차피 비극이다. 그것이 인생이다. 비록 슬프지만 이러한 사실을 인정하는 나는 너무나 비겁한 삶을 살아가고 있는 것일까?

살아가다 보면 누구나 후회되는 일이 있기 마련이다. 알베르 까뮈의 소설 <전락>에서 주인공 클라망스는 다음과 같이 고백한다.

"나는 난간 위로 몸을 숙이고 강물을 내려다보고 있는 듯한 한 형체 뒤를 지나갔습니다. 거무스름한 머리카락과 외투 깃 사이로 비에 젖은 싱그러운 목덜미가 눈에 확 띄었지요. 이것이 내 감각을 자극했습니다만 약간 망설이다가 가던 길을 계속 갔습니다. 그리고 다리 끝에서 당시 살고 있던 생미셸 방향 강변길로 접어들었습니다. 약 50미터쯤 갔을 때, 그 소리가 들렸습니다. 사람이 강물로 뛰어드는 소리였지요. 꽤 먼 거리였지만 밤의 정적탓에 그 소리가 내 귀엔 엄청나게 크게 들렸습니다. 우뚝 걸음을 멈췄지요. 하지만 돌아보지는 않았습니다. 거의 곧바로 외마디 비명이 들렸고 몇 번 더 이어졌지요. 이 소리 역시 강으로 내려갔고 뚝 끊겨 버렸습니다. 갑자기 굳어 버린 어둠 속에 침묵이 흘렀고, 이 침묵은 끝없이 지속될 것만 같았습니다. 달려가고 싶었지만, 몸뚱이가 꼼작하질 않는 겁니다. 추위와 충격으로 바들바들 떨고 있었던 것 같아요. 속으로는 빨리 가봐야 한다고 되뇌었지만 저항할 수 없는 무력감이 온몸으로 퍼지는 듯했습니다. 그때 무슨 생각을 했는지 기억나지 않지만, 아마 '너무 늦었어, 이미 늦은 거야.' 라거나 아니면 그 비슷한 말이었을 겁니다."

클라망스는 자신이 여인을 구하지 못한 것을 속죄하며 직업도 포기하고 암스테르담의 한 바에서 매일 술을 마시며 다른 사람에 자신의 과거 잘못을 이야기하며 여생을 보낸다. 그 여인은 클라망스와는 아무런 관련도 없는 여인이었고, 클라망스는 그 여인을 구하지 못한 것에 집착하여 자신의 삶마저 포기하는 사태로 이어진다. 물론 클라망스가 용기를 내어 그 여인을 구했다면 좋았을 것이다. 하지만 그 일은 이미 지나가 버렸고, 그 여인은 살아서 결코 돌아오지 않는다.

우리는 왜 지나간 일에 집착을 하는 것일까. 그 일에 집착을 한다고 해서 시간이 다시 거꾸로 흘러 과거의 그 일을 돌이킬 수도 없다. 후회를 한다고 해서 그 일이 다시 우리 자신이 원하는 대로 되지도 않는다. 내가 잘못한 일을 반성을 한다고 해도 그 일이 번복되지는 않는다. 사소한 실수로 인해 중대한 일을 그르쳤다고 해서 그 일이 다시 잘 되지도 않는다.

과거에 대한 일에 집착을 하는 것은 욕심일 뿐이다. 미래에 대한 욕심은 이루어질 수 있을 가능성이라도 있지만, 과거에 대한 욕심은 결코 이루어질 수가 없을 것이다. 아무런 의미도 없는 것에 집착하는 이상 우리에게 주어진 현재와 미래마저 잃는 것이 아닐까 싶다.

살아가다 보면 후회 없는 삶을 살아가는 사람은 단 한 명도 없을 것이다. 후회하는 것보다는 앞으로 후회를 하지 않기 위해 현재를 사는 것이 중요하지 않을까 싶다. 오늘을 후회하다 미래에 또 다른 후회를 할 가능성이 있기 때문이다.

지나간 것은 과감하게 버리고 미련이나 집착도 하지 말고, 더 나은 내일을 위해 오늘을 살아가는 것이 과거의 잘못을 번복하지 않는 길일 것이다.

알베르 까뮈의 소설 <페스트>는 유행병의 무서움을 여실히 보여주는 이야기이다. 페스트는 중세 시대 유럽을 초토화 시켰던 인류 역사상 가장 무서웠던 유행병이었다. 유럽 전체 인구의 삼분의 일이 사망하였다. 우리나라에서는 이 병에 걸리면 사람이 죽을 때 피부가 검은색으로 변하며 죽어가기에 흑사병으로 알려져 있다.

소설에서는 북아프리카 알제리의 어느 한 도시에서 페스트가 발병하는 것으로부터 시작해서 많은 사람이 죽어 나가고 페스트가 약해지면서 사라지는 전 과정의 이야기를 담고 있다.

“4월 16일 아침, 의사 베르나르 리외는 진찰실을 나서다가 계단 한복판에 죽어 있는 쥐 한 마리에 걸려 넘어질 뻔했다. 당장에는 특별한 주의를 기울이지 않은 채 그 동물을 발로 밀어 치우도 계단을 내려왔다. 그러나 거리에 나서자 문득 쥐가 나올 곳이 아니라는 생각이 들어 발길을 돌려 수위에게 가서 그 사실을 알렸다."

페스트의 원인은 페스트균으로 주로 쥐와 같은 설치류를 통해 감염되는 것으로 알려져 있다. 하지만 어떤 문헌에서는 세균이 아닌 바이러스로 인한 것이라는 주장도 있다. 잠복기는 일주일도 안 되는 것으로 알려져 있으며 치료를 하지 않을 경우 병은 급속히 진행되어 심하면 사망에 이른다.

"그러나 그 뒤 며칠이 지나자 사태는 점점 더 악화되었다. 죽은 쥐들의 수는 날로 늘어만 갔고 수집되는 양도 매일 아침마다 더욱 많아졌다. 나흘째 되는 날부터 쥐들은 떼를 지어서 거리에 나와 죽었다. 집안의 구석진 곳으로부터, 지하실로부터, 지하창고로부터, 수챗구멍으로부터 쥐들은 떼 지어 비틀거리면서 기어 나와 햇빛을 보면 어지러운지 휘청거리고, 제자리에서 돌다가 사람들 곁에 와서 죽어버렸다."

소설에서는 병이 급속도로 전염되어 짧은 기간 안에 수많은 사람에게 전염되어 도시 전체가 마비되기에 이른다. 인류의 역사에 있어 대 유행병은 항상 있어 왔다. 흑사병은 천연두와 더불어 인류에게 가장 피해를 많이 준 유행병이다. 이러한 일은 언제 어디서나 일어난다. 미래에도 예외가 없을 것이다.

"리외는 환자가 윗몸을 침대 밖으로 내민 채, 한 손은 배에 또 한 손은 목덜미에 대고 대단히 힘을 쓰면서 불그스름한 담즙을 오물통에다 게우고 있는 것을 보았다. 오랫동안 애쓴 끝에 거의 숨이 막힐 지경이 되어서 수위는 다시 자리에 누웠다. 체온이 39.5도였고 목에는 멍울이 잡혔으며 팔다리가 붓고 옆구리에 거무스름한 반점 두 개가 퍼져가고 있었다."

유행병이 커다란 문제 중 하나는 우리가 준비가 안 된 상태에서 그러한 무서운 병과 싸워야 한다는 것이다. 이로 인해 유행병 초창기에는 수많은 사람들이 희생되어 왔다. 새로운 유행병에 대해 인간은 손도 제대로 써보지도 못하고 수많은 인명피해를 입을 수밖에 없었다. 유행병이 무서운 것은 인간의 일상이 전체적으로 파괴되기 때문이다. 정상적인 생활을 해 나갈 수가 없다. 인간이 위대한 존재라 생각하는 것은 착각이다. 눈에 보이지도 않는 작은 바이러스나 세균을 정복하는 것은 거의 불가능에 가깝다.

"첫 더위가 매주 700에 가까운 숫자를 기록하는 희생자 수의 급상승과 일치했기 때문에 우리 시는 일종의 절망에 사로잡히게 되었다. 변두리 지역의 보도가 없는 거리와 테라스가 있는 집들 사이에서도 활기가 눈에 띄게 줄었고, 주민들이 항상 문 앞에 나와서 살던 동네도 문이란 문은 모두 닫히고 덧창들마저 첩첩이 잠겨 있어서 햇빛을 막으려고 그러는 것인지 아니면 페스트를 막으려는 것인지 알 수 없었다. 시의 출입문에서 소동이 벌어지면 헌병들이 무기를 사용하지 않을 수 없게 되었고, 그로 인해서 어딘지 어수선한 동요가 생겼다."

시간이 지나면 유행병은 유행처럼 사라지기 마련이다. 하지만 이러한 질병의 끝은 없다. 새로운 질병이 언제 어디서 나타날지 모른다. 인간의 입장에서는 이러한 바이러스와 세균이 하루빨리 사라지는 것을 바란다. 하지만 바이러스나 세균의 입장에서는 자신의 세력을 더욱 넓혀야 종을 유지시킬 수가 있고, 인간의 백신이나 치료제에 대응해 새로운 돌연변이가 나타나야 살아갈 수가 있다.

"사실, 시내에서 올라오는 환희의 외침 소리에 귀를 기울이면서, 리외는 그러한 환희가 항상 위협을 받고 있다는 사실을 떠올리고 있었다. 왜냐하면, 그는 그 기뻐하는 군중이 모르고 있는 사실, 즉 페스트균은 결코 죽거나 소멸하지 않으며, 그 균은 수십 년 간 가구나 옷가지들 속에서 잠자고 있을 수 있고, 방이나 지하실이나 트렁크나 손수건이나 낡은 서류 같은 것들 속에서 꾸준히 살아남아 있다가 아마 언젠가는 인간들에게 불행과 교훈을 가져다주기 위해서 또다시 저 쥐들을 불러내 어느 행복한 도시로 그것들을 몰아넣어 거기서 죽게 할 날이 온다는 것을 알고 있었기 때문이다."

페스트가 사라짐으로 인해 사람들은 좋아하지만, 페스트가 다시 유행할지도 모른다. 아니, 더 무서운 유행병이 나타날 수도 있다. 바이러스와 세균이 무서운 것은 너무나 쉽게 돌연변이가 나타나기 때문이다. 그들은 스스로 새로운 종들을 계속해서 만들어낸다. 인간은 그 새로운 종을 예측할 수도 없다. 새로운 바이러스에 대해 백신을 쉽게 만들지 못할 수도 있다. 에이즈가 나타난 지 40년이 지났지만 아직 백신은 만들어지지 않았다. 단지 치료제만 있을 뿐이다. 새로이 나타나는 세균에 대해 미리 항생제를 만들어 놓을 수도 없다. 어떤 세균인지를 알아야 항생제를 만들며, 만들어 놔도 세균은 거기에 대한 대항력을 갖춘다. 그리고 항생제를 무용지물로 만드는 또 다른 새로운 종을 만들어 낸다.

인간과 바이러스와 세균에 대한 싸움은 영원히 끝날 수가 없다. 바이러스와 세균의 입장에서는 인간이 많이 감염되어 죽어야 자신의 생존이 가능해지는 것이다. 인간의 방어에 그들은 새로운 돌연변이를 만들어 내며 번식하고 종을 유지시킨다. 인간의 패배가 그들에게는 승리일 수밖에 없다. 이 끝날 수 없는 전쟁에서 누가 최후의 승자가 될지는 알 수가 없다.

12. 삶의 상처들

이청준의 〈병신과 머저리〉는 살아가면서 얻은 가장 큰 상처로 인한 아픔에서 헤어 나오지 못하는 삶을 살아가는 형제에 관한 이야기이다. 저자는 인생에 있어서 누구나 다 상처는 있기 마련이며, 그곳에 빠져나오지 못하는 이들을 소위 '병신과 머저리'라고 표현한다. 삶은 그 아픔보다 훨씬 위대한데도 불구하고 이를 극복하지 못하니 바보와 다를 바 없다는 뜻이다.

"다시 관모 쪽을 살폈다. 가슴께서부터 눈 위로 검은 반점이 스멀스멀 번져 나오고 있었다. 나는 거기에서 눈을 떼지 않은 채 상체부터 조금씩 몸을 일으켰다. 그리고는 총을 비껴 쥐고 조심조심 관모 쪽으로 다가갔다. 가슴께에서 쏟아진 피가 빠른 속도로 눈을 물들이고 있었다. 금세 나의 발을 핥고 들 기세였다. 나무들은 높고 산골엔 소름 끼치는 고요가 짓누르고 있었다. 이상스런 외로움이 뼛속으로 배어들었다. 그때 갑자기 관모가 몸을 꿈틀했다. 그리고는 계속해서 조금씩 꿈틀거렸다. 그것은 모래성에서 모래가 조금씩 흘러내리는 것처럼 작고 신경에 닿아오는 것이었다. 나는 겁이 나기 시작했다.

어느새 핏자국이 눈을 타고 나의 발들을 덮었다. 나는 한참 동안 두려운 눈으로 관모의 움직임을 지켜보고 있었다. 입으로 짠 것이 흘러들었다. 손으로 이마를 짚었다. 생채기에서 볼로 미끈한 것이 흐르고 있었다."

한국전쟁에서 북한의 강계까지 진격한 형은 중공군의 인해전술로 전투에서 패한 후 패잔병으로 낙오하게 된다. 깊은 산속으로 숨어들었고, 자신을 성폭행하고 동료 전우들을 괴롭힌 상관을 총으로 살해한다. 이것은 전쟁이 끝난 후 외과 의사가 된 그에게 있어 커다란 상처로 남았고, 수술 중 자신의 실수로 인한 어린 소녀의 죽음 앞에서 결국 과거의 상처를 극복하지 못하고 더 이상 의사라는 직업을 수행하지 못한다.

"비로소 몸 전체가 까지는 듯한 아픔이 전해왔다. 그것은 아마 형의 아픔이었을 것이다. 형은 그 아픔 속에서 이를 물고 살아왔다. 그는 그 아픔이 오는 곳을 알고 있는 것이다. 그리하여 그것은 견딜 수 있었고, 그것을 견디는 힘은 오히려 형을 살아 있게 했고 자기를 주장할 수 있게 했다. 그러던 형의 내부는 검고 무거운 것에 부딪혀 지금 산산조각이 나고 있었다. 그렇다고 해도 이제 형은 곧 일을 시작하게 될 것이다. 형은 자기를 솔직하게 시인할 용기를 가지고, 마지막에는 관모의 출현이 착각이든 아니든, 사실로서 오는 것에 보다 순종하여, 관념을 파괴해버릴 수 있는 힘이 있었다. 무엇보다도 형은 그 아픈 곳을 알고 있었으니까. 어쨌든 형을 지금까지 지켜온 그 아픈 관념의 성은 무너지고 말았지만, 그만한 용기는 계속해서 형에게 메스를 휘두르게 할 것이다. 그것은 무서운 창조력일 수도 있었다."

동생 또한 사랑하는 사람에 대한 상처로부터 치유받지 못한 채 항상 과거에 매달려 살고 있을 뿐이었다. 그 상처는 그로 하여금 현재와 미래도 잃어버린 채 살아가게 만들고만 있었다.

인생을 살아가면서 상처나 아픔이 없는 사람은 없다. 그 상처의 크기와 깊이를 따진다면 어느 정도 차이가 있겠지만, 삶을 크게 바라보았을 때 누구나 삶의 올가미가 될 아픔은 있기 마련이다. 오직 그 아픔의 크기는 그 사람에 의해 결정될 뿐이다.

누군가는 커다란 아픔이 있었어도 그 상처를 별것 아니라 생각하고 극복하는가 하면, 누군가는 객관적으로 볼 때 그리 큰 상처가 아님에도 불구하고 스스로 그 상처의 노예가 되기도 한다. 그 족쇄에서 해방되는 것은 오로지 자신의 몫일 뿐이다. 그 누구도 이를 해결해 주지는 않는다. 그것에 얽매어 자신의 소중한 삶을 조금씩 잃어가든지, 아니면 이를 스스로 극복하고 더 나은 삶을 살든지 하는 것은 오직 그에게 달려 있을 뿐이다.

상처를 치유해주고 관심을 가져주는 이를 기대하는 것은 겁쟁이일 뿐이다. 자신의 상처를 스스로 치유하지 못하는 한, 그 상처는 낫지 않는다. 평생 그 상처만 바라보고 살아가게 될 수밖에 없다. 과감하게 이를 떨치고 스스로 치유하고 과거의 어떠한 상처라도 얽매이지 않고 살아가는 것이 진정으로 자신을 사랑하는 길이 아닐까?

이 세상에 완벽한 사람은 존재하지 않는다. 살아가다 보면 실수를 할 때도 있고 잘못을 저지를 때도 있다. 하지만 주위의 사람들이나 사회에서는 그것을 실수로 생각하지 않는다. 자신 또한 그것에 얽매어 현재와 미래를 잃어버리고 살아가게 된다.

이청준의 〈행복원 예수〉는 순간적인 실수로 인해 그것이 굴레가 되어 삶의 기쁨과 행복은 물론 평생의 십자가가 되어 제대로 된 삶을 살아가지 못하는 이야기이다.

"손에 매달린 녀석 혼자 신기한 듯 자랑스러운 듯 내 쪽을 힐끔거리고 지나갔다. 그렇게 두 사람이 막 정문을 빠져나가려고 했을 때, 그리고 그 사내아이가 아쉬운 듯 나를 한 번 더 돌아보고 눈을 돌렸을 때였다. 나는 나의 눈과 혼과 팔다리와 몸뚱이가 한데 불덩이가 되어 녀석에게로 튀어갔다. 그리고 언제 움켜쥔 줄도 모르는 돌멩이로 녀석의 뒤통수를 내 힘껏 까부쉈다. 그리고 나는 행복원을 쫓겨났다."

자신의 소중한 것을 빼앗겨 어떻게 하지 못해 순간적인 실수를 저지른 것이 너무나 큰 결과를 불러왔다. 전혀 의도하지 않았던 일이 일어났고 이후 그것에 갇혀 마음의 감옥 속에 갇혀 살아가야만 했다.

잊어버리고 싶어도 잊지 못하고, 벗어나고 싶어도 벗어나지 못하는 운명의 굴레에 삶은 조금씩 무너져 내리고, 결국 행복한 삶을 소망조차 하지 못했다.

"무엇을 두려워해도 그 두려움 자체에 이미 용서가 약속되어 있는 거라고 믿어온 나였지만, 최 노인의 그 격한 목소리는 오늘날까지도 늘 어떤 숙명의 짐처럼 나를 무겁게 덮쳐 누르고 있었다. 하여 나에겐 오직 그 한 가지 일만이 언제까지나 용서받지 못한 마음속 죄과의 짐으로 남아 온 셈이었고 나는 오히려 싫지 않게 그 짐을 짊어져 온 것이었다."

누가 누구를 용서할 수 있는 것일까? 살아가면서 단 한 번도 잘못을 저지르지 않는 사람이 있을까? 타인의 실수나 잘못을 왜 그리 탓하는 것일까? 자신 또한 과거에 얽매어 너무나 소중한 현재와 미래를 잃어버리고 있는 것은 아닐까?

타인을 용서할 수 있는 자가 진정 자신도 용서할 수 있는 사람이 아닐까 싶다. 자신 스스로도 되돌아보고 더 이상 그러한 일을 반복하지 않는다면 자신을 용서해야 할 필요도 있다.

다른 사람을 탓하고 비난하고 욕하며 용서하지 못하는 사람은 결국 자신 또한 스스로를 감옥에 가둔 채 살아갈 수밖에 없을 것이다. 그 과거로부터 자유롭지 않은 이상, 그는 과거에만 묻혀서 살아가고 있는 것이다.

이제는 과거를 털어낼 때도 된 것이 아닐까? 오늘 존재하고 있는 나 자신을 사랑해야 하는 것이 아닐까?

13. 타인이라는 존재

<타인의 방>은 고등학교 2학년 때 신춘문예에 당선한 최인호가 26살이라는 나이에 쓴 것으로 1972년 현대문학상을 받은 작품이다. 서울에서 나고 자란 그는 도시인의 소외됨과 고독함에 유난히 관심이 많았다.

이 작품은 평범한 생활을 하는 가장의 이야기를 전지적 작가 관점에서 쓴 것인데, 극단적인 개인주의로 인한 가족 간의 소외감을 다룬 깊이 있는 소설이다.

우리에게 가족이란 무엇일까? 자신의 욕심을 채우기 위한 수단일까? 자신의 만족을 위해 존재하는 타자일 뿐일까? 소설에서 주인공은 며칠간의 출장 끝에 피로한 몸을 간신히 이끌고 집으로 돌아오지만 집의 문은 닫힌 채 아무도 없었다. 대신 집에 들어오면서 식탁 위에 놓인 아내가 쓴 쪽지는 거짓말이라는 것을 알게 된다. 돌아올 예정일보다 하루 먼저 돌아왔지만, 아내는 예정일에 맞추어 전보를 받은 것으로 쪽지를 남겨놓은 채, 그가 출장한 날부터 집을 비웠다는 사실을 알고 울분을 느낀다.

"여보, 오늘 아침 전보가 왔는데, 친정아버님이 위독하시다는 거예요. 잠깐 다녀오겠어요. 당신은 피로하실 테니 제가 출장 가신 것을 잘 말씀드리겠어요. 편히 쉬세요. 밥상은 부엌에 차려놨어요. 당신의 아내가"

아내는 친정아버지가 위독함에도 불구하고 남편은 올 필요가 없다고 이야기한다. 왜 그럴까? 무슨 이유로 장인이 위독함에도 불구하고 오지 말라고 하는 것일까? 남자의 부모가 아니라서 그런 것일까? 친정아버지에게는 왜 남편은 오지 못한다고 얘기를 하는 것일까? 겉으로 보기에는 위하는 것처럼 보이지만 실제는 그런 마음이 없이 자신을 감추는 것이 진정한 가족일까?

주인공은 오랜 출장에 힘든 몸을 가지고 집에 돌아올 때 집안의 누군가가 기다려주고 문을 열어주길 바랬다. 하지만 그 공간엔 아무도 없었다. 집에 와 편히 쉬고 싶었지만, 청소와 정리도 되어 있지 않은 집에서 마음 편히 쉬지도 못하며 환멸감을 느낀다. 배가 고파 먹을 것을 찾았지만 딱딱하게 굳어 있는 오래된 빵 한 조각이 전부였다. 가족을 위해 힘들게 일한 그를 위해서는 그 아무것도 없었다. 그리고 그는 자신의 살아가고 있는 그 공간에서 외로움을 느낀다.

"그는 한층 더 깊은 피로감을 느끼면서 거실로 돌아와 술병의 술을 잔에 가득히 부어 단숨에 들이마셨다. 그러자 그는 아주 쓸쓸하고 허무맹랑한 고독감을 느꼈다. 그래서 그는 다시 한 잔을 그득히 부어 연거푸 단숨에 들이마셨다. 술맛은 짜고 싱겁고, 달고도 썼다. 그는 어디쯤엔가 피우다 남은 꽁초가 있을 것이라고 생각하고 서랍을 뒤지다가 말라빠진 담배꽁초를 발견했다. 그는 그것에 불을 붙였다. 술기운이 그를 달아오르게 하고 그를 격려했기 때문에 그는 아동처럼 큰 소리로 노래를 부르기 시작했다.

나뭇잎에 놀던 새여. 왜 그런지 알 수 없네.

낸들 그대를 어찌하리. 내가 싫으면 떠나가야지."

주인공은 왜 자신의 집안에서 외로움을 느끼고 있을까? 자신이 살고 있는 그 공간에서 고독한 이유는 무엇인까? 그가 홀로됨을 느끼는 것은 그만의 책임일까? 수많은 시간을 가족을 위해 희생했건만 그것을 알아주지 못하는 박탈감과 허무함은 어디서 보상받아야 할까?

그에게 있어 그 방의 주인은 그가 아니었다. 그곳은 그를 위한 공간이 아니었다. 소설에서 주인공은 그 공간에서 한 번도 아내와 만나지 못한다. 같이 살고 있는 것 같지만 남과 다를 바 없었다. 자신의 삶에 철저히 몰입된 개인주의는 가족마저 남으로 만들어 버렸다.

그는 가정 안에서도 소외되고 고립된 채 외로이 살아가는 존재에 불과했다. 그는 차라리 그 누구도 자신의 존재를 알아주지 않는 그 공간으로부터 도망가고 싶을 정도였다. 아침이 되어 그는 다시 회사로 출근을 하고, 아내는 집으로 돌아온다.

"다음다음 날 오후쯤 한 여인이 이 방에 들어왔다. 그녀는 방 안에 누군가가 침입한 흔적을 발견했다. 매우 놀라서 경찰을 부를까고도 생각했었지만, 놀란 가슴을 누르며 온 방 안을 조심스럽게 살펴보았는데 틀림없이 그녀가 없는 새에 누군가가 들어온 것은 사실이긴 했지만 자세히 구석구석 살펴본 후에 잃어버린 것이 없다는 것을 발견하자 안심해버렸다."

아내는 남편이 들어온 것도 모르고 타인이 그 방에 온 것으로 생각했다. 남편이나 아내나 그 공간은 그들의 방이 아닌 타인의 방이었던 것이다.

푸른 꿈을 위해 열심히 살아왔지만, 삶의 어느 골목에서 우리는 극한의 절망에 빠지기도 한다. 더 이상 헤어 나오지 못할 삶의 한계와 마주했을 때 모든 것을 포기하고 싶고 모든 것에서 떠나고 싶은 마음 간절해질 수밖에 없을 것이다.

최인호의 〈깊고 푸른 밤〉은 모두가 그렇듯이 인생의 커다란 목표를 위해 자신이 꿈꾸었던 아름다운 세계를 위해 앞으로만 달려왔지만, 무언가 모를 올가미가 더 이상 달려 나가지 못하게 그의 발목을 잡는 어떤 한 인간의 극한의 생의 모습을 이야기해 주는 소설이다.

"지난 십여 년 동안 한시도 제대로 쉬지 못하고 혹사한 탓으로 신경이 팽팽한 바이올린의 현처럼 끊어져 버린 모양이라고 자위해 보기도 했었다. 그러나 참을 수 없는 분노는 더 이상 긴장과 자제로써도 눌러 진정시킬 수가 없었다. 분노는 그의 입을 뛰쳐나오고, 그의 손끝을 불수의 근육처럼 움직였다. 술좌석에서 그는 술만 마시면 마주 앉은 사람들과 싸웠고 어떤 때는 병을 깨고 술상을 뒤집어 엎어버리기도 했었다. 그가 여행을 떠나온 것은 그런 모든 분노의 일상생활에서 도망쳐 온 것이었다."

살아간다는 것은 행복을 위해, 아름다운 미래를 위해, 자신의 꿈을 이루기 위해, 보다 나은 삶을 위해 매일같이 최선을 다해 달리는 그다음 날에도 또 달리는 단거리이자 장거리 선수와 같은 것인지도 모른다.

인간은 생리적으로 한계를 가지고 있기에 육체적으로나 정신적으로 어느 순간에는 삶의 무게에 지쳐 쓰러지기 마련이다. 예전엔 전혀 예상하지도 못하고 그러한 일이 자신에게 일어나리라 생각하지 못했지만, 인생이라는 짧지 않은 길을 걸어가는 우리에게는 어느 순간 감당치 못하는 삶의 무게가 우리를 짓누르기도 한다. 하지만 삶은 그러한 여정의 연속일 수밖에 없기에 그 순간을 지나간다면 다시 자유로운 시간을 마주할 수가 있지 않을까 싶다.

"그제서야 줄곧 그의 마음속에 끓어오르던 분노의 불길이 서서히 꺼져가는 것을 보았다. 파도에 의해서 밀려온 낯선 뭍으로의 망명이 그의 분노를 잠재운 것은 아니었다. 그는 그가 살아온 모든 인생, 그가 보고 듣고 느꼈던 모든 삶들, 그가 소유하고 잃어버리고 허비했던 명예와 허영, 그가 옳다고 믿었던 정의와 법, 때로는 성공하고 때로는 배반당했던 그의 욕망, 끊임없이 추구하던 쾌락과 성욕, 그가 한때 가지고 버렸던 숱한 여인들, 그 모든 것들로부터 무참하게 얻어맞고 마침내 처절하게 패배당한 것 같은 느낌을 받았다. 처절하게 패배당했다는 사실을 깨달았을 때 그의 분노는 참다랗게 재를 보이며 소멸당했다. 이제는 원한도, 증오도, 적의도, 미움도, 아무것도 가질 이유가 없었다. 그는 딱딱한 바위의 표면 위에 입을 맞추며 그를 굴복시킨 모든 승리자들에게 용서를 빌었다. 그리고 이젠 정말 돌아가야 한다고 다짐했다. 그는 너무 지쳐 있었으므로 그 누구에게든 위로받고 싶었다."

지나고 나면 별것 아니었다는 사실, 모든 것은 다 이유가 있고, 시간은 정직하다는 진리가 그러한 삶의 고비를 넘긴 이들에게 봄날의 따스한 햇빛처럼 주어지는 것이 아닐까 싶다. 인생이 무엇인지, 삶이 어떠한 것인지는 그러한 고비를 넘긴 이들에게 주어지는 선물인지도 모른다.

"우린 절대로 죽지 않아. 봐라, 저 꿈틀거리는 검은 것이 무엇인지 아니. 그건 바다야. 태평양이야. 저 바다는 네가 돌아가려는 나라의 기슭과 맞닿아 있지. 우린 틀림없이 돌아가게 돼. 길을 찾을 수 있을 거야. 날이 밝으면 우린 돌아갈 수 있게 돼. 로스앤젤레스는 멀지 않아. 그곳에서 비행기를 타고 당장에라도 저 바다를 건너갈 수 있을 거야."

포기하지 않고 길을 걸어갈 때 최종적인 목적지에 도달하듯, 그 순간순간을 어떻게든 살아내는 이들에게 조그마한 기쁨과 행복을 누릴 수 있는 순간이 찾아오지 않을까 싶다. 언젠가는 그런 날이 오리라는 희망을 가슴속에 새기고 오늘 다시 묵묵히 길을 걷는 것만이 최선이라는 것은 삶의 끝에 도달한 자가 알게 되는 평범한 진리라는 생각이 든다.

살다 보면 많은 사람을 만나게 되고, 그 사람들 중에 오래도록 기억이 남는 사람이 있기 마련이다. 최인호의 <산문(山門)>은 깊은 산속 오래된 사찰에 평생을 수행하며 살아가던 어느 한 스님이 만난 기억할 수밖에 없는 어느 한 사람에 대한 이야기이다.

"여인은 어째서 잉태된 지 넉 달이 되는 아이를 지워 버렸을까. 사랑하는 남자로부터 버림을 받은 것일까. 장래를 약속하고 서로 육체를 나눈 남자가 갑자기 마음이 변해서 돌아서 버린 것일까. 그날 밤 법운은 저녁 예불을 올리면서도 줄곧 그 생각을 떨쳐버릴 수가 없었다. 여인의 눈빛으로 보아 여인은 간절히 뱃속의 아이를 낳아 기르고 싶은 소망을 가지고 있었음을 알 수 있었다. 그런데 그 소망은 무참히 짓밟혔다. 여인은 허름한 산부인과로 찾아가 수술대 위에 다리를 벌리고 누었을 것이다. 전신을 마취한 후 여인은 그토록 간절히 바라던 사랑하는 남자의 날카로운 쇠꼬챙이로 갈가리 찢어 잔인하게 죽여 버렸을 것이다."

새로운 생명은 사랑의 결과일 터인데 어째서 그 여인은 그 사랑도 잃고 새로운 생명마저 잃고 말았던 것일까. 그 새로운 생명의 반은 그 여인으로부터 온 것일 터인데 그마저 포기할 수밖에 없었던 이유는 무엇이었을까. 운명의 힘이 그리 컸던 것일까? 사랑의 어느 한쪽이 더 무거워 다른 사랑을 포기해야만 했던 것일까? 푸르른 소망이 있었건만 어찌해서 그것마저 잃어버리고 말았던 것일까.

"천도재를 지낼 동자상을 만들 때부터 법운의 가슴속으로는 처연한 슬픔이 고여들고 있었다. 법운은 그 동자처럼 갓난아기 때 법당에 버려진 아이로 발견되었다. 아무도 없이 빈 촛불만 타고 있는 법당 안에서 자지러지게 홀로 울고 있는 어린아이를 발견한 것은 노스님이었다. 여승들만 머무르고 있는 암자에서 법운은 자랐다. 젖이 나오지 않는 노스님의 젖을 빨면서 법운은 동승이 되었다. 노스님을 할머니로 여승들을 어머니로 부르면서 법운은 별 걱정 없이 자랐는데, 법운이 자신의 비밀을 알게 된 것은 초등학교에 들어가고 난 이후부터였다."

자신 또한 버려졌기에, 그 버림의 아픔을 충분히 알 수 있었다. 그나마 생명을 보존할 수 있었던 것만도 축복이었는지 모른다. 그 버림의 속세가 싫어서 깊은 숲속에서 살아가고 있는지도 모른다. 인간의 그 냉혹한 마음의 단면을 그는 일찍부터 알고 있었을 것이다.

"비록 제련소의 굴뚝에서 미련도 애착도 미움도 증오도 슬픔도 원한도 번뇌도 탐욕도 모두 굴뚝의 연기와 더불어 태워버리고 다시 출가하여 승려가 되었지만, 가슴속에 묻어 있는 한은 아직 남아 있는 마음속의 광석을 태워 쇳물을 뽑아내는 용광로처럼 이글이글 타오르며 검은 연기를 뿜어대고 있었던 것이었다. 법운은 종이로 만든 동자상이 마치 이십여 년 전 포대기에 씌워져 법당에 버려진 자신의 분신인 것 같은 느낌이 들었다. 그러므로 내일 올리는 천도재는 그 여인이 낙태시킨 갓난아이의 영혼을 달래주는 다비장이기도 하였지만, 태어나자마자 버려진 비참한 자신의 어린 시절의 영혼을 달래주는 진혼제인 것 같은 느낌이 들어 내내 법운은 마음이 무겁고 상심되었던 것이었다."

그래서 스스로 자신의 목숨을 버리려 했는지도 모른다. 사랑을 받은 적이 없었기에, 누군가를 바랄 수가 없기에, 삶이란 별것이 없다는 것을 알기에, 남아 있는 시간도 별 수 없을 것이라 생각되기에, 스스로 자신을 내버리고 싶었는지도 모른다.

그래도 그는 깊은 산속에서나마, 머리를 깎은 채 무언가를 할 수 있는 것이 있다는 것을, 알지도 못하는 이를 위해 조그마한 위로라도 해줄 수 있다는 것을 알기에 오늘 그 자리에서 존재하고 있는지도 모른다.

14. 사랑 그 아픔

1865년에 아일랜드의 더블린에서 태어난 윌리엄 예이츠는 처음엔 화가가 되려고 하였으나 10대 후반 자신이 쓴 시에 대한 평판이 좋아 시인의 길로 들어선다. 1923년 아일랜드인 최초로 노벨 문학상을 받았고, 자신의 조국인 아일랜드의 독립을 위해 헌신했다. 그는 아일랜드 독립을 위해서는 아일랜드인들의 결집이 중요하다고 생각하여 고대 아일랜드의 전설적인 영웅을 소재로 한 극작품을 써서 더블린의 극장에서 공연할 수 있도록 하였다. 그는 초자연적인 신비 세계를 추구하여 무녀와 결혼하기도 했지만, 그의 작품은 무엇보다 그의 서정시가 최고가 아닐까 싶다.

청년 시절 그는 사랑했던 모드 곤에게 청혼을 했으나 거절당한다. 곤은 급진적인 사회운동가 여성이었다. 그녀는 예이츠의 시 세계를 이해하지 못했고, 온건한 사회참여를 하려는 예이츠와 맞지 않았다. 하지만 예이츠의 마음에는 항상 곤이 있었고, 그는 50살이 될 때까지 무려 30년 동안 곤에게 계속 청혼을 하나 결혼엔 실패한다. 예이츠는 나중에 만약 곤이 청혼을 받아들였다면 자신은 그저 평범한 시인에 머물렀을 것이라고 말했다. 그의 서정시는 바로 이런 사랑의 아픔에서 비롯된 것일지 모른다.

<수양버들 공원에 내려가>

수양버들 공원에 내려가
내 사랑과 나는 만났습니다

그녀는 눈처럼 흰 귀여운 발로
버들 공원을 지나갔습니다

나뭇잎 자라듯 쉽게 사랑하라고
그녀는 내게 말했지만

나는 젊고 어리석어서
곧이듣지 않았습니다

들녘 강가에서 내 사랑과
나는 서 있었고

내 기운 어깨 위에
그녀는 눈처럼 흰 손을 얹었습니다

둑 위에 풀 자라듯 쉽게 살라고
그녀는 내게 말했지만

나는 젊고 어리석었던 탓
지금은 눈물이 넘칩니다

이 시의 대상은 분명 모드 곤이었을 것이다. 그녀는 예이츠에게 나뭇잎 자라듯 쉽게 사랑하라고 말한다. 하지만 예이츠는 그러지 못했다. 더 많이 사랑했기 때문이다. 하지만 모든 것은 자연스럽게 물 흘러가듯 해야 한다. 사랑에도 욕심이 생기는 순간 자연스러워지기는 힘이 든다. 내가 욕심내는 것만큼 기대를 하게 되고 그 기대에 미치지 못할 경우 그것이 상처가 되기 때문이다. 그 상처가 치유받지 못하게 되면 고통이 된다. 사랑은 고통이 아니기에 실패한다.

사랑은 상호작용이다. 방향은 반대일지 모르나 정도는 비슷해야 한다. 방향이 다르다면 어긋난 사랑이며 정도가 다르다면 힘든 사랑이다. 내가 좋아하는 만큼 상대도 나를 좋아해야 균형이 잡힌다. 균형이 잡히지 않으면 기울기 마련이다. 그 기울음은 점점 더 심해져 다시 평형을 찾기 어려워진다. 커다란 배가 평형수를 배 안에 가지고 다니는 이유는 배의 기울기를 잡기 위함이다. 가지고 있는 평형수로도 배의 기울기를 잡지 못하면 배는 침몰한다.

예이츠의 기운 어깨 위에 눈처럼 흰 손을 올려놓은 그녀는 그것을 알고 있었다. 하지만 예이츠는 그걸 몰랐다. 사랑은 했지만, 눈이 감겨 있었기 때문이다. 맹목적인 사랑은 그래서 힘들다. 그의 아픔은 아름다운 시로 형상화되었지만, 인생은 돌이킬 수 없었다.

그녀는 예이츠에게 둑 위에 풀 자라듯 쉽게 살라고 한다. 사랑을 이루지 못해 슬퍼하지 말고 아무 일 없었다 생각하며 자신을 잊고 살라는 것이다. 하지만 그것이 예이츠에게는 불가능했다. 예이츠는 곤을 진정으로 사랑했다. 30년의 사랑에 실패하고도 그는 그녀를 미워하지 않았다. 그는 이루지 못한 사랑만 생각이 나 눈물이 났던 것이다. 떠나간 여인이 평생 자신의 마음에 남아 있었기에.

예이츠는 왜 호수가 있는 조그만 섬으로 가려고 했을까? 그가 지금 있는 곳을 떠나려 하는 이유는 무엇일까? 지금 있는 곳에서 계속 지내는 것이 더 익숙할 텐데 왜 떠나고 싶어 하는 것일까? 굳이 꼭 떠나야만 할 필요가 있는 것일까?

우리가 어디를 떠나는 것은 떠나고 싶어 떠날 수도 있지만, 떠나고 싶지 않아도 떠날 수밖에 없는 경우도 있다. 중요한 것은 지금 내가 있는 이 자리에 더 이상 있을 수가 없다는 것만은 확실하다. 만약 지금 있는 곳이 완벽하다면 떠나고 싶은 마음도 들지 않을 것이고, 떠날 수밖에 없는 상황이 없을 것이기 때문이다.

떠남은 새로움이다. 새로운 것을 찾아 지금 있는 곳을 떠나는 것이다. 과거에 얽매여 있는 것으로부터 탈피하기 위해 과거를 떠나 새로운 지금으로 그리고 더 새로운 미래로 떠나야 한다. 나를 잡아매고 있는 것으로부터 과감히 끊고 나아가야 한다.

지금 있는 곳에 희망이 없기에 새로운 곳을 찾아 그곳으로 가야 한다. 내가 지금 있는 곳은 나를 너무나 힘들게 하고 지치게 하는 것들이 많아 모든 것을 내려놓고 그냥 가야 한다. 다만 내 마음만이라도 평안해질 수 있는 곳이 있다면 아무것도 바라지 않고 그곳으로 가야 한다.

<이니스프리의 호도>

나 이제 일어나 가리라, 이니스프리로 가리라
진흙과 나뭇가지로 만든 작은 오두막을 짓고
아홉 고랑 콩밭을 일구며 꿀 벌통 하나 두고
혼자서 살으리 벌들 잉잉대는 공터에서

거기서 조그만 평화를 얻으리
평화는 천천히 내려오는 것,
아침의 베일에서 귀뚜라미 우는 곳까지
한밤엔 온통 반짝이는 별빛,
한낮엔 보라색의 꽃빛,
저녁엔 방울새의 날개 소리 가득한 곳

나 이제 일어나 가리,
밤이나 낮이나

호숫가에 철썩이는 물결소리 들리나니
한길 위에 서 있을 때나
회색 도로 위에 서 있을 때면
내 마음 깊숙이 그 물결 소리 들리네

조그만 밭 하나 갈고, 꿀벌을 치고, 귀뚜라미 소리, 새의 날갯짓 소리만 듣는 것으로도 삶은 만족할 수 있다. 거기에다 조용한 호숫가를 거닐면 더 이상 바라는 것은 없으리라. 삶은 진정 아무것도 아닌데 우리가 우리의 삶 그 자체를 복잡하게만 만들었을 뿐이다. 단순한 것이 아름답다는 것을 왜 이제야 깨달았을까?

나를 힘들게 하는 것을 하나씩 없애야 한다. 나의 삶의 무거운 짐들을 하나씩 내려놓아야 한다. 내가 생각했던 것, 내가 목표로 했던 것도 가만히 생각해 보면 아무것도 아니었다. 그저 그러한 것들이 나를 힘들게만 했을 뿐이다.

나의 남아 있는 시간은 이제 호젓한 마음으로 더 이상의 많은 것을 추구하지 않은 채 오늘을 만족하며 살아가는 것이리라. 노력해서 얻는 것이 있다 하더라도 그것이 엄청난 것은 아니다. 그저 나의 마음이 평안한 것보다 더 중요한 것은 없다. 호숫가에 앉아 물소리를 들으며 이제 나의 시간을 온전히 나를 위해 살아가리라. 나의 삶은 한 번밖에 주어지지 않으니, 모든 것을 내려놓고 호숫가의 조용하고 평안한 물처럼 그저 나의 마음의 평화를 위해 남아 있는 시간을 보내리라.

<하늘의 융단>

내게 금빛과 은빛으로 짠
하늘의 융단이 있다면,
어둠과 빛과 어스름으로 수놓은
파랗고 희뿌옇고 검은 융단이 있다면,
그 천을 그대 발밑에 깔아 드리련만
나는 가난하여 가진 것이 꿈 뿐이라
내 꿈을 그대 발밑에 깔았습니다.
사뿐히 밟으소서, 그대 밟는 것 내 꿈이오니.

살아가면서 자신에게 가장 소중한 것 중의 하나는 꿈이 아닐까 싶다. 우리는 자신이 가지고 있는 꿈을 이루기 위해 현재를 살아가고 있다. 나의 지금 하는 일도 그 꿈을 이루기 위함이며, 내가 노력하고 인내하는 것도 그 꿈이 이루어지는 날을 고대하기 때문이다.

그러한 꿈을 위해 노력하는 삶의 여정에서 사랑하는 사람을 만나기도 한다. 사랑의 크기는 어느 정도 되는 것일까? 사랑을 위해 나는 무엇을 할 수 있을까?

시인은 자신의 꿈이 밟힐지라도 사랑을 위해 기꺼이 그러겠다고 한다. 그에게는 꿈을 이루기보다 사랑이 더 소중했다. 자신이 그 오랫동안 꿈꾸었던 것이 사라질지라도 상관이 없다고 했다.

꿈은 자신과 같은 것일지 모른다. 그것을 위해 가지고 있는 모든 것을 쏟아붓기 때문이다. 그 꿈이 이루어진다면 진정한 행복도 느낄 수 있을 것이다. 하지만 자신보다 더 중요한 것이 존재할 수도 있다.

하지만 묻고 싶은 것도 있다. 그 사랑이 진정한 사랑일지 어떻게 알 수 있는지 말이다. 만약에 진정한 사랑이 아니었다면 스스로 포기한 꿈은 어떻게 되느냐고 묻고 싶다.

하여 진정한 사랑이 어떤 것인지 조금은 알 수 있을 것 같다. 자신의 꿈보다, 자기 자신보다 소중한 것이 진정한 사랑이다. 자신의 생각이 더 중요하고, 자기의 판단이 더 옳다면, 그것은 진정한 사랑이 아니기 때문이다. 자신이 앞서고, 자신이 기준이라면, 꿈을 포기할 정도의 사랑이 아닌 것이다.

진정한 사랑이 아니었기에 꿈을 포기하지 못한 것이며, 진정한 사랑이 아니었기에 자신을 포기하지 못한 것이다. 그러한 사랑에는 미련을 갖지 말자. 어차피 껍데기에 불과한 사랑이었기 때문이다.

진정한 사랑의 크기는 자신과 자신의 꿈을 모두 포기할 수 있는 것이다.

15. 운명을 넘어서

1892년 미국 웨스트 버지니아에서 태어난 펄 벅은 생후 3개월 만에 그녀의 부모와 함께 중국으로 가게 된다. 그녀의 아버지는 중국 선교사였다. 펄 벅은 이후 18세까지 중국에서 자랐고, 18세가 되던 해 미국으로 돌아와 랜돌프-메이컨 여대에 진학한다. 대학을 졸업한 후 다시 중국으로 돌아간 펄 벅은 3년 뒤 미국인 농학자 로싱 벅과 결혼한다. 자신의 일에는 열정적이었던 로싱 벅이었지만 아내를 이해하고 가정에는 충실하지 못했다. 선교 일에만 열중하며 가정을 돌보지 않았던 아버지에 대한 반감이 많았던 펄 벅은 자신의 남편인 로싱 벅에게도 그러한 면이 있다는 것을 발견하고 결혼 생활에 대해 절망한다. 펄 벅은 첫째 딸을 낳아 이름을 캐롤이라 지었는데 얼마 후 자신의 딸인 캐롤이 정신지체아라는 것을 알게 된다. 캐롤을 치료하기 위해 백방으로 노력하는 과정에서는 남편인 로싱 벅은 아내와 딸에게 무관심했다. 이러한 과정에서 그녀는 많은 고통을 겪어야 했고 이를 극복하기 위해 그녀는 글을 쓰기 시작한다. 펄 벅이 쓴 〈성장하지 않는 아이〉는 자신의 딸인 캐롤에 대한 이야기이다.

1927년 펄 벅은 난징 대학살에 겪으며 죽을 고비를 넘긴다. 이때 그녀는 중국과 미국 사이에 넘을 수 없는 벽을 실감한다. 자신이 중국에서 아무리 오래 살아왔고 중국을 사랑하더라도 자신의 피는 미국인이라는 것을 깨닫는다. 이러한 사실은 그녀의 문학에 숨어 있을 수밖에 없었다. 그러한 가운데 그녀가 쓴 소설이 바로 〈대지〉이다. 결혼 생활에 지쳐 있었던 그녀는 자신의 작품을 출판해 준 출판사 사장이었던 월시에게 사랑을 느끼고 로싱 벅과 헤어져 미국으로 간다. 이후 펄 벅은 단 한 번도 중국으로 돌아가지 않는다. 펄 벅은 두 번째 딸인 재니스를 입양하고 캐롤과 함께 미국에서 살아가며 인권운동가로 활동하기도 했다. 인권운동가로 활약하면서 그녀는 흑인을 비롯해 피부색이 다른 7명의 아이를 더 입양하여 키운다. 〈대지〉는 그녀 인생의 전환점이 되어 주었고 펄 벅은 1938년 미국 여성으로는 최초로 노벨 문학상을 받는다.

〈대지〉는 중국인 왕룽이 가난한 농부에서 대지주가 되는 과정을 그린 이야기이다. 왕룽의 아내인 오란과 함께 그가 수많은 인생의 과정을 겪으며 삶의 고난을 헤쳐 나가는 모습을 그리고 있다.

"제가 그 집에 다시 갈 때는 아이를 안고 가겠습니다. 아기에게 붉은 저고리와 붉은 꽃무늬를 놓은 바지를 입히고 머리엔 금빛 부처님을 새긴 모자를 씌우고, 발에는 범을 그리니 꼬까신을 신기고, 저도 새 신을 신고 검은 공단으로 새 옷을 입고 가서 내가 일하던 부엌에도 가보고 큰 마나님이 아편을 피우시는 대청에도 가보겠습니다. 그리하여 우리 모자의 모습을 여러 사람들에게 보이겠습니다."

왕룽의 아내 오란은 한이 많은 여인이었다. 집이 너무 가난해서 오란의 부모는 그녀를 부잣집에 돈을 주고 노예로 팔았다. 그 부잣집에서 거친 일을 하면서 얼마나 많은 수모와 무시를 당했을까? 비록 가난한 농부인 왕룽에게 시집을 왔지만, 자신도 아이를 낳아서 떳떳이 그 부잣집에 가서 그동안의 한을 풀고 싶었을 것이다.

"그의 아내, 전에는 그 집 종으로 있었지만 이제는 그 집에서 대대로 지녀오던 소중한 토지의 한 부분을 사들이는 사람의 아내가 된 것이다. 오란도 그 점을 생각했음인지 갑자기 그의 의견에 찬성을 했다."

왕룽과 그의 아내 오란은 부지런히 일을 해서 돈을 모으기 시작한다. 그리고 조금씩 땅을 사들이기 시작한다. 땅의 중요함을 그들은 깨닫기 시작했던 것이다.

"몇 달이 지나도 비는 오지 않았다. 가을이 가까워 오자 가끔 가늘고 엷은 구름이 모여드는 때가 있었다. 거리에는 일없이 마을 사람들이 모여서 제각기 하늘을 쳐다보면서 어느 구름덩이에 비가 들었거니 안 들었거니 하고 입씨름을 했다. 그러나 구름이 채 모이기도 전에 먼 사막의 열풍이 서북으로부터 강하게 불어와서 마룻바닥에 앉은 먼지를 쓸어내듯 구름을 몰아냈다. 그런 뒷면 하늘은 구름 한 점 없이 개이고 아침마다 눈부신 태양이 솟아서 창공을 거닌 뒤에 저녁이면 쓸쓸히 져 버렸다."

살아가다 보면 좋은 일만 있는 것이 아니다. 심한 가뭄으로 인해 수확을 하나도 하지 못하게 되자 왕룽의 집에는 먹을 것이 떨어져 굶주릴 수밖에 없었다. 하지만 왕룽은 피같이 모은 땅을 팔지 않은 채 그 어려운 세월을 버텨나갔다. 언젠가는 좋은 날이 올 거라는 확신을 가지고 그렇게 이겨나가기로 했다.

"그들은 여러 날 동안 흙을 물에 풀어서 먹었다. 그것으로써 끝끝내 목숨을 이어나갈 수 없을지라도 우선 먹기에 다소의 영양분이 있으므로 생명의 흙이라고들 불렀다. 그것으로 죽을 쑤어 먹이면 허풍산이가 된 아이들의 배를 채울 수 있기 때문에 한동안일망정 그들의 고통을 덜어 줄 수가 있었다."

너무나 먹을 것이 없이 그들은 흙마저 물에 끓어 먹을 정도였다. 어떻게 그 세월을 견뎌낼지 앞이 깜깜할 정도였다. 사람의 운명은 실로 알 수가 없다. 어떤 일이 닥칠지 그 누구도 모른다. 오늘이 있다고 내일을 장담할 수가 없는 것이다.

"그러는 중에 적군이 쳐들어온다는 소문이 쫙 퍼지고 재산을 다소간이라도 가진 사람들은 모두 전전긍긍했다. 그러나 왕룽은 아무것도 겁나는 것이 없었다. 이웃 움막에 사는 사람들도 모두 그러했다. 그들은 그 첫째 그 적군이라는 게 어디 군사인지도 모르는 일이고 또 잃어버릴 아무것도 가지지 않았기 때문이었다. 다만 아깝다고 생각해 본 일도 없는 생명이 있을 뿐이었다. 설사 당장에 적군이 쳐들어온다 할지라도 지금 겪고 있는 곤란보다 더 어려워질 수는 없다고 생각되었다."

왕룽의 가족은 가뭄으로 인해 도저히 살아갈 수가 없어도 남쪽 지방으로 이주해간다. 하지만 그곳에서도 삶은 너무나 팍팍했다. 하루 살아가기도 벅찼다. 그러는 가운데 공산 혁명이 일어나고 전쟁에 휩싸이게 된다. 하지만 너무나 힘든 시절을 겪었기에 전쟁이 나 목숨을 잃는 것도 겁나지 않을 정도였다.

"맞거나 서방님의 침실에 끌려가거나 해요. 그것도 한 서방님만 그러는 것이 아니고 여러 서방님이 마음 내키는 대로 데려가니까요. 또 서방님끼리 서로 의논해서 〈자네는 오늘 밤에 데리고 자게, 난 내일 밤으로 하지〉 하고 서로 바꿔가면서 이종 저종을 닥치는 대로 더럽혀 주어요. 그리고 나서 서방님들이 내어 놓으면 그때는 청지기들이 또 저희끼리 의논하고 서로 돌려가면서 그러는 거에요. 얼굴이 예쁜 종이면 아이 적부터 그 지경을 당하게 되지요."

왕룽은 살아가기가 너무 힘들어 자신의 딸아이를 부잣집의 종으로 팔아 버릴 생각까지 하게 된다. 하지만 오란은 자신이 가난한 집의 딸로서 부잣집의 종으로 팔려 가 그곳에서 살아봤기 때문에 그 사정을 너무나 잘 알았다. 삶의 아픔을 오란만큼 뼈저리게 경험해 본 사람은 없었다. 왕룽의 처였던 오란은 삶의 가장 밑바닥까지 내려가 보았기에 그 험한 세월을 버틸 수 있었던 것인지도 모른다.

"왕룽은 어쩔 줄을 몰랐다. 이 노인과 직접 흥정을 하여 토지를 사기도 어려운 일이고 가슴에 품은 보석은 불덩이를 간직한 것처럼 얼른 처분해야 할 것이고, 그보다도 토지에 대한 욕망이 더 컸다. 이미 마련해둔 종자만 해도 자기가 지금 가진 토지의 배 이상에 뿌릴 수 있는 것이나, 그 남은 종자를 황 부자 집 기름진 땅에 뿌렸으면 하는 생각을 건잡을 수 없었다.”

전쟁 중에 오란은 우연히 부잣집에서 많은 보석을 줍게 된다. 왕룽 가족은 전쟁을 피해 자신들의 땅이 있는 고향으로 돌아오게 되고 그 보석으로 왕룽은 많은 땅을 사들이기 시작한다. 그리고 오란 덕분에 왕룽은 대지주가 될 수 있는 기반이 마련되기에 이른다.

“그는 보는 것 듣는 것이 모두 전과 같이 탐탁하질 않았다. 그가 언제나 드나들던 찻집도 전에는 한 사람의 농군으로 별로 대접을 받지 못했었지만 지금은 그 집이 오히려 우중충한 것이 시원찮아 보였다. 이전 같으면 그가 들어가도 아무도 아는 척하는 사람도 없었고 심부름하는 아이도 그리 고분고분하지 않았지만 지금은 그가 들어오는 걸 보면 서로 무릎을 꾹꾹 찌르면서 수군대는 소리가 그에게도 들렸다.”

왕룽은 대지주가 되어 돈을 엄청나게 벌게 되자 예전의 일들이 따분해졌다. 이에 그는 새로운 자극을 찾게 되는데 우연히 만난 연화라는 여인을 좋아하게 되었고 결국 그녀를 첩으로 들이게 된다. 그러는 사이 그는 자신이 농부라는 사실을 잊고 연화에 빠지게 되면서 병적이 애정에서 헤어나지를 못한다. 오란은 남편의 그러한 삶을 받아들일 수밖에 없었다. 하지만 그 병적인 애정도 오래가지는 못했다. 열병이 시간이 흐르며 식었던 것이다. 그리고 그는 다시 대지로 돌아와 농사의 일에 전념하게 된다.

“그러는 사이 하늘은 캄캄해지고 공기는 메뚜기의 나래치는 소리로 웅웅 울렸다. 그리고 땅에도 수없이 떨어졌다. 메뚜기가 그냥 지나간 곳은 아무렇지도 않았지만 내려앉은 곳은 삽시간에 황무지와 같이 되어버렸다. 사람들은 천명이라고 한숨을 지었으나 왕룽은 성을 내어 메뚜기를 후려쳐서 떨어지는 것을 발로 문질러 죽였다. 일꾼들도 도리깨를 휘둘러서 메뚜기를 떨어뜨려 불에 타 죽게 하고 물에 빠져 죽게 했다. 그들은 몇백만 마리를 죽였지만, 수없이 많은 메뚜기 떼를 막아낼 길이 없었다.”

삶의 고통은 끝없이 몰려오는 것인지도 모른다. 수많은 난관을 겪은 왕룽이었지만 하늘을 새까맣게 뒤덮은 메뚜기떼의 습격에는 당해낼 재간이 없었다. 그래도 왕룽은 자신이 할 수 있는 모든 것을 다해 자신의 땅과 곡식을 지켜냈다.

“그들은 모두 높은 소리로 곡을 하면서 묘지로 향했다. 왕룽은 묘가에 지켜서서 아버지의 관을 먼저 묻고 오란의 관은 그동안 땅에 내려두었다. 두 사람을 묻는 왕룽의 가슴은 너무나 슬퍼서 다른 사람들같이 소리내어 울 수도 없었다. 그의 가슴은 눈물까지 말라버린 것 같았다. 그러나 결국 그는 피치 못할 운명을 당한 데 지나지 않았으며, 또 그는 아무도 따를 수 없을 만큼 훌륭하게 일을 치렀다고 생각하고 스스로 위안했다.”

왕룽은 한평생을 같이 한 그의 아버지와 아내인 오란의 장례를 치른다. 세월은 그렇게 지나가고 삶은 그렇게 종지부를 찍으며 그러한 운명을 우리는 피할 수 없다.

삶은 수많은 풍파의 연속일 수밖에 없다. 우리는 그러한 과정을 거치며 삶이 무엇인지 진정으로 이해하게 되는지도 모른다. 오늘 나에게 닥치는 풍파는 어떠한 것일까. 나는 그 풍파를 잘 헤쳐 나갈 수 있을까.

동쪽에서 오는 바람을 맞고 있었다. 동쪽에 있는 햇살을 마주하며 그 바람에 익숙해져 갔다. 얼굴을 스쳐 가는 그 바람이 왠지 기분을 좋게 해주었다. 그러다 갑자기 서쪽에서 바람이 불었다. 반대 방향에서 불어오는 바람이 갑자기 당혹스럽게 느껴졌다. 햇살을 받던 동쪽을 향해 있던 제 방향을 반대로 돌리기가 아쉬웠다. 그냥 그대로 동쪽을 향하고 있으면 좋겠다는 생각이 들었다.

오래도록 살아오던 익숙한 것을 버린다는 것은 그리 쉬운 일이 아닐 것이다. 새로운 것을 받아들인다는 것은 또 다른 애를 써야 하는 것이기에 더욱 힘이 드는 것이 사실일 것이다.

펄 벅의 소설 〈동풍 서풍〉에서는 주인공 궤이란이 중국 여성으로서 오래도록 익숙했던 전족(纏足)을 버린다. 전족은 그녀에게 자신의 신념처럼 소중한 것이었다. 궤이란은 왜 전족을 버린 것일까?

"신기하게도 내 외적인 아름다움은 남편의 마음을 돌릴 수 없었건만, 내 고통은 그의 마음을 움직였어요. 그는 나를 어린아이 달래듯 위로하려고 했어요. 나는 고통에 못 이겨 그가 누구인지, 그의 직업이 뭔지도 잊어버린 채 종종 그에게 매달렸어요. '궤이란, 우리는 이 고통을 함께 견뎌 낼 것이오.'

남편은 이렇게 말했주었어요. '그토록 고통스러워하는 모습을 차마 보기 힘들었지만, 이건 단지 우리 둘뿐만이 아니라 다른 사람들을 위한 것이기도 하다는 걸 생각해 보오. 사악한 구습에 대항한다고 말이오.'

'싫어요.'

나는 흐느끼며 말했어요.

'나는 당신을 위해 참는 거예요. 당신을 위해 신식 여성이 될 거예요.'

남편은 웃음을 터뜨렸어요. 그러자 그 얼굴도 류 부인에게 이야기를 건넬 때처럼 약간 밝아졌어요. 그것이야말로 바로 내 고통에 대한 보상이었어요. 또 이후로는 이만큼 어려운 일도 없을 것 같았죠."

궤이란의 남편은 서양의학을 공부한 사람이었다. 그녀는 그녀의 남편이 자신이 신여성으로 살아가기를 원한다는 것을 알고 있었다. 하지만 그녀가 어릴 때부터 해왔던 전족을 버린다는 것은 결코 쉽지 않았을 것이다. 예전 중국에선 전족이 여성의 가장 아름다운 부분이라고 생각해 왔었기 때문이다. 중국의 여성들은 자신의 아름다움을 보여줄 수 있는 전족을 위해 그 아픈 고통을 참아왔다. 궤이란은 철저하게 동풍에 익숙했던 여성이었다. 아무리 남편이 원한다고 하더라도 갑자기 서풍을 맞으라고 한다면 그것은 쉬운 선택이 아닐 것이다.

이것은 자신의 모든 것을 바꾼다는 것과 같다는 것을 의미한다. 궤이란은 과감하게 동풍을 버리고 서풍을 택한다. 그 이유는 그녀가 남편을 그만큼 사랑했기 때문일 것이다. 사랑하는 사람을 위해 자신을 완전히 바꾸는 사람은 극히 드물다. 아무리 사랑하는 사람이 요구하는 것이 있다고 하더라도 자신을 버리는 사람은 그리 많지 않다. 궤이란은 그녀의 남편을 진심으로 사랑했기에 자신이 그토록 익숙해 왔던 전족을 버린 것이다.

여기서 하나 아쉬움이 있는 것도 사실이다. 궤이란의 남편은 궤이란을 얼마나 사랑했던 것인까? 물론 일반적인 입장에서 보면 전족이란 것은 극히 비합리적이고 비상식적인 것이 사실일 것이다. 아내를 위해 전족을 버리라고 한 그녀 남편의 생각에도 일리는 있을 것이다. 객관적으로 본다면 전족은 여성의 인권을 무시한 고쳐져야 할 악습인 것은 분명하다.

그녀의 남편이 궤이란을 진정으로 사랑했다면 궤이란에게 있어 전족이 의미하는 바를 잘 알 수 있었을 것이다. 궤이란에게 전족을 버리라고 이야기하기 전에 그냥 궤이란의 선택에 맡겨 두었으면 어떠했을까?

나에게 소중한 사람이 내가 원하는 대로 하지 않는다고 해서 그것이 문제가 되는 것은 아닐 것이다. 하지만 우리는 일반적으로 내가 사랑하는 사람이 나의 뜻대로 되기를 원하는 경우가 대부분이다. 그로 인해 어쩌면 진정으로 사랑하는 사람을 잃게 될 수도 있을 것이다. 그의 존재를 인정한다는 것은 그 사람을 나의 뜻대로 살아가기를 원하기보다는 그냥 그대로 내버려 두는 것이 아닐까 싶다. 사랑에 빠진다는 것이 결코 그 사람의 노예가 되는 것은 아닐 것이다. 언젠가 잃어버렸던 자유를 찾아 나설 수밖에 없기 때문이다.

궤이란의 남편은 서풍에 너무 익숙해서 동풍의 존재마저 잊고 있었던 것은 아닐까? 이것이 바로 불행의 시작이 될 수도 있을 것이다. 동풍에 익숙했던 사람은 서풍으로 바꾸었지만, 서풍에 익숙했던 사람은 동풍으로 바꾸지 않았기에 후에 바람의 충돌로 폭풍이 일어날 수도 있을 것이기 때문이다. 동풍이 서풍으로 바뀌면 서풍도 동풍으로 바뀌어야 하는 것이 순리라는 생각이 든다. 사랑이라는 것은 굳이 익숙한 것을 사랑하는 사람을 위해 버리는 것만은 아닌 것 같다. 나 자신을 지키고 상대를 인정해 주는 것, 그것이 익숙함을 버리는 사랑보다 더 나은 것이 아닐까 싶다.

17. 시대의 아픔

전상국의 <아베의 가족>은 한국 전쟁이 살아남은 자에게 얼마나 커다란 상처를 남겨 주었는지를 보여주는 가슴 아픈 소설이다.

"나는 밤낮없이 그들을 칼로 찔러 죽이는 환상으로 치를 떨었다. 그들의 검고 끈적끈적한 살갗 그 깊숙한 데서 콸콸 쏟아지는 피를 두 손으로 받아 이웃 사람들 눈앞에 보여주고 싶었다. 내가 그때 살아 있을 수 있었던 것은 가슴으로 치미는 증오와 복수심 그것 때문이었다."

주인공의 어머니는 누구에 대한 원한이 이토록 사무치는 것일까? 밤낮없이 칼로 죽이고 싶을 정도의 분노의 근원은 무엇일 걸까?

"뒤꼍 장독대를 보살피고 있는데 안쪽에서 뭔가 심상찮은 기척이 났다. 난생처음 보는 외국 병정들 대여섯이 마당 한가운데 서 있었다. 시어머님이 그들에게 잡혀 시커먼 손아귀에 입을 막힌 채 대청으로 끌어 올려지고 있었다. 어느 한순간 시어머님의 눈길이 내 눈과 부딪쳤다. 애원과 절망과 공포의. 그런 모든 것을 내쏘는 눈빛이었다. 나는 그 자리에 얼어붙은 채 온몸의 힘이 싹 빠져 내리는 느낌이었다. 시커먼 짐승 셋

이 다가오는 것을 멀거니 바라보며 그 자리에 주저앉았다. 안방으로 끌려 들어가면서 나는 내가 할 수 있는 온갖 힘을 뻗쳐 발버둥을 쳤다. 나는 무심결에 내 배를 그러쥐며 애원하는 손짓도 해보았다. 있는 힘을 다해 소리를 질렀다. 넓적한 손아귀가 내 입을 막았다. 나는 그 짐승들의 냄새를 맡았다. 그것은 노린내였다. 짐승들의 흰 이빨이 보였다. 그들은 낄낄낄 웃음소리를 내고 있었다."

시어머니와 며느리는 한국 전쟁 중 미군에 의해 겁탈을 같은 날 같은 시간에 당한다. 시아버지는 인민군에 잡혀있었고, 며느리의 남편은 인민군에 징집되어 있었던 상황이었다. 게다가 며느리는 임신 중이었다. 그 일을 당한 후 충격으로 며느리는 달도 차지 않은 아이를 임신 8개월 만에 낳고 말았다. 그 아이가 바로 아베였다. 죽을 줄 알았던 아이가 살아남기는 했지만, 덜 발달된 뇌로 인해 정신박약아가 될 수밖에 없었다.

"우리가 알아낸 비밀은 아베가 적어도 우리 아버지의 피를 받지 않았다는 사실이다. 어머니의 먼저 남편의 씨가 아베였던 것이다. 가봉자. 이 놀라운 사실을 어떻게 생각하면 아베를 한국에 버리고 온 우리들의 죄의식이 다소 가벼워질 수 있는 성질의 것이었는지도 모른다. 그러나 문제는 그 반대였다. 정희와 나는 그 사실을 안 순간부터 진정 아베에 대해서 생각하기 시작했던 것이다."

아베를 키우며 매일 남편만을 기다렸던 그 며느리는 결국 또 다른 사건으로 인해 시어머니와 헤어질 수밖에 없었고, 한국전에서 정신적 충격으로 인해 정상적인 생활도 어려운 남자와 결혼하게 된다.

아베 어머니는 새로운 남편 사이에 4명의 자녀를 출산하고 무능한 남편을 대신해 5남매를 키워냈다. 한국전에서 받은 정신적 충격으로 인해 그녀의 새 남편은 제대로 된 삶을 살아갈 수가 없었고, 항상 한국을 떠나 다른 나라로 가기만을 희망한다.

"그러한 인간 아베를 한국에 버리고 왔다 해서 우리 식구들이 죄의식으로 괴로워해야 한다는 것은 있을 수 없는 일이라고 나는 못 박아 생각해 왔다. 아무리 자기 몸에서 난 자식이라고 해도 아베 같은 동물로 해서 어머니가 그처럼 괴로워하고 정말 백치처럼 사람이 변해야 한다는 것은 우리로서는 도저히 이해할 수가 없었던 것이다."

마침 양공주였던 남편의 여동생 덕분으로 미국으로 이민을 가게 된다. 그녀는 백인 한 명, 흑인 두 명의 남편이 있었다. 마지막으로 결혼한 흑인 미군 덕으로 미 시민권자를 얻은 후 이혼했다. 미국 시민권자였던 그녀의 도움으로 여권을 포함한 모든 수속을 마친 후 미국 대사관에서 면접을 받는다. 하지만 정신박약아는 이민이 불가하다는 사실을 비자를 받는 날 알게 된다.

"12시가 넘어 산동네 그 아래의 소음도 잠들어 버린 시간이었다. 나는 몰래 훔치듯 아베를 생각했다. 아베의 그 헤벌린 입과 거기서 끊이지 않고 흘러내리는 침과 그 냄새와. 나는 되도록 아베의 더러운 것만 골라 생각했다. 아베는 사람두 아니야. 그래, 차라리 아베보다 살무사가 더 기르기 좋을 거야. 아베 때문에 우리 식구들은 입때껏 고통을 당했어. 아베 때문에 나는 학교에서 제적을 맞은 거야. 아베 때문에, 아베 때문에 우린 내일 떠날 수 없을지도 몰라. 나는 아베에 대한 분노로 속이 부글부글 끓어 올랐다. 그렇게 뒤척이다가 잠이 들었다."

어머니는 다른 가족을 위해 아베를 홀로 한국에 두고 떠나게 된다. 혼자서 아무것도 하지 못하는 아베를 남겨 둔 채 이민을 갔지만, 그 후로 어머니는 미국에서 완전히 혼이 나간 백치처럼 아무것도 하지 못한다.

어머니는 아베를 어디에다 맡겨놓고 다른 가족과 함께 미국을 갔던 것일까? 그러한 선택밖에 다른 여지는 없었던 것일까? 혼자서 아무것도 할 수 없는 아베는 도대체 어디에서 살아가고 있는 것일까? 아니, 목숨이라고 유지한 채 살고는 있는 것일까, 아니면 이미 이 세상에 존재하고 있지 않은 것일까?

전쟁이라는 시대의 흐름은 그 어떤 개인의 삶을 보장하지는 않는다. 삶이라는 무거운 운명 또한 우리들의 삶을 그렇게 짓누르는 것인지도 모른다. 그러한 무게 앞에 우리는 어떻게 살아가야 하는 것일까?

대중의 힘은 진실을 거짓으로 만들 수도 있고, 거짓을 진실로 만들 수도 있으며, 악마를 천사로, 천사를 악마로, 겁쟁이를 영웅으로 영웅을 배신자로 만들 수도 있다. 하지만 분명한 사실은 대중이 항상 옳지만은 않다는 것이다. 또한 대중은 그러한 것을 잘 알지도 못하며, 그것 자체에 대해 관심이 없을 수도 있다.

전상국의 <우상의 눈물>은 고등학교 2학년인 기표와 형우 그리고 그 반 학생들의 대한 이야기로 한 개인이 대중의 힘에 의해 어떻게 몰락할 수 있는지를 보여주고 있다.

"우리가 볼 때 기표는 구제불능이었다. 그의 환경이 그를 그렇게 만들었다고 보기보다 선천적인 어떤 포악성을 가지고 있는 것처럼 보였다. 냉혈동물처럼 피가 찬지도 모르는 일이었다. 그는 뱀처럼 작고 징그러운 눈을 가지고 있었다. 그는 교활한 자들이 가끔 보이는 그런 거짓 착함마저도 나타나 보일 줄 몰랐다. 철저하게 악할 뿐이었다. 평생을 두고 사랑이라는 낱말로 비화될 수 있는 행동거지를 해 보일 인간과는 거리가 멀어 보였다. 물론 그는 자신의 그런 포악성 때문에 누구에게도 사랑받지 못한다는 것을 알고 있었는지도 모른다. 그의 표정은 항상 독기를 음울하게 깔고 있어 맞서는 사람으로 하여금 섬뜩함을 느끼게 했다."

기표는 고등학교 2학년 때 낙제를 해서 다시 2학년을 다니는 소위 그 학교의 제일 잘 나가는 아이였다. 2학년 전체 학생들이 그의 존재를 두려워할 정도였고, 그 누구도 기표에게 대항하지 못했다. 비록 고등학교 2학년이지만, 그 사회에서는 절대악으로 군림하고 있었다.

"신이 매우 거북하게 생각하는 악마란 바로 네가 말한 놈처럼 착함을 가질 수 있는 가능성이 전혀 없는 그런 순수한 악마지. 그러한 순수한 악마만이 신을 돋보이게 하기 때문에 신은 마음속으로 괴로운 거야. 그렇기 때문에 신은 결코 악마를 영원히 추방하지는 않아. 항상 곁에 두고 자신을 돋보이게 하는 일에 그것을 이용할 뿐이야."

그 누구도 기표의 존재가 흔들릴 것이라 예상하지 못했다. 언제까지나 그의 권력은 영원할 것이라고 생각했다. 심지어 선생님조차 기표와 관련되어서는 조용히 넘어가는 것을 바랐다. 하지만 반장이었던 형우가 기표에게 린치를 당하자, 형우는 대중의 힘을 생각한다. 기표에게 대항할 것은 학생들 중 그 누구도 개인의 힘으로는 역부족이라는 것을 깨닫는다. 심지어 선생도 기표를 바꿀 수 없다는 것을 알고, 형우는 대중의 힘을 빌려 기표의 몰락을 계획한다.

"형우는 기표네 가정 사정을 낱낱이 얘기함으로써 이제까지 우리들의 신화적 존재로 군림해 온 기표의 허상을 빈곤이라는 그 역겨운 것의 한 자락에 붙들어 맨 다음 벌거벗기려 하는 것 같았다. 기표는 판잣집 그 냄새 나는 이둑한 방에서 라면 가락을 허겁지겁 건져 먹는 한 마리 동정받아 마땅한 벌레로 변신되어 나타났다."

그 누구도 단점은 있기 마련이다. 소위 아킬레스 건이라는 것을 가지지 않고 있는 사람은 없다. 그 아킬레스 건이 끊어지는 때에 그 개인은 급격히 몰락할 수밖에 없다. 형우는 기표의 아킬레스 건을 알았다. 또한 그 아킬레스 건을 끊을 수 있는 것은 대중의 힘이라는 것도 알고 있었다. 은밀히 계획적으로 기표의 아킬레스 건은 그렇게 끊어지게 된다.

"그는 서랍에서 편지 하나를 꺼내 우리들 앞에 내던졌다. 기표가 바로 밑의 여동생한테 보낸 편지였다. 편지 맨 앞줄에 이렇게 쓰여 있었다. -무섭다. 나는 무서워서 살 수가 없다."

아킬레스 건이 끊어진 기표는 더 이상 절대적 존재로 군림할 수 없었다. 범접할 수 없던 그의 위치는 급격히 몰락했다. 이제 그는 평범한 존재로서 다른 이들과 함께 할 수도 없는 상황으로 추락해 버렸다. 비록 허상이었지만 기표가 버틸 수 있었던 것이 바로 그 허상이었는데, 그것이 사라지자 그는 그 사회에서 살아갈 수가 없었다. 대중은 그의 존재를 아주 가볍게 진실은 아랑곳하지도 않은 채 그를 지워버렸다. 자신의 허상마저 잃은 기표는 더 이상 설 자리를 잃을 수밖에 없었고, 그 사회에 속할 수조차 없었다.

대중의 힘은 무섭다. 그렇지만 항상 옳은 것이 아니다. 대중의 힘을 이용하는 자는 비록 현명해 보일지는 모르나, 그 또한 악마가 아닐 수 없다. 신뢰할 수 없는 허상을 만들어 가기 때문이다. 진정으로 배척해야 할 상대는 그런 대중의 힘을 빌어 진실을 가로막는 교활한 자가 아닐까?

17. 삶의 바다에서 홀로

헤밍웨이의 <노인과 바다>는 한 인간의 삶이 경이로울 수 있음을 보여준다. 바다는 운명을 뜻한다. 그 운명에 맞서 결코 물러서지 않는 인간은 위대하다. 그가 어떠한 일을 하건 삶의 한 가운데서 살아나가는 이상 인간의 위대함이 거기에 있음을 깨닫게 해 준다.

"이렇게 힘센 놈, 또 이렇게 별나게 구는 놈은 머리털 나고 지금이 처음이지 뭐야. 날뛰지 않는 것을 보니 여간 똑똑한 놈이 아닌걸. 이놈이 날뛰거나 마구 요동치는 날에는 꼼짝없이 내가 끝장나고 말 텐데. 하지만 아마 전에도 여러 번 낚시에 걸린 경험이 있어 이럴 때는 지금처럼 싸워야 한다고 생각하고 있는 모양이야."

삶은 우리에게 어떠한 모습으로 다가올지 알 수가 없다. 나를 집어삼킬 듯이 다가올 수도 있다. 나의 능력으로 해결되지 않는 문제들도 다가온다. 하지만 비굴하게 피하지 말아야 한다. 삶은 도전하는 이에게 무언가를 남겨준다. 비록 지치고 힘들어도 맞서 싸우는 자는 강한 삶의 의지라도 얻을 수 있다.

"노인은 모든 고통과 마지막 남아 있는 힘, 그리고 오래전에 사라진 자부심을 총동원해 고기의 마지막 고통과 맞섰다. '인간은 패배하도록 창조된 게 아니야.' 그가 말했다. '인간은 파멸당할 수는 있을지 몰라도 패배할 수는 없어.' "

노인이 타고 있었던 배보다 훨씬 더 컸던 고기와의 사투였다. 자신의 능력보다 힘이 센 운명에도 굴복하지 않는 불굴의 의지가 불가능을 가능하게 만든다. 삶은 그렇게 알 수 없는 힘으로 우리를 이끌고 있는지도 모른다. 하지만 이것은 포기하지 않고 도전하는 자만이 경험할 수 있는 것이다. 어쩌면 이것이 신이 주는 선물인지도 모른다.

"또 다른 상어가 배 밑에서 고기를 물어뜯고 있었기 때문에 배는 여전히 흔들렸다. 노인이 잽싸게 돛줄을 풀어 배가 옆으로 돌자 상어가 물 밑에서 모습을 드러냈다. 상어를 보자 그는 재빨리 뱃전 밖으로 몸을 내밀어 상어에게 일격을 가했다. 그러나 상어의 몸뚱이를 쳤을 뿐 껍질이 단단하여 칼이 제대로 뚫고 들어가지 못했다. 노인은 칼을 뽑아 다시 한번 똑같은 부위를 찔렀다. 그러나 상어는 여전히 갈고리처럼 굽은 주둥이로 고기에 매달렸고, 그러자 이번에는 그놈의 왼쪽 눈을 칼로 푹 쑤셨다. 그래도 상어는 여전히 고기에 매달려 있었다."

삶의 고비는 끝없이 우리에게 다가온다. 가지고 있는 모든 것으로 힘들게 고기와의 사투에서 이겼건만, 다시 상어 떼가 달려들기 시작했다. 상어 떼의 습격으로 노인의 평생에서 잡았던 고기 중에 가장 컸던 그 고기는 모조리 상어의 밥이 되고 말았다. 하나도 남겨진 것이 없었다. 어쩌면 삶은 이리도 허무한 것인지도 모른다. 모든 것을 다해 노력하였으나 돌아오는 것이 하나도 없는 것이었다. 하지만 노인은 그 과정을 얻었다. 홀로 상어 떼와 싸워야 했지만, 그는 결코 물러서지 않았다.

"그는 이제 마침내 돌이킬 수 없을 정도로 완전히 녹초가 되고 말았다는 사실을 깨달았다. 고물 쪽으로 기어가 보니 톱니 모양으로 부러진 키 손잡이의 토막이 키 구멍에 잘 들어가 그런대로 충분히 방향을 잡을 수 있었다. 이제 배는 바다 위를 가볍게 미끄러지듯 달렸다. 그에게는 아무런 생각도 아무런 감정도 떠오르지 않았다. 노인은 모든 것을 초월한 채 가능한 한 배를 요령 있게 다루어 무사히 항구에 도착할 수 있도록 몰았다. 누군가 식탁에서 음식 부스러기를 주워 먹기라도 하듯 한밤중에도 상어 떼가 고기 잔해에 덤벼들었다. 그러나 노인은 상어 떼에 대해서는 전혀 관심을 두지 않고 오직 키 잡는 일에만 집중했다. 뱃전에 달린 무거운 짐이 없어진 배가 얼마나 가볍고도 순조롭게 바다 위를 미끄러지듯 달리는지만 느낄 뿐이었다."

모든 것을 쏟아부었던 자만이 느낄 수 있는 희열은 그 어떤 것보다 그의 삶을 아름답게 해 준다. 가지고 있는 것이 얼마이건 그 전부를 다 끌어내 살아온 사람이 경험하는 삶은 그 어떤 것에서도 느낄 수 없는 경이로움이며 환희일 수밖에 없다. 노인은 이제 편히 쉬어야 한다는 것이 무엇인지 안다. 진정한 안식은 힘들게 운명과 맞선 자만이 느낄 수 있는 것이다. 자신이 할 수 있는 모든 것을 다 해보았기에, 더 이상 할 수 있는 것이 없다는 것을 잘 알기에, 이제는 모든 것을 내려놓고 편히 눈을 감은 채 조용히 쉴 수 있는 것이다. 노인은 그렇게 험한 바다에서 위대한 삶을 살아냈던 것이다.

헤밍웨이의 단편 "킬리만자로의 눈"은 파란만장한 삶을 살다간 해리라는 어느 한 남자의 인생에 있어 마지막 시간들에 대한 이야기다

"킬리만자로는 해발 5,895미터, 아프리카 최고봉으로 일컬어지는 설산이다. 서쪽 산정은 마사이어로 '신이 사는 집'이란 뜻의 '느가이 느가이'란 이름을 갖고 있다. 이 서쪽 산정 부근에 바싹 마른 표범의 사체 하나가 얼어붙어 있다. 녀석이 대체 무엇을 찾아 그 높은 곳까지 온 것인지, 그 이유를 설명할 수 있는 사람은 아무도 없다."

내가 생각하기에 킬리만자로의 표범은 무엇을 찾아 그 높은 곳까지 간 것이 아니다. 가다 보니 거기에 다다른 것이다. 표범은 따스한 먹을 것이 풍부한 넓은 평원에서 사는 게 당연하다. 항상 그것을 원했을지도 모른다. 표범이 만년설로 뒤덮인 그 킬리만자로의 높은 곳으로 가야 할 이유가 없다. 하지만 표범은 자신도 모르는 사이에 흘러 흘러 만년설이 덮인 킬리만자로의 높은 그곳에 간 것은 아닐까?

우리의 삶은 어디로 갈지 모른다. 자신의 인생일지라도 본인이 생각한 대로, 계획한 대로 그렇게 가지는 않는다. 원하지 않았던 일들이 우리에게 닥치고 그러는 가운데 내가 생각지도 않았던 곳으로 우리 인생은 흘러간다. 자신이 인생을 본

인 마음대로 조절할 수 있다고 생각하는 것은 자만을 넘어 몽상일 뿐이다. 그러한 삶을 사는 사람은 이 지구상에 결단코 단 한 명도 없다.

해리는 파란만장한 삶을 살았다. 전쟁을 겪고, 수많은 사람들이 죽어 나가는 곳에서 살아남았다. 사랑하는 사람을 만나 결혼도 했다. 하지만 완벽한 결혼도 없듯이 세월의 흐름을 이기지 못하고 이혼도 했다. 삶은 그에게 그리 만만하지 않았다. 다른 여인을 만났지만, 다시 헤어지고, 그러는 과정에 그는 삶에 지쳐갔다. 소설에는 나오지 않지만 직업적으로나 경제적으로도 그의 삶에는 감당치 못할 일들이 많았을 것이다.

"사실 지금의 여자와 다투는 경우는 그다지 많지 않았다. 예전에 사랑했던 여자들과는 싸움이 잦았고, 그 싸움은 언제나 서로 공유했던 것들을 파멸시켰다. 그는 너무 많이 사랑했고, 너무 많은 걸 요구했고, 결국 모든 것이 닳아 없어지도록 만들어 버렸다."

해리는 그의 인생에 많은 욕심이 있었다. 그로 인해 그의 주위는 많은 어려움이 있을 수밖에 없었던 것이다. 그러던 중 해리의 인생의 강줄기는 그를 아프리카로 흘러가게 했고, 그곳에서 남편과 아들을 잃은 한 여인을 만난다. 둘의 만남은 수많은 인생의 행로에서 어쩌면 마지막 만남이었을지도 모른다. 삶의 허무함과 무료함에서 벗어나기 힘들었던 그녀도 해리를 만남으로 새로운 시작의 계기를 마련하는 듯했다.

"시작은 아주 단순했다. 그녀는 그의 작품을 좋아했고 그가 영위하는 삶을 동경했다. 그녀에게는 그가 자신이 살고 싶은 삶을 사는 사람처럼 보였다. 그녀가 그를 얻고 마침내 사랑에 빠지게 된 과정은, 그녀에겐 새로운 인생을 만들어 주는 과정이었으며, 그에게는 지나간 삶의 잔재들을 말끔히 청산하는 과정이었다."

이제는 과거의 모든 것을 잊고 새로운 사람을 만나 남아있는 그들의 삶을 누리려 하는 순간 삶은 잔인해서 그들을 그냥 내버려 두지 않았다. 아주 조그마한 나무 가시 하나가 그들이 소중하게 보내야 할 마지막 시간마저 통째로 없어지게 만든다.

"그는 어느 날 조그만 소리만 나도 잽싸게 숲속으로 달아나려는 귀를 쫑긋 세운 채 콧구멍을 벌씬거리는 영양 떼를 사진으로 찍으려고 살금살금 다가가다가 나무 가시에 무릎을 찔렸다. 그 후 2주 동안 소독약을 바르지 않고 상처를 방치했다가 이런 일이 생긴 것이다! 게다가 영양 떼 사진을 찍지도 못했다. 놈들이 달아나 버렸기 때문이다.

해리는 그 작은 나무 가시 하나를 소홀히 했다. 그리고 2주 후 그의 삶이 파괴되기 시작한다. 가시에 찔린 다리가 썩어들어가기 시작하고 결국 그의 생명마저 앗아가 버리고 만다. 마지막 남은 아름다운 시간을 즐기지도 못한 채 해리는 그렇게 이 세상을 떠나야 했다. 그는 죽기 전에 잠에서 자신을 구해줄 수 있는 비행기를 타는 꿈을 꾼다.

"잠시 후 그들이 탄 비행기는 상승하기 시작했는데, 아마도 동쪽으로 가는 듯했다. 바깥이 어두워지는가 싶더니 어느새 폭풍우 속으로 들어와 있었다. 빗줄기가 얼마나 센지 마치 폭

포 속을 비행하는 것 같았다. 그곳을 빠져나오자 콤프턴이 고개를 돌려 싱긋 웃었다. 그러고는 손가락으로 앞쪽을 가리켰다. 태양빛을 받아 믿을 수 없을 정도로 하얗게 빛나는, 세상의 전부인 듯한 넓고 높은 지대가 눈에 들어왔다. 사각형 모양을 한 킬리만자로 산정이었다. 그것을 본 순간, 그는 자신이 가려던 곳이 바로 저곳이었음을 깨달았다."

해리는 눈 덮인 킬리만자로를 가는 꿈을 꾸며 그의 인생을 마감했다. 그는 자신이 킬리만자로에 묻히는 것을 무의식적으로 생각했는지 모른다.

삶은 우리가 예기치 않은 곳으로 흘러간다. 나름대로 최선을 다해 살아가려 해도 안 되는 것이 너무나 많다. 의도하지 않았던 일들이 우리의 삶에 파고들어 그동안 꿈꾸었던 우리의 아름다운 일상이 다 무너져 내리기도 한다.

따스한 대평원에서 마음껏 달리던 아프리카의 표범도 길을 잃어 헤매고, 먹을 것이 떨어져 굶주림에 고통받고, 폭풍우와 가뭄에 견디지 못해 평원을 떠나야만 했다. 그렇게 흘러 흘러 부족할 것 없을 것 같던 그 표범도 자신이 원하지 않았던 킬리만자로의 산속으로 흘러들어 가게 된 것은 아닐까? 해리가 바로 킬리만자로의 표범이었는지도 모른다.

헤밍웨이의 장편소설 <무기여 잘 있거라>는 2차 대전 이후 쓰여진 가장 대표적인 전쟁 소설이다. 이 소설은 주인공인 프레드릭 헨리가 생사를 넘나드는 전쟁을 겪으면서 삶이란 처절한 것이라는 사실을 깨닫게 되는 이야기이다.

이탈리아에서 전쟁 중인 미국인 장교 프레드릭 헨리는 우연히 스코틀랜드 출신 간호사 캐서린 바클리를 만난다. 처음엔 그냥 가벼운 관계로 시작되었으나 프레드릭이 다리에 큰 부상을 입은 후 병원에 입원하고 나서부터 둘은 진지한 관계로 발전한다. 프레드릭이 어느 정도 치료가 끝나자 임신한 캐서린을 남겨 둔 채 다시 전쟁이 한창인 전선으로 떠난다. 퇴각 중이던 그는 죽기 바로 직전 강물 속으로 뛰어들어 간신히 목숨을 건진다. 다시 후방으로 돌아와 캐서린을 만나고 둘은 이탈리아 국경을 넘어 스위스로 피신해 잠시 행복한 순간을 갖는다. 하지만 그 순간은 잠시였을 뿐 캐서린은 아이를 낳다가 아이와 함께 죽게 된다. 프레드릭은 먼 이국땅에 사랑하는 사람을 잃고 홀로 남겨진다.

소설 처음에서 주인공인 프레드릭은 삶이 무엇인지 전혀 모르고 있었다. 몸만 어른이었지 생각하는 것은 아이와 같이 무지했다. 그는 삶의 방향도 모른 채 현실도 전혀 알지 못하는 그냥 적당히 살아가는 그런 한량 같은 사람이었다.

"그는 내가 모르는 것, 일단 배워도 늘 잊어버리는 것을 언제나 알고 있었다. 나는 나중에 그것을 깨달았지만, 그때는 그것을 알지 못했다."

그는 전쟁을 하면서 전우들이 부상을 당해 죽어가는 모습을 직접 눈으로 보게 된다. 죽음은 삶에서 멀리 떨어져 있는 것이 아니라는 것을 직접 경험한다. 또한, 잔혹한 전쟁 상황에서 진정으로 사랑하는 사람을 만나면서 삶의 소중함을 조금씩 느끼게 되고, 삶이란 무엇이지 조금씩 인식하게 된다.

또한, 그는 캐서린으로 인해 서서히 삶에 애착을 가지게 되며, 잃어버렸던 자아를 찾게 된다. 이제 그는 진실된 마음으로 진중하게 삶을 살아가려고 노력하기 시작한다. 하지만 인생은 우리 마음대로 되는 것이 아니다. 프레드릭은 자신에게 가장 소중한 존재를 한순간에 잃게 되고 마는 것이다.

삶은 비극일지 모른다. 우리는 그 비극을 회피할 수 없다. 우리가 가지고 있는 능력은 분명히 한계가 있다. 그러기에 오늘을 살아야 한다. 내 옆에 있는 사람에게 지금 최선을 다해야 한다. 언제 그 사람과 헤어지게 될지 모른다. 나에게 주어진 시간을 헛되이 낭비해서는 안 된다. 나의 시간이 언제 끝날지도 모르기 때문이다. 전쟁터에서 군인의 생명이 한순간에 끝이 나버리는 상황이 너무나 많이 일어나는 것과 같다.

어쩌면 인생 자체가 전쟁이라 할 수 있을 것이다. 우리는 인생이라는 전쟁터에서 홀로 싸워나가고 있다고 해도 과언이 아닐 것이다. 지금 이 순간에 존재하는 것이 언제 끝날지도 모르는 것이 현실이고, 나에게 가장 소중한 것들이 어느 순간 갑자기 사라져 버릴 수도 있는 그런 전쟁터가 바로 인생일 수 있다.

이러한 의미에서 이 소설은 전쟁터에 던져진 듯한 우리의 비극적 삶을 살아내는 방법을 나름대로 터득해야 할 필요가 있다는 것을 암묵적으로 이야기하고 있는 것 같다. 비극적인 삶의 주인공이 바로 나라는 사실은 변하지 않는다. 하지만 그런 비극 속에서도 아름다운 만남이 있기에 우리는 살아가고 있는 것이 아닐까 싶다.

우리가 살아가다 보면 항상 어려움과 고통이 따르기 마련이다. 평탄한 길로만 이루어진 인생은 없다. 개인의 삶뿐만 아니라 한 세대의 삶 또한 마찬가지일 것이다. 어디로 가야 할지 어떻게 가야 할지 앞이 보이지 않는 경우가 너무나 많다. 하지만 지금을 버티지 않는 한 미래는 없다. 그 모든 아픔과 고통을 넘어서야 내일이 있다.

헤밍웨이의 〈태양은 다시 떠오른다〉는 1920년대 이후 길 잃은 세대의 아픈 현실을 이야기하고 있다. 길 잃은 세대란 세계 1차 대전 이후 전쟁의 아픔으로 인해 도덕이나 윤리, 가치관 즉 사람이 나아가야 할 삶의 방향을 잃는 세대를 말한다. 그들은 새로운 삶의 방식이나 가치를 찾아 방황하였다. 그리고 그들은 전쟁 전의 오래된 관습이나 인습을 타파해 나가기 시작한다. 이러한 것은 사고방식, 삶의 태도, 행동 양식, 결혼에 대한 가치관 등 모든 면에서 일어났다. 과거의 당연한 것을 받아들여졌던 것도 도전을 받아 서서히 변해갔다.

전통적인 가치관은 무너졌고, 엄격한 도덕과 윤리도 사라져갔다. 여성들은 긴 치마를 벗어버리고 짧은 스커트를 입었고 남자처럼 짧게 머리를 자르는 헤어스타일도 유행했다. 전쟁의 환멸을 느낀 젊은이들은 술과 파티로 세월을 보냈다. 그 시대는 그들에게 어쩌면 삶이 무의미하다고 생각하게 만들기에 충분했다. 하지만 그런 과정에서 그들은 다시 삶의 의미를 찾으려 했고, 절망보다는 희망을 점차 생각하게 된다. 그리고 새로운 삶의 방향을 모색해 나갔다.

"다른 나라에 간다고 해서 달라지는 건 없어. 나도 벌써 그런 짓 모조리 해 봤어. 이 나라에서 저 나라로 옮겨 다닌다고 해서 너 자신한테서 달아날 수 있는 건 아냐. 그래 봤자 별거 없어.”

이는 방황의 끝은 없다는 것이다. 즉 자신의 마음과 생각을 바꾸지 않는 한 다른 곳에 가더라도 삶이 별 차이가 없다는 것을 말한다. 무질서와 고통의 세상이지만 거기에 적응하며 살아가는 법을 모색해야 한다. 삶은 힘든 싸움이겠지만 그래도 희망이 있다는 것을 항상 기억해야 한다. 세상을 원망하고 불만 속에서 살아간다면 인간으로서의 떳떳한 삶은 아닐 것이다.

이 소설에서 나오는 여성인 브렛도 아무런 목적 없이 이 남자 저 남자와 어울리며 방탕한 생활을 한다. 이혼 경험이 있는 그녀는 이혼이 끝나자마자 캠벨과 결혼하기로 약속했으면서도 제이크와 또 다른 사랑에 빠진다. 어디로 가야 할지 되는 대로의 삶을 살아가는 전형적인 모습이다. 하지만 그녀도 쾌락적인 삶을 점점 청산하고 새로운 삶을 찾으려 한다.

내일의 태양은 아픔과 고통 속에서 새롭게 떠오른다. 고통과 좌절이 존재하는 현실에서 새로운 미래를 바라보며 스스로 위안을 삼는 용기가 필요하다. 살아가다 보면 언제든 내일의 태양이 다시 떠오르지 않을 것 같은 암울한 경험을 한다. 하지만 그러한 아픔이 오히려 더 나은 미래를 위해 존재하는 것인지 모른다. 내일의 태양을 기대하며 오늘도 나의 길을 묵묵히 가야 할 필요가 있다.

19. 삶과 불가분의 시대

우리가 현존하는 시대는 개인적 삶과 불가분의 관계에 있다. 한 명의 인간이 어느 시대에 태어나 살아가야 하는지는 그 사람의 선택이 아니다. 내가 원하는 시대에 태어나고 싶어서 태어날 수 있는 것도 아니고, 내가 원하지 않는 시대에 살고 싶지 않다고 해서 그 시대를 비켜 갈 수도 없다.

흔히 개인이 시대를 이끌어야 한다는 말을 하기도 하지만 그것은 어쩌면 희망 사항일지도 모른다. 물론 개인의 힘이 모여 대중의 힘으로 어느 정도 시대를 바꾸어나갈 가능성이 없는 것은 아니다. 그러나 시대가 개인을 압도하는 역사의 흐름에서 개인은 한낱 강물의 흐름에 아무 저항도 하지 못한 채 떠내려가는 하나의 나뭇잎 같은 존재일지도 모른다.

조정래의 <황토>는 너무나 거센 시대에 태어나 저항 한 번 하지 못한 너무나 연약했던 개인 "점례"에 대한 가슴 아픈 소설이다.

"전쟁 뒷수습의 일환으로 나라에서는 가호적제를 실시했다. 전쟁 통에 분실된 서류 때문이기도 했지만, 무엇보다도 월남한 사람들을 위해 취해진 조치였다. 점례도 시기를 놓치지 않고 가호적 신고를 했다. 당연히 호주는 남편 박항구였다. 그러나 피난 중에 행방불명되었다는 신고에 따라 사망자로 취급되었다. 큰아들은 신노스께나 김태순이 아니라 박태순이 되었다. 딸은 그대로 박세연이었고, 작은아들은 로버트에서 박동익으로 호적에 올랐다. 이때 점례는 자신의 나이가 스물일곱인 것을 새삼스럽게 깨달았다. 까맣게 잊어버리고 있었던 나이였다."

점례의 아버지가 과수원에서 일하던 중 과수원 주인은 일본인이었다. 그 과수원 주인이 대낮에 점례의 어머니를 겁탈하는 것을 본 점례의 아버지는 자신의 아내가 욕을 당하는 것을 보고 참지 못해 주먹을 휘두르게 되었고, 그로 인해 일본인이었던 과수원 주인은 상해를 당했다. 점례에게 눈독을 들이던 일본 순사는 점례를 자신의 첩으로 하는 조건으로 점례의 부모를 풀어주었다. 하지만 일제가 패망한 후 일본 순사는 자신의 자식과 점례를 버리고 일본으로 도망가 버리고 만다.

"아들을 어머니에게 맡기고 시집을 간다. 그래서 어쩌자는 것인가. 처녀로 속이자는 말이 아닌가. 그럼 아들과는 생이별을 하는 것이다. 평생을 속여야 할 것이니 호적은 어디다 올릴 것인가. 어쩔 수 없이 막내동생 뒤에 붙게 될 것이다. 그럼 성은 김가가 되고, 아들이 동생으로 둔갑하게 된다. 못 할 짓이다. 시집을 가서 무슨 영화를 보자고 그런 모진 짓을 하라는 것인가. 처녀로 속여 시집을 가서 평생을 가슴 조이고, 자식과는 생이별을 하여 삭힐 길 없는 한을 심는다. 거기다가 자식을 동생으로 만들어야 하는 짓까지 해가며 이중 삼중의 죄를 짓느니보다는 기왕 망쳐진 신세 돈 많은 사람의 첩이 되는 게 오히려 나을 것 같았다. 하지만 첩살이 그게 어디 사람이 할 짓이며, 그렇게 살아서 무엇한단 말인가. 차라리 죽어버리자. 저것을 끌어안고 죽어버리자. 어차피 잘못되고 망쳐진 팔자였다. 죽어버리면 그보다 더 말끔하고 간단한 해결책은 없을 거였다. 이 세상을 떠나버리면 저 어린 것은 애비 없는 자식으로 괄시를 안 받아도 되고, 식모 아들로 천덕꾸러기가 안 되어도 되고, 평생 에미 떨어져 살며 에미와 형제가 안 되어도 되는 게 아닌가."

19살의 나이에 일본 자식까지 둔 점례를 본 어머니와 큰이모는 점례를 북한에서 부모를 잃고 남하한 한국인 남자에게 시집을 보낸다. 점례와 일본 순사 사이에 낳은 자식은 점례의 어머니가 낳은 것으로 해서 김태순으로 이름을 바꾸고 점례의 어머니가 키우기로 한다.

점례는 박항구 사이에 딸 둘을 낳는다. 하지만 한국 전쟁이 발발하고 박항구는 인민군 간부가 되어 점례와 아이들만 남겨 놓은 채 북으로 넘어간다.

"항아리를 눕혀 딸의 시신을 넣으며 점례는 더는 울지 않았다. 자신의 잘못이 아니었다. 자식을 지켜내기에는 전쟁의 물결이 너무나 거세고 무정했다. 항아리가 실히 한 길이 넘는 구덩이에 내려졌다. 점례는 흙을 항아리 위에 뿌렸다. 점점이 떨어지는 붉은 황토 위에 남편의 얼굴이 어리고 있었다. 애들 잘 키워 열두 폭 병풍 해서 시집보내 줘야지. 남편이 배냇짓을 하는 작은딸의 눈을 들여다보며 한 말이었다. 흙이 구덩이를 다 채워 파내기 전의 높이가 될 때까지 점례는 세 번이나 삽질을 멈추게 했다. 그리고 그때마다 흙을 꾹꾹 밟아 다졌다. 아무리 깊게 팠어도 단단하게 다지지 않으면 위태로운 일이었다. 여우라는 놈은. 백여우는. 점례는 전신의 힘을 발에 모아 힘껏 흙을 다졌다."

남편이 인민군 간부였기에 점례는 국군에 체포되어 조사를 받고 미군에 넘겨지게 된다. 인민군 간부와 연관 있는 사람은 미군이 철저히 조사해야 하는 상황이었다. 그 과정에서 점례는 둘째 딸을 잃는다.

조사를 받던 과정 미군 대위 로버트 프랜더스는 점례에 호감을 갖고 자신이 스스로 점례의 보증인이 되어 그녀를 풀어준다. 점례가 당분간 머무를 곳을 마련해 주고 자신의 집안일을 맡긴다. 하지만 점례는 로버트에게 겁탈을 당하고 그의 아이를 임신하게 된다. 그래서 낳은 자식이 막내 동익이였다. 로버트는 자신의 자식을 낳은 점례와 함께 살기 시작하지만 중공군의 개입으로 전쟁에서 밀리기 시작한다.

"20여 일이 지났다. 아무래도 이상했다. 수소문을 했다. 프랜더스는 전방 출장을 간 것이 아니었다. 본국으로, 태평양을 건너가 버린 것이었다. 너무 허망하게 떠나버린 사람이었다. 점례는 눈이 파란 어린 것을 안고 그저 쓸쓸하게 웃었다. 원망이 필요가 없었다. 처음부터 가기로 작정 되어 있었던 사람이었다. 슬플 이유도 없었다."

로버트는 미국에 자신의 아내와 두 아이마저 있었던 남자였다. 타국땅에서 정욕을 참지 못해 점례를 상대로 자신의 본능을 채우기만 한 것이었다.

"점례는 자기 스스로를 바라보았다. 이제 자신은 세 아이의 어머니였다. 프랜더스가 영영 다시는 만날 수 없는 사람이듯 남쪽이 전쟁에 지지 않는 한 남편도 돌아올 가망이 없는 사람이었다. 자신은 혼자였고, 세 자식을 길러내야 하는 것이 피할 수 없는 현실로 앞에 놓여 있었다. 그녀는 그 중한 현실만 똑바로 바라보며 정신을 차리고자 했다. 자신의 팔자가 기구하다거나 신세가 박복하다는 비탄이나 탄식에 빠지지 않기로 했다. 자신이 그렇게 된 것은 그 누구의 잘못도 아니었고, 피하려야 피할 수 없어서 당하게 된 일이었다."

점례의 자식을 낳게 한 사람들은 일본인, 공산주의 한국인, 그리고 미국인이었다. 그동안 이 땅의 주인 행세를 해왔던, 자신의 권력을 절대적으로 휘둘렀던 사람들이었다. 그동안 한반도의 지형을 만드는 데 앞장섰던 사람들이었다. 하지만 그들은 점례와 자신들의 자식마저 버리고 모두 떠나버렸다. 주인 행세를 할 자격도 없는 이들이었기에 피붙이도 아랑곳없이 가족이라는 개념도 없이 잠시 왔다가 간 주인이 아닌 나그네였을 뿐이다.

"험하고 고달프게 살아온 세월이었다. 남은 것이라곤 세 자식뿐이었다. 뒷바라지를 하느라고 허둥지둥하며 한시도 편할 때 없이 억척스럽게 살아왔다. 자식들이 잘되는 것만이 소원이었고, 그것이 유일하게 잡고 있었던 삶의 끈이었다. 그런데 자식들이 커갈수록 그 바람은 빗나가는 것만 같았다. 모두 하나로 뭉쳐서 서로 의지가 되고 힘이 되어 살기를 소원했다. 그러나 그 별로 대단할 것도 없는 바람이 자꾸만 엇나가고 버그러지고 있었다. 세 자식을 위해 몸 바스러지게 최선을 다 했던 것은 무슨 덕을 보자는 것이 아니었다. 다만 세 자식이 오순도순 사이좋게 살기를 바랐다. 그것이 눈물뿐인 자신의 인생을 보상받는 유일한 길이라 여겼던 것이다."

힘으로 돈으로 사랑으로 점례의 주인 행세를 했던 그들은 지금 어디에 있는가? 점례 옆에서 있었던 그들은 모두 떠나 버렸다. 홀로 자식만 바라보고 평생을 살아왔건만, 아빠가 다른 자식들 또한 함께 살아가기가 힘든 것일까? 그나마 그 자식들을 바라보고 버티어 왔지만 이제 점례가 디디고 서 있던 자식이라는 땅마저도 흔들리고 있음을 점례는 느낄 수밖에 없었다. 그녀의 삶은 어디서 보상받아야 하는 것일까? 거센 시대의 흐름에 개인은 그렇게도 약한 존재에 불과한 것일까?

조정래 소설은 내가 볼 수 없었던 것을 보여준다. 읽지 않을 수가 없다. 대학교 때 형이 태백산맥을 빌려왔다. 아무 생각 없이 1권을 읽기 시작했는데 10권을 다 읽기까지 책을 손에서 놓지 않았다. 그의 소설 유형의 땅도 마음 한 구석에 항상 남아 있었다.

태형이 곤장을 치는 형벌을 말한다면 유형은 먼 곳으로 유배를 보내는 형벌이다. 유형의 땅이란 유배를 보낸 곳, 즉 유배지를 의미할 것이다. 유형의 땅이란 어떤 사람에게는 운명적으로 너무 힘든 환경에서 태어나 살아가는 과정에서도 온갖 곡절을 다 겪으며 힘들게 살아가는 현실 그 자체일 수 있을 것이다.

소설에서 만석은 머슴의 아들로 태어나 비천한 신분으로 인한 한을 뼈저리게 느낀다. 주인 아들의 비인간적이고 부당한 요구에 저항하지만 돌아온 것은 그의 아버지의 초주검뿐이었다. 게다가 그들의 모든 것이라 할 수 있는 소작지마저 다 뺏기고 거리로 나앉게 된다. 만석은 이로 인해 증오와 분노에 치를 떨게 된다.

6.25로 인해 인민군이 그에게 가져다 준 인민위원회 부위원장은 그로 하여금 주인 집안의 처절한 복수를 할 수 있게 되었고 그는 사람 잡는 야수로 변해간다. 하지만 여맹에 가입한 그의 아내와 인민군 대장의 불륜을 목격하고 그 두 명을 그 자리에서 살해한다. 인민군 대장을 죽인 댓가는 그의 부모와 하나뿐인 아들의 죽음이었다.

모든 것을 잃고 전국을 떠도는 막노동꾼으로 30년을 지내다 만난 두 번째 아내마저 젊은 남자와 함께 그의 전 재산을 훔쳐 달아난다. 태어난 지 얼마 되지 않은 아이를 안고 아내를 찾아 전국을 헤매다가 결국 병에 들게 된다. 이제 더 이상 살아갈 수 없다는 것을 알고 마지막 남은 아들마저 고아원에 맡기고 고향으로 돌아가 죽음을 맞이한다. 그는 평생을 유형의 땅이라는 그 시대의 현실에서 벗어나지 못하고 제대로 된 인간다운 삶을 한 번도 살아보지 못한 채 이 세상을 등질 수밖에 없었다.

만석은 그의 아버지가 극도로 가난했던 운명을 이기고 만석꾼이 되라는 뜻으로 지어준 이름이었지만, 평생 그는 그 가난이라는 형벌에서 벗어날 수 없었다. 주인에게 당한 아픔에 철저히 복수하지만 그나 주인이나 시대만 바뀌었을 뿐 인간적으로는 다른 것이 하나도 없었다. 그도 한번쯤은 인생에서 사람답게 살아보고 싶었을 것이다. 하지만 그는 스스로 그 운명을 이길 힘이 없었다.

만석에게는 현실 그 자체가 형벌이었다. 현실이라는 그 유형의 땅에서 살아남는다는 것은 그에게는 그리 쉬운 일이 아니었다. 시대를 선택할 수도 신분을 선택할 수도 없었던 사회는 어쩌면 우리의 삶을 피폐하게 만들 수 밖에 없었는지도 모른다.

내가 할 수 있는 것보다도 할 수 없는 것이 훨씬 많은 삶은 누구에게나 비슷할 것이다. 내가 원하지 않았던 삶이 나에게 수시로 다가오지만 나의 힘으로 이겨낼 수 없는 것도 사실이다. 어쩌면 우리는 현실이라는 유형의 땅에서 항상 살고 있는지도 모른다.

만석의 아버지는 만석에게 말한다.

"시상은 참아감서 살아야 허는 것이여. 한을 험허게 풀먼 또 다른 한이 태이는 것이여. 안 되야, 안 되야, 지발 사람 상허게 말어"

현실이라는 유형의 땅에서 어떤 선택이 옳은 것인지는 아무도 모른다. 하지만 그 선택으로 인해 그의 삶이 바뀐다는 것은 분명한 사실이다.

19. 종교와 가족

김동리의 소설 <무녀도>는 무당 가족의 한 맺힌 이야기를 담고 있다. 소설에서 무당인 모화는 벙어리 딸 낭이와 살고 있다. 어느 날 모화의 아들 욱이가 집으로 돌아오는데, 그는 모화가 무녀가 되기 전에 낳았던 사생아였다. 욱이는 어릴 때 신동이라 불릴 정도로 똑똑하였지만, 집이 너무 가난해 절로 보내진다. 욱이는 절에서 자랐지만, 그의 어머니인 모화에게 돌아왔을 때는 기독교 신자가 되어 있었다.

욱이가 무당인 어머니를 기독교로 전도하여 개종시키려 하면서 갈등이 시작된다. 하지만 무당이었던 모화는 예수교라는 것을 처음 들었고, 아들인 욱이가 예수 잡귀에 쓰인 것이라 하여 쫓아내려 한다.

"엇쇠 귀신아, 물러서라
여기는 영주 비루봉 상상봉헤
깍아 질린 돌 베랑헤, 쉰 길 청수헤
너희 올 곳이 아니니라.
바른손헤 칼을 들고 왼손헤 불을 들고
엇쇠 잡귀신아, 썩 물러서라. 툇툇!"

둘의 갈등은 더욱 깊어지고, 결국 모화는 아들인 욱이를 교회를 다니지 못하게 하려고 성경 책을 부엌에서 불에 태운다. 불속에 있는 성경을 꺼내려는 욱이와 모화가 몸싸움을 하다가 모화가 휘두르는 칼에 욱이는 찔리고 만다.

모화의 극진한 간호에도 불구하고 욱이는 결국 죽고 만다. 모화의 슬픔은 극에 달하고, 마침 모화는 부잣집 며느리의 혼백을 건지는 굿을 맡게 된다. 모화는 그녀의 평생의 마지막 굿을 하고, 신에 들려 주문을 외며 물가로 다가가 물에 빠져 죽고 만다.

"모화가 넋대를 따라 점점 깊은 물속으로 들어갔다. 옷이 물에 젖어 한 자락 몸에 휘감기고, 한 자락 물에 떠서 나부꼈다. 검은 물은 그녀의 허리를 잠그고, 가슴을 잠그고, 점점 부풀어 오른다. 그녀는 차츰 목소리가 멀어지며 넋두리도 허황해지기 시작했다. (중략) 모화의 몸은 그 넋두리와 함께 물속에 아주 잠겨 버렸다. 처음엔 쾌잣자락이 보이더니 그것마저 잠겨 버리고, 넋대만 물 위에 빙빙 돌다가 흘러내렸다."

무당이 넋두리와 함께 물에 빠져 죽는 것은 "접신의 경지" 에 들어가는 것으로 전해지고 있다. 모화는 아들의 죽음과 더불어 그렇게 세상을 떠났다. 엄마와 오빠가 죽고 혼자 남은 낭이에게 어떤 한 남자가 낭이를 데리러 오는데 그는 낭이의 아버지였다. 낭이와 아버지는 전국을 돌아다니며 무녀도를 그려주는 일로 살아간다.

소설을 쓰는 사람이 의도한 바가 있겠지만 작가의 손을 떠난 이상 그 소설의 독자의 몫이 된다. 내가 읽은 무녀도를 한

문장으로 말한다면 "프레임에 갇힌 사람들" 이다.
사람들은 각자 자신이 생각하는 것이 있다. 어떤 이들은 자신의 생각과 다르더라도 다른 사람들의 생각을 받아들이는 데 있어 융통성을 발휘하는 반면, 그렇지 못하는 사람들도 있다. 아마도 다른 사람의 시각을 받아들이지 못하는 경우가 대부분일 것이다. 그만큼 자신의 에고가 크다는 뜻이다. 그럴 경우 서로 간의 다툼의 원인이 되기도 하지만, 더 아쉬운 것은 자신의 성장의 커다란 장애가 되기도 한다.

자신의 프레임에 갇혀 버리면, 진실이 왜곡될 수도 있으며 그 진실을 자신을 위해 악용을 하기도 한다. 다른 사람을 이해하기도 힘들고, 자신의 아집에 빠져 배타적으로 될 뿐이다. 모화와 욱이가 그랬다. 각자가 가지고 있는 세계관과 종교가 다르기에 상대를 이해하려고 하기보다는 자신의 생각을 상대에게 강요하기만 했다. 각자가 가지고 있는 프레임에 갇혀, 가족 간의 이해와 사랑은 다 사라지고 자신의 주장만 관철시키려 하다가 결국 파국에 치닫게 된 것이다.

프레임은 이만큼 무섭다. 다른 것을 이해하려 노력하기는커녕, 하나도 받아들이지 않는다. 자신이 생각하는 것이 옳지 않을 가능성을 전혀 생각하지 않는다. 이로 인해 사소한 오해가 점점 커져 사단이 나는 것이다.

모화와 욱이는 모자지간이었다. 어찌 보면 세상에서 가장 소중하고 친밀한 관계라 할 수 있다. 서로가 조금만 달리 생각하면 충분히 받아들이고 이해해 줄 수 있었는데도 불구하고, 둘은 결국 모두 이 세상을 떠나게 된다. 모화와 욱이처럼 자신의 프레임에 갇혀 버리면, 스스로 그 프레임에서 벗어나기 힘들 수 있다. 다른 사람이 그 프레임을 벗어나게 해 주기는 힘들다. 스스로 갇힌 그 프레임에서 벗어나지 않는 이상, 그들에게는 그 세상이 전부일뿐이다. 남는 것은 모화와 욱이처럼 서로 간의 비극밖에 없다. 내 자신의 프레임을 깨는 것이 그리 쉽지는 않지만 스스로 노력하는 수밖에는 없다.

우리의 삶은 얽히고 꼬인 실타래와 같은 것인지 모른다. 자신의 힘으로는 결코 풀어낼 수 없는 그런 실타래가 우리의 인생일 수도 있다. 김동리의 〈역마〉는 수많은 사람들이 오고 가는 화개장터에서 인간과 삶이 얽혀 도저히 어쩔 수 없는 운명에 대한 이야기이다.

"그러나 서른여섯 해 전에 꼭 하룻밤 놀다 갔다는 젊은 남사당의 진양조 가락에 반하여 옥화를 배게 된 할머니나, 구름같이 떠돌아다니는 중과 인연을 맺어 성기를 가지게 된 옥화나 다같이 화개장터 주막에 태어났던 그녀들로서는 별로 누구를 원망할 턱도 없는 어미 딸이었다. 성기에게 역마살이 든 것은 어머니가 중 서방을 정한 탓이요, 어머니가 중서방을 정한 것은 할머니가 남사당에게 반했던 때문이라면 성기의 역마운도 결국은 할머니가 장본이라, 이에 할머니는 성기에게 중질을 시켜서 살을 때우려고도 서둘러 보았던 것이고, 중질에서 못다 푼 살을, 이번에는 옥화가 그에게 책장사라도 시켜서 풀어 보려는 속셈인 것이었다."

할머니와 어머니, 그리고 성기는 화개장터라는 많은 사람들이 오고 가는 공간에서 살아왔다. 그곳에서의 삶은 얽히고 설

키는 인연이 주어질 수밖에 없는 공간이었다. 자신의 힘으로 어찌할 수 없는 운명은 그들의 삶을 어디로 이끌어 갈지 알 수도 없었다. 운명이란 본인 의지에 따라 결정되는 것만은 아니다. 인간에게는 한계가 있기에, 그 한계를 넘어설 수 없는 삶을 꾸려갈 수밖에 없다.

"계연은 성기의 어깨를 흔들었다. 성기는 눈을 떴다. 계연은 당황하여 쥐고 있던 새파란 으름 두 개를 성기의 코끝에 내어 밀었다. 성기는 몸을 일으켜 그녀의 둥그스름한 어깨와 목덜미를 껴안았다. 그리고는 입술이 포개어졌다. 그녀의 조그맣고 도톰한 입수에서는 한나절 먹은 딸기, 오디, 산 복숭아, 으름들의 달짝지근한 풋내와 함께, 황토 흙을 찌는 듯한 향긋하고 고수한 고기 냄새가 느껴졌다."

우연히 성기의 주막에 잠시 맡겨진 계연, 오누이처럼 지내다가 사랑하는 마음으로 발전하고야 만다. 마치 성기의 할머니나 어머니처럼, 계연의 아버지처럼 그렇게 다시 얽히는 것이다.

"계연의 시뻘겋게 상기된 얼굴은, 옥화와 그녀의 아버지가 그녀들을 지켜보고 있다는 것도 잊은 듯이 성기의 얼굴만 뚫어지게 바라보고 있었으나, 버드나무에 몸을 기대인 성기의 두 눈엔 불꽃이 활활 타오를 뿐, 아무런 새로운 기적도 나타나지 않았다.

'오빠, 편히 사시오'

하고, 거의 울음이 다 된, 마지막 목소리를 남기고 돌아선 계연의 저만치 가고 있는 항라 적삼을, 고운 햇빛과 늘어진 버들가지와 산울림처럼 울려오는 뻐꾸기 울음 속에, 성기는 우두커니 지켜보고 있을 뿐이었다."

하지만 성기와 계연의 사랑은 운명이 이를 막아섰다. 계연은 성기보다 나이가 어려 동생 같았지만, 사실 성기의 이복 이모였다. 순수한 사랑마저 그들에게는 허락되지 않았다. 역마살이 그들의 운명을 그렇게 만들어 놓았다. 사랑하는 오빠를 떠나고 싶지 않았던 계연, 이미 마음 한가운데 차지해 버린 계연을 보내고 싶지 않은 성기, 하지만 그들은 이모와 조카라는 굴레 아래 운명처럼 헤어질 수밖에 없었다.

"갈아입은 옥양목 고의 적삼에, 명주 수건까지 머리에 질끈 동여매고 난 성기는, 새로 맞춘 새하얀 나무 엿판을 질빵해서 느직하게 엉덩이 즈음에다 걸었다. 윗목 판에는 새하얀 가락엿이 반 넘어 들어 있었고, 아래 목판에는 팔다 남은 이야기책 몇 권과 간단한 방물이 좀 들어 있었다. 그의 발 앞에는 물과 함께 갈리어 길도 세 갈래로 나 있었으나 화갯골 쪽엔 처음부터 등을 지고 있었고 등남으로 난 길은 하동, 서남으로 난 길이 구례, 작년 이맘때도 지나 그려가 울음 섞인 하직을 남기고 체장수 영감과 함께 넘어간 산모퉁이 고갯길은 퍼붓는 햇빛 속에 지금도 하동 장터 위를 굽이돌아 구례 쪽을 향했으나 성기는 한참 뒤 몸을 돌렸다. 그리하여 그의 발은 구례 쪽을 등지고 하동 쪽을 향해 천천히 옮겨졌다."

운명이라는 받아들이는 것 외에 다른 선택이 있을 수 있을까? 역마살을 푸는 것 외에 어떤 것을 할 수 있단 말인가? 인간이 살아가면서 할 수 있는 선택은 그리 많지가 않다. 운명의 힘을 경험해 본 사람은 그것을 더욱 확실히 알고 있을 것이다.

21. 어긋난 인연

우리는 살아가면서 많은 인연을 만난다. 그러한 인연의 돌고 돌음이 우리의 삶을 굴곡지게 하기도 하고 비틀어 버리기도 한다. 삶은 그리 녹녹하지 않으며, 운명을 저항할 힘이 우리에게는 그리 많지 않다. 자신의 운명을 스스로 만들어 갈 수 있다 말한다면 그는 아직 삶을 진정으로 겪지 않았기에 하는 말은 아닐까?

김원일의 소설 <바라암>은 우리 삶의 비틀린 인연의 아픔을 이야기한다. 한국 전쟁 중 바라암의 법담 스님 앞에 점례는 고아로 맡겨진다. 절에서 곱게 잘 자라던 점례는 어느덧 성숙한 여인이 되었고 바라암 근처 귀래천을 건너 읍내를 가끔 다녔다.

귀래천을 건너려면 장사공의 배를 타야 했고, 장사공의 아내가 읍내에서 늦게까지 돌아오지 않던 어느 여름 날 장사공은 자신의 집에서 잠시 점례가 옷을 벗고 씻는 것을 보고 순간의 정욕을 참지 못한다. 이 일로 인해 점례는 남자를 알게 된다. 그 후 점례는 법담 스님을 떠나 환속을 한다. 경제적인 능력이 없던 점례는 미군 부대 근처에서 양공주가 되고 머리가 노랗고 푸른색의 눈을 가진 지수를 출산한다. 혼자 힘으로 혼혈아를 키울 수 없었던 점례는 바라암으로 와 법담 스님에게 지수를 맡긴다.

"시님, 다시 오게 될는지, 증말 지가 다시 바라암을 찾게 될는지 모르겄이유. 아니, 이애를 찾어 꼭 다시 오게 될 끼유. 부디 잘 살펴주시유. 지는 보살도 못 되고 험한 인생 베랑길로 떨어지고 말었지만 저애만은 큰 덕을 깨치게 자비를 베풀어주시유."

지수는 법담스님 밑에서 청년이 될 때까지 잘 자랐지만, 운명은 그를 가만두지 않았다. 지수가 귀래천으로 가던 중 동네 구장은 지수와 동행하고자 지수를 자신의 집으로 잠시 불러들인다. 하지만 그 집안에는 두 명의 술집 여인들이 구장과 술을 먹던 중이었다. 방에 들어온 지수는 그곳에서 여인이라는 존재를 느끼게 된다. 그 일 이후 귀래천을 건네주는 장사공의 딸 봉녀와 지수는 젊은 혈기를 누르지 못한 채 사랑을 하게 된다.

"법담 스님은 대답 없이 지수를 내다본다. 걱정하고, 슬퍼하고, 괴로워하고, 탄식하고, 번민하는 상좌의 고통을, 그 고통의 근원을 일찍 제하지 못한 자신의 박덕을 그는 탄한다. 속세의 적잖은 사람을 만나왔지만 그 연을 끝까지 잡아매지 못했음을 한한다. 설계가 모자라 일혼이 넘도록 상좌 하나조차 변변히 거느리지 못한 우매함을 책한다."

법담 스님은 지수의 어미 점례처럼 지수도 그의 어미의 길을 가게 될지도 모른다는 생각을 했을 것이다. 하지만 그는 그것을 어쩌지 못했다. 거기서부터 지수와 봉녀의 어긋난 인연의 아픔이 시작되었는지 모른다. 지수의 어미 점례처럼 지수도 바라암을 떠난다.

"지수가 얼굴을 드는데 깊게 박힌 눈에 눈물이 가득 찼다. 그는 다시 머리를 떨어뜨린다. 흐느낌으로 등줄기가 떨린다. 법담 스님은 지수 등을 내려다 본다. 점례의 피를 받아, 그 피의 준동질이 그를 이 암자에 묶어두지 못하게 함이라고 생각지 않는다. 태어나기 전이 무엇이며, 태어난 뒤가 무엇이며, 죽은 뒤 무엇이 될것임을 모름이 인간이거늘, 그의 떠남이, 그 떠남의 결과가 무엇을 얻게 될 것임을 어찌 알랴. 그러나 법담 스님은 지수가 바라암으로 다시 오게 되었을 때 자기가 현세에 있지 않음을 내다본다."

지수가 떠난 후 봉녀는 지수의 아이를 임신한 것을 뒤늦게 알게 되고 지수가 돌아오기만을 기다린다. 장사공은 봉녀의 아이를 없애려 하지만, 운명은 그의 마음대로 되는 것이 아니었다. 봉녀는 푸른 눈을 가진 지수의 아이를 낳았고 이제나저제나 지수가 돌아오기만을 기다린다. 세월이 흘러도 지수는 돌아오지 않고, 장사공은 딸인 봉녀를 동네 재산께나 있는 상처한 범아재비에게 후처로 시집을 보낸다. 봉녀는 지수의 아이를 범아재비에게 데려갈 수가 없어 지수의 어미 점례가 지수를 스님께 맡기듯, 자신의 아이를 법담 스님께 맡긴다.

"시님, 지아비 귀래천 찾아 은젠가 반드시 올 티니껜 그때까지 그분 키웠듯 우리 애 잘 거둬줘유."

한국전쟁으로 법담 스님에게 맡겨진 부모 잃은 점례, 점례와 장사공의 동침, 점례의 환속과 양공주 생활 그리고 지수의 출산, 지수와 봉녀, 지수의 환속, 그리고 봉녀와 범아재비의 결혼, 다시 법담 스님에게 맡겨진 봉녀와 지수의 아이.

삶의 인연들은 이렇게 어긋나 그들의 인생을 모두 다 비틀어 버렸다. 이러한 일들은 누구에게나 일어난다. 다만 그것을 우리는 인식하지 못할 뿐이다. 자신의 욕심을 누르지 못한다면 우리의 인연은 더욱 어긋나게 될 뿐이다. 그 이후의 아픔이 우리의 인생을 더욱 슬프게 만들지도 모른다.

22. 엄마와 빈집

<빈집>

기형도

사랑을 잃고 나는 쓰네

잘 있거라, 짧았던 밤들아
창 밖을 떠돌던 겨울 안개들아
아무 것도 모르던 촛불들아, 잘 있거라
공포를 기다리던 흰 종이들아
망설임을 대신하던 눈물들아
잘 있거라, 더 이상 내 것이 아닌 열망들아

장님처럼 나 이제 더듬거리며 문을 잠그네
가엾은 내 사랑 빈집에 갇혔네

무언가를 잃은 것은 가슴 아프다. 그것이 어떤 사람에 대한 사랑이건, 나의 삶에 대한 사랑이건, 내가 소중하게 여겼던 것을 잃었기에 가슴이 시릴 뿐이다.

내가 아끼는 것이 나와 오래도록 함께 있다면 얼마나 좋을까? 하지만 살아가면서 우리가 아끼고 사랑하는 것을 언젠가는 잃게 된다. 내가 원하지 않더라도 그러한 순간은 필연적으로 다가온다. 그 시기가 언제인가만 문제 될 뿐이다.

내가 아끼고 사랑했던 것들, 나와 함께 했던 것들과 이제는 작별을 고해야 한다. 함께 지냈던 밤들도, 함께 거닐던 겨울 안개도, 함께 바라보던 아름답던 촛불도, 그 모든 것과 이제는 이별을 고해야 한다.

소중한 것을 잃었기에 나는 너무나 절망에 빠져 문을 잠그는 것마저 장님처럼 더듬거리게 된다. 사랑 가득했던 그 집엔 이제 아무것도 남아 있지 않다. 따뜻한 그 방 안의 공기가 그리울 뿐이다. 나의 존재와 나의 사랑은 이제 끝이 나고 있는 것 같다. 내가 있었던 그곳, 나를 살아 있도록 해주었던 그곳, 이제 그곳엔 아무것도 남아 있지 않다. 나는 그 문을 잠그고 그 집을 떠날 수밖에 없었다. 나의 마음은 그 집에 갇혀 있을 뿐 이제 더 이상 나와 함께 할 수가 없다.

삶은 내가 원하지 않는 대로 흘러가니 그저 받아들일 수밖에 없는 것인지 모른다.

〈포도밭 묘지 1〉

기형도

주인은 떠나 없고 여름이 가기도 전에 황폐해버린 그해 가을, 포도밭 등성이로 저녁마다 한 사내의 그림자가 거대한 조명 속에서 잠깐씩 떠오르다 사라지는 풍경 속에서 내 약시(弱視)의 산책은 비롯되었네. 친구여, 그해 가을 내내 나는 적막과 함께 살았다. 그때 내가 데리고 있던 헛된 믿음들과 그 뒤에서 부르던 작은 충격들을 지금도 나는 기억하고 있네. 나는 그때 왜 그것을 몰랐을까. 희망도 아니었고 죽음도 아니었어야 할 그 어둡고 가벼웠던 종교들을 나는 왜 그토록 무서워했을까. 목마른 내 발자국마다 검은 포도알들은 목적도 없이 떨어지고 그때마다 고개를 들면 어느 틈엔가 낯선 풀잎의 자손들이 날아와 벌판 가득 흰 연기를 피워 올리는 것을 나는 한참이나 바라보곤 했네. 어둠은 언제든지 살아 있는 것들의 그림자만 골라 디디며 포도밭 목책으로 걸어왔고 나는 내 정신의 모두를 폐허로 만들면서 주인을 기다렸다. 그러나 기다림이란 마치 용서와도 같아 언제나 육체를 지치게 하는 법. 하는 수 없이 내 지친 발을 타일러 몇 개의 움직임을 만들다 보면 버릇처럼 이상한 무질서도 만나곤 했지만 친구여, 그때 이미 나에게는 흘릴 눈물이 남아 있지 않았다. 그리하여 내 정든 포도밭에서 어느 하루 한 알 새파란 소스라침으로 떨어져 촛농처럼 누운 밤이면 어둠도, 숨죽인 희망도 내게는 너무나 거추장스러웠네. 기억한다. 그해 가을 주인은 떠나 없고 그리움이 몇 개 그릇처럼 아무렇게나 사용될 때 나는 떨리는 손으로 짧은 촛불들을 태우곤 했다. 그렇게 가을도 가고 몇

잎 남은 추억들마저 천천히 힘을 잃어갈 때 친구여, 나는 그때 수천의 마른 포도 이파리가 떠내려가는 놀라운 공중(空中)을 만났다. 때가 되면 태양도 스스로의 빛을 아껴두듯이 나 또한 내 지친 정신을 가을 속에서 동그랗게 보호하기 시작했으니 나와 죽음은 서로를 지배하는 각자의 꿈이 되었네. 그러나 나는 끝끝내 포도밭을 떠나지 못했다. 움직이는 것은 아무것도 없었지만 나는 모든 것을 베꼈다. 그리하여 어느 날 기척 없이 새끼줄을 들치고 들어선 한 사내의 두려운 눈빛을 바라보면서 그가 나를 주인이라 부를 때마다 아, 나는 황망히 고개 돌려 캄캄한 눈을 감았네. 여름이 가기도 전에 모든 이파리 땅으로 돌아간 포도밭, 참담했던 그해 가을, 그 빈 기쁨들을 지금 쓴다 친구여.

의미 있는 삶을 위해 애를 썼지만, 그 의미마저 덧없음을 가을이 돼서야 깨닫고 마는 것일까? 나름대로 최선을 다했지만, 결과건 과정이건 단지 삶의 무게에 눌려 아무런 기쁨과 행복을 누리지 못하는 것은 무엇 때문인 걸까?

이제는 삶에 지쳐 더 이상 흘릴 눈물도 남아 있지 않은 것일까? 누구를 위해, 그리고 무엇을 위해 그동안 그 험한 길을 걸어왔던 것일까?

열매인 줄 알았건만 어차피 사그라져 버릴 껍데기뿐인 것이 어쩌면 인생인지도 모른다. 그 껍데기마저 까맣게 변해버린 채 이제는 땅속으로 들어갈 때가 다가오고 있다.

얼마 전 무더운 여름에만 해도 소망과 희망이 있었기에, 억

수로 내리는 비와 뜨거운 햇빛을 버티어 냈는지도 모른다. 하지만 그러한 과정이 어느 정도의 결실이 되기도 했지만, 무언가 허전함은 나의 욕심에서 비롯되는 것일까, 아니면 삶이 원래 그런 것이기에 이제야 깨닫는 것일까?

아름다움도, 성스러움도 묵묵함 속에서 닿을 수 있을 거라 생각했건만, 그마저 이제는 머나먼 곳에 존재하는 사막의 신기루와 같이 잡지 못하는 것인지도 모른다.

존재는 의미와는 그리 상관없이 그 자체만으로도 충분하다는 사실을 조금이나마 일찍 알았더라면 이리도 허탈함을 느끼지 않았을 것을, 그 또한 나의 무지로 인한 것이기에 그 누구를 원망하거나 탓하지는 않는다.

참담함이 있을지언정 나의 존재를 부정하지는 못하기에 그나마 스스로 위안을 삼아 이 가을을 보내야 하는 것이 아닌가 싶다.

22. 삶의 의미

우리는 진정한 삶의 의미를 알고 살아가는 것일까? 나에게 생명이 주어짐으로 삶이 시작되고 나의 생명이 끝남으로 삶이 끝나기에 생명은 나의 삶과 항상 함께한다. 나에게 생명이 주어진 이유는 무엇일까? 보다 더 의미 있는 삶을 살아가라는 것은 아닐까? 물론 다른 생명체처럼 생명만 보존하다 갈 수도 있다. 하지만 우리 인간에게 생각할 수 있는 능력과 품을 수 있는 마음이 주어진 이유가 있을 것이다. 내가 존재하는 이유, 내가 살아가는 이유를 안다면 우리의 생명의 가치는 더 고귀하게 되지 않을까?

그 삶의 의미를 찾기 위해 여러 가지로 노력을 한다. 사람을 만나며, 지식을 만난다. 하지만 그것을 아는 것이 그리 쉬운 일은 아니다. 또한 살아가다 보면 내가 생각지 않았던 많은 일들을 만나 삶에 대한 회의와 허무함을 느끼기도 한다. 인간이 아닌 다른 생명체는 그렇지 못해 오히려 더 편한 삶을 살아가고 있는지도 모른다. 하지만 인간의 운명은 그 허무를 극복해야 한다. 단순히 지식만으로 넘어설 수 있는 정도가 아닐 수도 있다. 그러기에 삶은 버겁다. 나의 능력의 한계에

도달한다. 거기에 삶에 애증이 존재한다. 그러한 삶의 무게에 병들고 지쳐간다. 삶에 대한 무력감과 권태, 덧없음이 나의 마음에 자리 잡는다.

그래도 극복해야만 한다. 삶의 고통과 한계를 넘어서기 위해 스스로를 극한에 몰아넣기도 한다. 깊은 고통의 공간에서 나 자신을 발견할 수 있기 때문이다. 그것을 감내하기 위해 나는 절대 고독 속으로 침잠한다. 아무것도 없는 사막 같은 공간에서 주어진 것이라고는 모래와 햇볕밖에 없는 생존의 끝에서 진정한 삶의 의미를 발견하고, 참나를 알게 된다. 그리고 새로운 나를 만나 나의 생명에 감사함을 느낀다.

〈생명의 서〉

유치환

나의 지식이 독한 회의를 구하지 못하여
내 또한 삶의 애증을 다 짐 지지 못하여
병든 나무처럼 생명이 부대낄 때
저 머나먼 아라비아의 사막으로 나는 가자

거기는 한 번 뜬 백일이 불사신같이 작열하고
일체가 모래 속에 사멸한 영겁의 허적에
오직 알라의 신만이

밤마다 고민하고 방황하는 열사의 끝

그 열렬한 고독 가운데
옷자락을 나부끼고 호올로 서면
운명처럼 반드시 '나'와 대면케 될지니
하여 '나'란 나의 생명이란
그 원시의 본연한 자태를 다시 배우지 못하거든
차라리 나는 어느 사구에 회한 없는 백골을 쪼이리라.

지식으로도 경험으로도 나는 진정한 나를 찾지 못했다. 참나를 발견하지 못했기에 삶을 알지 못했다. 그런 상태로 나의 인생을 끝낼 수가 없기에, 하늘이 나에게 생명을 준 이유를 알아야 하겠기에 나는 지친 몸을 이끌고 절대 공간을 향해 간다. 그곳엔 오로지 고통과 나의 생명만 있을 뿐 아무것도 존재하지 않는다. 어쩌면 철저한 무의 공간일 수도 있다.

그곳에서 나는 참된 나를 만나고 생명의 의미를 알게 되고 그로 인해 나는 진정한 자아의 모습으로 다시 태어날 수 있었다. 이제 나에게 생명이 주어진 이유를 알았다. 내가 왜 살아가야 하는지, 나는 누구인지, 내가 살아있음을 느껴야 함을 진정으로 알게 되었다. 그렇게 하지 못한다면 나는 그곳에서 죽을 각오를 했기에 그 모든 것이 가능했다. 그래서 이제 나는 나에게 생명이 주어진 이유, 참된 나로서 살아가야 하는 삶의 이유를 쓸 수 있게 되었다. 그게 바로 생명의 書(서)다.

유치환은 38세의 처자식이 있는 유부남이었고, 이영도는 어린 딸이 있는 29세의 미망인이었다. 이루어질 수 없는 사랑임을 왜 몰랐을까? 하지만 다가오는 사랑을 거부할 수도 없는 운명이었다. 유치환은 자신의 마음을 5,000여 통의 편지에 담아 매일같이 이영도에게 보냈다. 같은 학교에 근무한 동료 교사였기에 다른 사람의 눈에 띌까 편지로 마음을 전하는 수밖에 없었을 것이다.

3년간의 계속 전해지는 마음에 이영도와의 정신적인 사랑이 시작될 수 있었다. 하지만 그녀 또한 어쩌지 못하는 사랑에 마음이 아팠을 뿐이다. 이제 마음이 열렸지만 더 이상 할 수 있는 것이 없었기 때문이었다.

〈 무제 〉

이영도

오면 민망하고 아니 오면 서글프고
행여나 그 음성 귀 기울여 기다리며
때로는 종일을 두고 마라기도 하니라

정작 마주 앉으면 말은 도로 없어지고
서로 야윈 가슴 먼 창만 바라다가
그대로 일어서 가면 하염없이 보내니라

유치환이 아내를 사랑하지 않은 것은 아니다. 그의 어린 시절과 그의 청춘을 꽉 채워준 사람이 그의 아내였기 때문이다. 어린 시절부터 소꿉친구였던 두 사람 사이의 사랑과 정 또한 남달랐다.

유치환은 1967년 2월 밤에 집으로 퇴근하는 길에 직행버스에 치여 세상을 떠난다. 그날 아침 그가 쓴 마지막 시는 유고시가 되었다. 우연의 일치인지는 모르나 죽음을 예견한 듯한 느낌이다.

<유치환의 유고 시>

등성이에 올라 보노라면
내 사는 거리는 아슴한 저편
내 끝에서부터
내 발밑까지 첩첩이 밀려닥쳐 있고
이쪽으로 한 골짜기 화장장이 있는 그 굴뚝에서
오늘도 차사의 연기 고요히 흐르고 있거니

이 세상에 같은 종류의 사랑은 없다. 하지만 절실한 만큼 사랑에 있어 중요한 것이 있을까? 이루어질 수 없는 사랑이라고 누군가가 욕한다면 어쩔 수 없는 일이다. 하지만 두 사람의 마음만은 진실했음에 틀림이 없다. 사랑은 깊을수록 아픈 것인지도 모른다.

유치환의 죽음으로 이루어질 수 없었던 사랑은 그렇게 끝이 났다. 이제 보고 싶어도 볼 수 없고, 만나고 싶어도 만날 수 없고, 이야기하고 싶어도 이야기할 수 없었다. 그렇게 사랑하는 사람은 무심히 하늘로 떠나가 버렸다. 하고 싶었던 말도 제대로 다하지 못했는데 그렇게 그 사람은 떠나가 버렸다. 땅에 남아 있는 사람은 어떻게 해야 하는 것일까?

〈탑〉

이영도

너는 저만치 가고
나는 여기 섰는데
손 한번 흔들지 못한 채
돌아선 하늘과 땅

애모는
사리로 맺혀
푸른 돌로 굳어라

누군가를 사랑하니 이 세상이 아름다웠다. 예전에 그냥 아무런 느낌도 없는 하늘이었건만, 이제는 똑같은 하늘이지만 에메랄드 같이 빛나 보였다.

누군가를 사랑하니 모든 것을 줄 수 있었다. 하나도 받지 않아도 내가 가지고 있는 것을 다 주고 싶었다. 이익이란 단어는 이제 이 세상에 존재하지 않으며 오직 베풂뿐이었다. 그리고 그 주는 그 자체가 나에겐 행복이었다.

누군가를 사랑하니 가슴이 터질 듯했다. 그 마음을 주체할 수 없어 내 마음을 전하고 싶었다. 그렇지 않으면 나의 삶 자체가 무의미한 듯했다. 그렇게 나의 마음을 나누고 싶었다. 그래서 매일 우체국에 가서 수백 통의 편지를 매일 같이 보냈다.

누군가를 사랑하니 기다릴 수 있었다. 평소엔 1~2분 늦게 오는 버스도 원망스러웠지만, 나의 마음에 사랑이 가득하니 버스가 오지 않으면 걸어가도 좋았다. 편지를 보내고 기다림의 시간으로 그렇게 살았다. 몇 년이 지나 드디어 그의 마음도 열렸다. 그리고 나를 받아 주었다. 기다림은 그렇게 빛을 보았다.

"오면 민망하고 아니 오면 서글프고
행여나 그 음성 귀 기울여 기다리며
때로는 종일 두고 바라기도 하니라

정작 마주 앉으면 말은 도로 없어지고
서로 야윈 가슴 먼 창만 바라다가
그대로 일어서 가면 하염없이 보내니라"

누군가를 사랑하니 힘든 상황이 와도 버틸 수 있었다. 세상의 고된 바람이 나에게 불어도 나에게 사랑은 가장 아름다운 꽃이었다. 그 꽃은 존재만으로도 충분했다.

하지만 나의 사랑은 이루어질 수 없었다. 그것을 알면서도 어쩔 수 없었다. 하지만 어떤 후회도 어떤 미련도 남아 있지 않았다. 그저 사랑하였으므로 행복했을 뿐이다.

〈행복〉

유치환

-사랑하는 것은
사랑을 받느니보다 행복하나니라
오늘도 나는
에메랄드빛 하늘이 환히 내다뵈는
우체국 창문 앞에 와서 너에게 편지를 쓴다

행길을 향한 문으로 숱한 사람들이
제각기 한 가지씩 생각에 족한 얼굴로 와선
총총히 우표를 사고 전보지를 받고
먼 고향으로 또는 그리운 사람께로
슬프고 즐겁고 다정한 사연들을 보내나니

세상의 고달픈 바람결에 시달리고 나부끼어
더욱 더 의지 삼고 피어 헝클어진 인정의 꽃밭에서

너와 나의 애틋한 연분도
한 망울 연연한 진홍빛 양귀비꽃인지도 모른다.

-사랑하는 것은
사랑을 받느니보다 행복하나니라
오늘도 나는 너에게 편지를 쓰나니
-그리운 이여 그러면 안녕!
설령 이것이 이 세상 마지막 인사가 될지라도
사랑하였으므로 나는 진정 행복하였네라.

청마 유치환은 그렇게 이영도를 사랑하고 교통사고로 그 사랑을 이루지 못한 채 세상을 떠났다.

< 바위 >

유치환

내 죽으면 한 개 바위가 되리라
아예 애련에 물들지 않고
희로에 움직이지 않고
비와 바람에 깎이는 대로
억 년 비정의 함묵에
안으로 안으로만 채찍질하여
드디어 생명도 망각하고

흐르는 구름
꿈꾸어도 노래하지 않고,
두 쪽으로 깨뜨려져도
소리하지 않는 바위가 되리라

삶은 허무일지 모른다. 어차피 삶은 무에서 와서 무로 가기에 그러할지도 모른다. 하지만 그 무(無) 즉 없음을 그저 없음으로 받아들일 때 허무를 극복하게 될 수 있다. 받아들임의 힘이 그렇게 크다. 이로 인해 삶의 자유를 누리고 인간의 유한성과 한계를 넘어설 수 있는 것인지도 모른다. 이것이 바로 능동적 니힐리즘이다. 따라서 우리의 삶은 이제 반전을 누릴 수 있게 된다.

시인은 바위가 되고자 한다. 일체의 감정에 연연해하지 않고, 그 어떤 외부 자극에도 아랑곳 않는 그저 존재하는 것으로 족한 그러한 바위가 되고자 한다. 바람이 불면 부는 대로, 비에 깎이면 깎이는 대로 어떤 일이 일어나도 초연할 수 있는 그러한 바위가 되고자 한다.

시간이 갈수록 내면의 세계는 웅장해져 자신의 생명마저 망각할 정도가 되고, 무엇에도 흔들리지 않는 강건한 자의식은 이제 모든 것으로부터 초연할 수 있게 되었다.

바위가 되고자 하는 그 의지가 모든 것을 가능하게 했으니, 이 세상은 그저 나의 의지의 세계일 뿐이다. 그 강한 내면의 힘은 이제 모든 것을 받아들일 수 있게 되어 결국 나의 삶을 긍정으로 이끌었다. 삶의 허무는 그렇게 극복되어 나의 존재는 우뚝 설 수 있었다.

23. 모든 것을 초월하고

작은 사슴과 비슷하게 생겼다고 해서 지어진 小鹿島(소록도), 일반인들의 편견과 외면으로 인해 나병 환자 그들끼리 모여 살고 있는 조그만 섬이다. 문둥병이라고도 하는 한센병 환자를 국립소록도병원에 수용하기 시작한 것은 일제 강점기 시기였던 1917년이었다. 치료를 위한다고는 했으나 실제적으로는 전국에 퍼져 있었던 한센인들을 모두 모아 강제적인 감금을 한 것과 다를 바 없었다.

1920년에 태어난 한하운은 일본 동경에서 고등학교를 마치고 나서 북경대학 축산학과를 졸업했다. 당시엔 농대가 가장 인기 있었던 분야였던 것을 감안하면, 그는 일제 강점기 시기 우리나라 최고 지식인 중의 한 명이었다. 그가 25살 되던 해, 고향인 함경남도 도청 축산과에서 근무하던 중 한센병에 걸렸음을 판명 받았다. 이제 대학을 졸업하고 사회의 가장 촉망받던 직장에 자리 잡아 미래에 대한 커다란 포부를 갖고 있을 때였다.

그렇게 그는 나병에 걸려 투병 생활을 시작한다. 그런 가운데 한하운은 성혜원과 신명보육원을 세워 부모 없는 고아들을 보살피기 시작했고, 대한 한센연맹 위원장에 취임하여 나환자 구제사업을 전개한다. 또한, 무하 문화사라는 출판사도 경영한다. 하지만 그의 병은 점점 악화되어 가기만 했다.

〈손가락 한 마디〉

간밤에 얼어서
손가락이 한 마디
머리를 긁다가 땅 위에 떨어진다

이 뼈 한 마디 살 한 점
옷깃을 찢어서 아깝게 싼다.
하얀 붕대로 덧싸서 주머니에 넣어둔다.

날이 따스해지면
남산 어느 양지터를 가려서
깊이 깊이 땅 파고 묻어야겠다.

손가락이 끊어지고 발가락이 뭉개져 나가는 문둥병, 손가락과 발가락이 떨어져 나갈 때마다 그의 가슴도 찢겨나갔을 것이다. 그는 당대 최고의 인텔리였기에 자신에게는 아주 커다란 꿈이 있었는지도 모른다. 인생에서 가장 화려한 시절, 화려한 꿈을 가지고 있었던 그 시절에 그는 모든 것을 내려놓아야 했다. 꿈도, 사랑도, 그의 밝은 미래도 이제 다 소용없었다. 그리고 치료를 위해 그는 소록도를 향한다.

〈전라도길-소록도 가는 길〉

가도 가도 붉은 황톳길
숨 막히는 더위 뿐이라

낯선 친구 만나면
우리들 문둥이끼리 반갑다

천안 삼거리를 지나도
쑤세미 같은 해는 서산을 넘는데

가도 가도 황톳길
숨 막히는 더위 속으로 쩔름거리며
가는 길……

신을 벗으면
버드나무 밑에서 지까다비를 벗으면
발가락이 또 한 개 없다.

앞으로 남은 두 개의 발가락이 잘릴 때까지
가도 가도 천 리, 먼 전라도 길.

이제 어쩌면 자신의 고향으로 돌아올 수도 없는 그 머나먼 길을 가야 했다. 얼마나 걸어가는 발걸음이 무거웠을까? 어째서 하늘은 그에게 그런 천형을 내렸던 것일까? 이해할 수도, 받아들일 수도 없는 자신의 운명을 어찌해야 하는 것일까?

하지만 그는 보리피리 불며 그 길을 갔다.

〈보리 피리〉

보리 피리 불며
봄 언덕
고향 그리워
피-ㄹ 닐니리.

보리 피리 불며
꽃 청산(靑山)
어린 때 그리워
피-ㄹ 닐니리

보리피리 불며
인환(人寰)의 거리
인간사 그리워
피-ㄹ 닐니리

보리피리 불며
방랑의 기산하(幾山河)
눈물의 언덕을 지나
피-ㄹ 닐니리

눈물의 그 길을 그는 걸었다. 보리 가지 하나 뽑아 입에 물고, 피리 삼아 불며 그 길을 걸었다. 고향의 따스한 봄이 생각이 나고, 어릴 적 꿈 많았던 그 시절이 그리웠지만 그 모든 것을 가슴에 담고 그 길을 걸었다.

〈파랑새〉

나는
나는
죽어서
파랑새 되어

푸른 하늘
푸른 들
날아다니며

푸른 노래
푸른 울음
울어 예으리

나는
나는 죽어서
파랑새 되리.

삶에서 자유롭고 싶었다. 운명에서 자유롭고 싶었다. 그의 꿈, 젊은 청춘, 사랑하는 사람과 가족들, 그 모든 소중한 것들을 마음껏 누리고 싶었다. 하지만 이제 떠나야 했다. 그는 파랑새 되어 이 세상을 떠났다.

24. 이해할 필요도 없이

<인생을 꼭 이해할 필요는 없다>

라이너 마리아 릴케

인생을 꼭 이해할 필요는 없다
하루하루를 그저 일어나는 대로 두면
인생은 축제가 될 테니까
길을 걸어가는 어린아이가
바람이 불 때마다 날아드는
꽃잎들을 받아들이듯
아이는 꽃잎을 주워
모아둘 생각 같은 건 하지 않는다
머리카락 속으로 기꺼이 날아 들어온
꽃잎들을 살며시 털어내고
젊은 사랑의 시절을 향해
새로운 꽃잎을 달라고 손을 뻗는다

인생을 완벽하게 알아야 행복하게 살 수 있는 것은 아니다. 삶을 완전히 안다는 것은 불가능하다. 인생을 모두 이해하지 못한다 해도 지금 내가 아는 것만으로도 평안한 마음으로 행복하게 살아갈 수 있다.

타인을 완벽하게 이해하지 못해도 상관없다. 그 사람을 잘 알지 못한다고 하더라도 좋은 관계를 유지하며 더불어 행복하게 지낼 수 있다.

어떤 일이 나에게 일어나도 나는 오늘을 아무런 문제 없이 보낼 수 있다. 그것이 아무리 파도처럼 나를 덮친다고 하더라도 그 파도에 휩쓸려 가지 않을 수 있다.

누군가가 나를 힘들게 하더라도 그것에 상관없이 자유롭게 오늘 하루를 보낼 수 있다. 나는 그에 의해 좌우되는 삶을 사는 것이 아니라 나 스스로의 삶을 살아가면 된다.

나의 욕심과 나의 목적이 오히려 나 자신을 힘들게 하는지도 모른다. 내가 이루고자 하는 것을 이루지 못한다 하더라도, 마음에 두고 있었던 것들이 나에게 일어나지 않더라도, 내가 원하지 않는 일이 나에게 다가오더라도, 그것과 상관없이 오늘을 축제처럼 살아가야 한다. 그것은 오직 나에게 달려 있을 뿐이다.

인생을 모두 이해할 필요는 없다. 지금 내가 아는 것만으로도 충분하다. 그것만으로도 나는 오늘 하루를 즐겁고 행복하게 살아가고도 남는다. 오늘이 주어진 것만으로도 삶의 주인이 되기에 충분하다.

세월은 우리의 삶에는 아랑곳하지 않고 어김없이 흘러가기만 할 뿐이다. 나에게 이 여름은 어떤 의미였을까? 나의 삶은 이 여름에 얼마만큼 충실했던 것일까?
삶은 노력만으로 되는 것은 아니다. 젊었을 때의 정열이 그래서 아름다운 것인지도 모른다. 무엇이든 하면 이루어질 줄 알았건만 인생을 전혀 그렇지가 않다. 내가 원하는 것을 얻지 못한다 하더라도 나는 그 여름날 땀을 흘리지 않을 수 없었다.

이제 마음을 접어야 한다. 버릴 것은 버리고 취할 것은 취해야 한다. 어떤 것을 버리고 어떤 것을 취해야 할지 몰라 답답할 뿐이다. 삶은 두 번 다시 반복되지 않기에 누구에게나 어렵다. 그저 긍정하며 받아들임이 최선일뿐이다. 내가 뿌린 만큼 얻지는 못하더라도 나의 노력은 나의 존재와 다름없으니 후회할 필요는 없으리라.

〈가을날〉

라이너 마리아 릴케

주여, 때가 왔습니다.
지난 여름은 참으로 길었습니다.
해시계 위에 당신의 그림자를 얹으십시오.
들에다 많은 바람을 놓으십시오.

마지막 과실들을 익게 하시고,
이틀만 더 남국의 햇볕을 주시어
그들을 완성시켜, 마지막 단맛이
짙은 포도주 속에 스미게 하십시오.

지금 집이 없는 사람은 이제 집을 짓지 않습니다.
지금 고독한 사람은 이후로도 오래 고독하게 살아
잠자지 않고, 읽고, 그리고 긴 편지를 쓸 것입니다.
바람에 불려 나뭇잎이 날릴 때, 불안스러이
이리저리 가로수 길을 헤맬 것입니다.

가을이 돼도 나에겐 아직 그 열매가 돌아오지 않는데, 그 이유는 무엇일까? 언제 집을 지어야 하고, 언제 나의 고독은 끝이 나는 것일까? 나는 아직도 지난 여름처럼, 밤에 잠을 이루지 못하는 그 이유를 알지 못한다. 매일 같이 읽고 쓰지만 나를 알아주는 이들도 없다.

가을이 오면 그 계절도 언젠가는 지나갈 텐데, 그때까지도 나는 방황을 해야 하는 것일까? 나에게 마지막 과실이라도 익을 수 있게 기회가 주어진다면 얼마나 좋을까? 햇볕이 조금만이라도 더 비추어진다면 그나마 얻을 수 있는 것이 있을 터인데 지나가는 세월만 야속할 뿐이다.

하지만 이제 받아들일 때이다. 가을이 되어 더 이상 과실이 익을 수 있는 햇볕은 기대할 수가 없음을 나는 너무나 잘 안다. 후회와 미련이 마음속으로 밀려오지만 이제 하나둘 내려놓을 수밖에 없다. 삶은 그렇게 받아들임으로 서서히 저물어 갈 것이다.

26. 글과 마음

<즐거운 편지>

황동규

1

내 그대를 생각함은 항상 그대가 앉아 있는 배경에서 해가 지고 바람이 부는 일처럼 사소한 일일 것이나 언젠가 그대가 한없이 괴로움 속을 헤매일 때에 오랫동안 전해오던 그 사소함으로 그대를 불러 보리라

2

진실로 진실로 내가 그대를 사랑하는 까닭은 내 나의 사랑을 한없이 잇닿은 그 기다림으로 바꾸어 버린 데 있었다. 밤이 들면서 골짜기엔 눈이 퍼붓기 시작했다. 내 사랑도 어디쯤에선 반드시 그칠 것을 믿는다. 다만 그때 내 기다림의 자세를 생각하는 것뿐이다. 그동안에 눈이 그치고 꽃이 피어나고 낙엽이 떨어지고 또 눈이 퍼붓고 할 것을 믿는다.

내 진정한 사랑은 어디에 있는가? 그 어떤 조건도 필요 없고 자아의 존재도 필요 없으며 나의 생각과 판단도 의미 없는 나의 순수한 사랑은 어디에 있는가? 무언가를 바라지도 않고, 그 어떤 것도 기대하지 않은 채 그저 존재하면 그 자체로 충분한 그 사랑은 어디에 있는가?

사랑은 모든 것을 포용할 수 있다. 그렇기에 사소하다. 하지만 평범한 것이 가장 위대하듯 그 사소함이 진정한 사랑이다. 모든 것을 받아줄 수 있기에, 있는 그대로 더 이상 바라지 않기에 그 모든 것이 사소할 뿐이다.

나는 그저 기다릴 뿐이다. 그 어떤 모습이어도 좋고, 그 어떤 상황이어도 좋다. 그 기다림은 나의 일상이 되었고, 많은 것이 변하고 세월마저 변하지만, 나의 기다림은 변하지 않았다.

사랑은 그래서 넓은 마음이다. 바보같이 따질 줄도 모르고 나의 것도 챙길 줄 모르며 나의 이익은 어디로 다 사라져 버려도 알지 못하는 바보들의 넓은 마음이다. 나의 가슴에 깊은 상처를 주고 나를 배신했어도 그저 사소하다 생각하고 기다릴 뿐이다. 그 상처를 나 스스로 보듬어 안고 스스로 치료하고 시간이 지나기를 기다릴 뿐이다.

나에게 그 사랑은 엄청난 것이 아니기에, 그리고 단지 보잘것없는 것이기에, 나에겐 너무나 사소한 것이기에 그저 다 포용할 수 있었다. 그러기에 나의 마음은 변하지 않을 수 있었고 기다리다 지쳐 잠이 들면 다시 일어나 또 기다릴 뿐이었다. 나의 사랑이 끝날 수도 있었지만 그래도 나는 기다릴 수 있어 나를 지탱할 수 있었다.

눈은 오다 언젠가는 그칠 것이고, 꽃은 피고 또 지고, 푸르른 여름 지나 나뭇잎 떨어지듯 그렇게 사랑은 변하고 끝날지 모른다. 하지만 나의 사랑이 변하지 않는 것은 그 사랑이 그저 기다림이 되었기 때문이었다. 그렇게 사랑은 일상이 되어 남들이 화려하지 않다 할지 모르나 그러한 사소함이 나의 마음 안에 자리 잡아 그렇게 기다릴 수 있게 되었다. 나의 사랑은 사소할지 모르나 나는 그저 그것을 믿을 뿐이다.

〈풍장〉

내 세상 뜨면 풍장시켜 다오
섭섭하지 않게
옷은 입은 채로 전자시계는 가는 채로
손목에 달아 놓고
아주 춥지는 않게
가죽 가방에 넣어 전세 택시에 싣고
군산에 가서
검색이 심하면
곰소쯤에 가서

통통배에 옮겨 실어 다오

가방 속에서 다리 오그리고
그러나 편안히 누워 있다가
선유도 지나 무인도 지나 통통 소리 지나
배가 육지에 허리 대는 기척에
잠시 정신을 잃고
가방 벗기우고 옷 벗기우고
무인도의 늦가을 차가운 햇빛 속에
구두와 양말도 벗기우고
손목시계 부서질 때
남 몰래 시간을 떨어뜨리고
바람 속에 익은 붉은 열매에서 툭툭 튕기는 씨들을
무연히 안 보이듯 바라보며
살을 말리게 해 다오
어금니에 박혀 녹스는 백금 조각도
바람 속에 빛나게 해 다오

바람 이불처럼 덮고
화장도 해탈도 없이
이불 여미듯 바람을 여미고
마지막으로 몸의 피가 다 마를 때까지
바람과 놀게 해 다오

우주의 나이는 137억 년, 인간은 고작 몇십 년을 살다가 갈 뿐이다. 그런 와중에도 많은 것을 겪으며, 아파하고, 슬퍼하고, 힘들어하며, 가끔은 기쁘기도 하고, 행복을 느끼기도 한다.

하지만 누구에게나 끝은 오게 마련이다. 100% 예외가 없다. 그것이 언제가 될지는 아무도 모른다. 우리는 아무것도 없는 곳에서 와 잠시 머무르다 아무것도 없는 곳으로 갈 뿐이다. 생은 어쩌면 잠시 정차했다 가는 간이역일지도 모른다. 그렇기에 죽음에 대한 인식 없이는 진정한 삶도 알 수가 없다. 죽음에 대해 많이 생각할수록 가치 있는 삶을 살게 되는 이유가 여기에 있다.

시인은 풍장을 원했다. 매장이나 화장이 아닌 풍장인 이유가 무엇일까? 삶이나 죽음이나 모두 자연의 일부이기에 인위적인 장례식도 거부하고 싶었던 것일까? 그저 나의 몸뚱이가 바람에 말라버려 다 날아갈 때까지 내버려 달라고 하는 이유는 아직도 이생에 미련이 남아서일까? 죽어서도 햇빛 속에 누워 바람을 맞이하고 싶은 것은 떠나기 싫은 아쉬움일까?

죽음은 가식도 필요 없고, 어떠한 상징도 아닌 그저 자연스러운 과정일 뿐이다. 하지만 삶이 고통이었다면 그로부터의 해방임에는 틀림이 없다. 삶이 나의 욕망으로 가득 찼던 것이라면 그것으로부터 나는 이제 바람처럼 자유로울 수 있다. 삶이 나에게 커다란 질곡이었다면 이제 그것에서 벗어날 수 있다.

다른 것은 몰라도 시인이 풍장을 원했던 것은 살아있는 동안 자유롭지 못했기에 죽어서라도 바람처럼 자유롭고 싶었던 것은 너무나 분명해 보인다. 삶은 얼마나 우리를 구속하고 있는 것일까? 죽음에 이르러야 그 구속에서 자유로워질 수밖에 없는 것일까?

26. 나를 사랑하며

〈생의 삼각〉

김광섭

여명에서 종이 울린다
새벽 별이 반짝이고 사람들이 같이 산다
닭이 운다, 개가 짖는다
오는 사람이 있고 가는 사람이 있다
오는 사람이 내게 오고
가는 사람이 다 내게서 간다

아픔에 하늘이 무너지는 때가 있었다
깨진 그 하늘이 아물 때에도
가슴에 뼈가 서지 못해서
푸르른 빛은 장마에
황야처럼 넘쳐흐르는
흐린 강물 위에 떠갔다
나는 무너지는 둑에 혼자 서 있었다

기슭에는 채송화가 무더기로 피어서
생의 감각을 흔들어 주었다.

세계는 내가 존재하므로 의미가 있다. 내가 이 세상에 존재하지 않는다면 모든 것은 나에게 아무것도 아니다. 내가 있어야 모든 것이 있다. 내가 없으면 이 우주 전체도 나에겐 아무런 의미가 없다. 그러기에 내가 곧 우주다.

이생을 떠나면 나는 무로 돌아간다. 그 많은 인연들, 그 많았던 일들, 수많은 사물과 사건들, 내가 가지고 있었고 누리고 있었던 것들, 내 주위에 존재했던 모든 것들, 내가 지내왔던 시간들, 모든 것을 다 포함하고 있는 이 세상도 다 사라지고 만다. 그냥 다 없어지고 만다. 모든 것은 내가 살아 있어야만 가능하다.

살아가다 보면 가슴 시리게 아픈 일도 많고, 견딜 수 없게 힘든 일도 수없이 겪는다. 내가 원하지 않는 일도 나에게 닥치고, 생각지도 않고 상상하지 않았던 일들도 나에게 밀려든다. 내가 어쩔 수 없는 것이 나를 억누르기도 하고, 나를 절망의 구렁텅이로 몰아넣는 것도 많으며, 내가 거기서 헤어나지 못할 정도로 나를 힘들게 하는 일들도 많다. 눈물마저 흐르지 않을 정도의 아픔도 있고, 뼈에 사무치는 그리움도 있다. 나를 무릎 꿇리는 삶의 거대함도 있고, 내가 스스로 무릎 꿇을 수밖에 없는 삶의 무게도 있다. 가끔은 너무 기뻐 하늘을 날아갈 것만 같은 일도 있고, 너무 행복해 구름 위에 둥둥 떠다니는 듯한 일도 있다. 너무 만족스러워 바보처럼 나도 모르게 웃는 때도 있다.

하지만 이 모든 것은 내가 살아 있어야 가능하다. 내가 살아있음이 그 모든 것의 전제 조건이다. 그러기에 살아있음에 눈물이 난다. 비록 오랜 세월은 아닐지라도 내가 현존하고 있음에 가슴 저릴 뿐이다.

나를 사랑해야 한다. 그 무엇보다 나를 사랑해야 한다. 이것이 그 모든 것을 앞선다. 내가 있어야 모든 것이 있다. 나의 존재 후에 그 무엇이 의미가 있을 뿐이다. 나의 존재 후에 다른 모든 것이 있을 뿐이다. 새벽에 들리는 종소리도 내가 듣는 것이며, 밤하늘의 별들도 새벽의 별들도 내가 있어야 볼 수 있다. 내 주위의 사람들도 내가 있어야 나와 무언가를 함께 할 수 있다. 동네 닭 우는 소리도 개가 짖어 대는 소리도 아무런 의미가 없는 것 같지만 내가 있어야 그 소리도 들린다.

내가 있어야 나에게 오는 사람도 있고, 내가 있어야 나로부터 가는 사람도 있다. 오는 사람은 오고 가는 사람은 가는 것이다. 나에게 오고 싶으면 오는 것이고, 나로부터 떠나고 싶으면 떠나는 것이다. 그 이상도 그 이하도 아니다. 그게 전부다. 오고 가는 것에 어떤 의미가 있겠는가?

나를 좋아해 주는 사람이 있으면 고맙고, 나를 아껴주는 사람이 있으면 고마울 뿐이다. 내가 싫으면 알아서 떠나는 것이다. 잡는다고 나에게 있는 것도 아니고, 같이 있자고 해도 나와 함께 하는 것도 아니다. 나는 그저 여기 있으므로 나의 생을 충실히 하기만 하면 된다. 사람 바라볼 것도 기대할 것도 없다.

하늘이 무너지는 일도, 그 하늘이 다시 생기는 일도, 땅이 무너지고, 그 땅이 다시 일어서는 것도, 내가 그곳에 서 있어야 가능할 뿐이다. 그렇게 나는 이생의 한복판에 그저 서 있을 뿐이다.

그렇게 내가 서 있어야 비로소 다른 모든 것이 내게 온다. 따스한 봄바람도, 끝없이 내리는 장맛비도, 타는 듯한 한여름의 햇빛과 울긋불긋한 가을 단풍도, 온 세상을 덮는 새하얀 눈도 내가 여기 있음으로 가능하다.

문득 주위를 보니 채송화가 흐드러지게 피어 있다. 어릴 때 집 앞마당에 피어 있었던 나의 채송화다.

〈저녁에〉

김광섭

저렇게 많은 중에서
별 하나가 나를 내려다본다
이렇게 많은 사람 중에서
그 별 하나를 쳐다본다

밤이 깊을수록
별은 밝음 속에 사라지고
나는 어둠 속에 사라진다

이렇게 정다운
너 하나 나 하나는
어디서 무엇이 되어
다시 만나랴

무한대에 가까운 가능성은 우리에게 아무런 의미가 없다. 내가 할 수 있는 것은 그다지 많은 것이 없고, 내가 만날 수 있는 사람도 그리 많지 않다. 나에게 관심이 있는 사람도 수십억 명의 지구인 중에 몇 명밖에 되지 않고, 내가 관심이 있는 사람도 마찬가지이다.

우리는 어떻게 이 세상에 지금 이 순간 존재하게 되었던 것일까? 그 수많은 가능성의 하나로서 나의 존재는 어떤 의미가 있는 것일까? 드넓은 우주 공간에서 이 지구라는 행성에 나는 어떻게 왔던 것일까?

우연은 이제 필연이 되는 것인지도 모른다. 내가 해야 하는 것, 할 수 있는 것, 좋아하는 것만 하기에도 시간은 벅차다. 나를 좋아하는 사람, 내가 사랑하는 사람에게 최선을 다하는 것만으로도 족할 뿐이다.

수많은 일을 만나고 수많은 인연이 나에게 다가왔지만 나에게 남아 있는 소중한 일들과 인연은 몇 개나 되는 것일까? 전부가 다 스쳐 지나가는 것은 아닐까?

어느덧 밤이 깊어가고 있다. 이 밤이 지나가면 저 별은 사라지게 되고, 나도 이 지구에서 떠나야 한다. 그래도 소중했던 시간들도 있고, 추억에 남는 사람들도 있으니 그것으로 만족해야 한다. 이제 떠나고 나면 다시는 만나지 못할 테니 따뜻한 마음만이라도 간직한 채 잠시 머무르다 새벽이 되면 저 별들과 함께 사라져야 한다.

27. 보이지 않는 곳에

〈귀뚜라미〉

나희덕

높은 가지를 흔드는 매미 소리에 묻혀
내 울음 아직은 노래 아니다

차가운 바닥 위에 토하는 울음
풀잎 없고 이슬 한 방울 내리지 않는

지하도 콘크리트 벽 좁은 틈에서
숨 막힐 듯, 그러나 나 여기 살아 있다

귀뚜르르 뚜르르 보내는 타전 소리가
누구의 마음 하나 울릴 수 있을까

지금은 매미 떼가 하늘을 찌르는 시절
그 소리 걷히고 맑은 가을이

어린 풀숲 위에 내려와 뒤척이기도 하고
계단을 타고 이 땅 밑까지 내려오는 날

발길에 눌려 우는 내 울음도
누군가의 가슴에 실려 가는 노래일 수 있을까.

아직은 무더운 여름, 나의 때가 되지는 않았지만 이제 곧 그때가 오고 있다. 아직은 하루종일 매미가 쉴 사이 없이 울고 있고 비록 나의 노래를 들어 주는 사람은 없지만 이제 여름도 다 지나갈 것이다.

매미의 그 우렁찬 소리에 묻혀 나의 노래는 너무 작아 잘 들리지 않지만 나는 오늘도 아무도 들어 주지 않는 나의 노래를 부르고 있다.

이곳은 원래 내가 좋아하는 곳도, 내가 살아가기 쉬운 곳도 아닌 도시의 콘크리트 벽이지만, 나는 이곳에서도 나의 목소리로 나의 노래를 부르고 있다.

숨 막힐 듯 사방으로 갇힌 이 틈새에서 나의 노래는 내가 아직 살아있음을 알려주는 신호에 불과할지는 모르나, 그 누구라도 나의 노래를 듣고 나의 존재를 느낄 수는 있으리라.

모든 존재는 자신만의 소리가 있듯, 나도 나만의 소리가 있다. 누구는 그것을 좋아하기도 하고, 누구는 그것을 싫어하기도 하지만 나는 그것에 연연해하지 않고 나만의 소리를 꿋꿋이 줄기차게 노래하리라.

시간은 언제나 흘러가고, 때는 언젠가 오는 법, 나를 노래를 알아주고 소중히 여기는 그때, 나는 이 세상의 엄연히 소중한 존재라는 사실이 알려지리라.

나는 비록 보잘것없이 작고 볼품없는 존재일지 모르나, 그 누군가에게는 의미 있는 존재이다. 그것이 나의 존재 이유기에 나는 오늘도 나의 노래를 부를 뿐이다.

〈너무 늦게 그에게 놀러 간다〉

나희덕

우리 집에 놀러 와. 목련 그늘이 좋아.
꽃 지기 전에 놀러 와.
봄날 나지막한 목소리로 전화하던 그에게
나는 끝내 놀러 가지 못했다.
해 저문 겨울날
너무 늦게 그에게 놀러 간다.
나 왔어.
문을 열고 들어서면
그는 못 들은 척 나오지 않고
이봐. 어서 나와.
목련이 피려면 아직 멀었잖아.
짐짓 큰소리까지 치면서 문을 두드리면

조등(弔燈) 하나
꽃이 질 듯 꽃이 질 듯
흔들리고, 그 불빛 아래서
너무 늦게 놀러 온 이들끼리 술잔을 기울이겠지
밤새 목련 지는 소리 듣고 있겠지.
너무 늦게 그에게 놀러 간다.
그가 너무 일찍 피워 올린 목련 그늘 아래로.

어린 시절 그 아름다웠던 시간을 다시 느낄 수 있으리라고 생각했던 것은 저의 착각이었습니다. 그러한 시간은 스스로 노력하지 않는 한 결코 주어지지 않는다는 사실을 이제야 깨닫게 되었습니다. 하지만 그 깨달음의 순간은 너무 늦어버리고 말았습니다. 제가 꿈꾸었던 그러한 시간이 이제는 불가능합니다.

어릴 적 일요일이면 그 친구와 자전거를 타고 시내 이곳저곳을 돌아다녔다. 가봤자 뻔한 곳이었지만 그렇게 함께 돌아다니며 즐거운 시간을 보냈던 행복했던 순간이 있었다. 갈 곳도 별로 없었지만 그래서 매주 비슷한 곳을 다녔어도 한 번도 지루한 느낌을 가졌던 적은 없었다. 단지 함께 시간을 보내는 것만으로도 충분히 행복을 느낄 수 있었다.

시간이 흘러 중고등학교에 갔고 대학이라는 이름에 빠져 일요일 그 즐거웠던 시간이 점점 줄어들었다. 정신없이 고등학교를 졸업하고는 각자의 길이 다르기에 그 길을 걸어가느라 일요일에 만나는 것조차 쉽지가 않았다.

가정을 갖게 되고 해야 할 일이 계속되기에 그 친구의 얼굴조차 보기 힘들었다. 세월이 뚝 잘려 나가듯 어느새 시간은 번개처럼 흘러갔고 소식마저 아득해지며 그렇게 나이를 먹었다.

그래도 언젠가 다시 만나 아름다웠던 어린 시절처럼 같이 시간을 보낼 수 있으리라 믿었다. 잘 지내는지도 모른 채, 연락을 한 지 얼마나 됐는지 기억이 나지 않는 그러한 시간만 쌓여갔다.

이제는 더 이상 그 친구를 만날 수가 없다. 내가 있는 이 시공간에 그 친구는 이제 존재하지 않는다. 닿을 수 없는 머나먼 곳으로 떠나버렸고, 아무리 소리쳐도 그 친구는 이제 대답조차 하지 못한다.

하얀 목련은 하얀 조등(弔燈)으로 바뀌어 버렸고, 목련 그늘이 있어도 그곳에서 함께 할 사람이 이제 더 이상 이 땅에 존재하지 않는다.

죽음엔 선후배가 없다는 것, 나이에 상관없이 이 땅을 떠날 수 있다는 것을 알면서도 왜 그리 미루기만 했던 것일까? 이제는 보고 싶어도 볼 수 없고, 만나고 싶어도 만날 수 없고, 이야기하고 싶어도 이야기할 수 없다. 오직 나에게 남아있는 것은 그 친구와 함께했던 그 아름다운 순간의 추억일 뿐이다.

그 누구와 그런 순간들을 만들어 갈 수 있을까? 아마 다시는 그런 시간들이 올 것 같지는 않다. 그 친구였기에 가능했던 순간들이었고, 이제는 그런 순수한 마음을 가진 사람을 만난다는 것은 불가능하다는 것을 너무나 잘 안다. 비록 너무 늦었지만, 이제는 만날 수 없는 그 친구에게 내 인생에서 가장 아름다운 순간들을 만들어 준 것은 너였다고 말하고 싶다.

28. 영원하지 않은

삶의 허무는 죽음에서 비롯된다. 우리의 삶은 영원할 수가 없다. 이러한 허무를 초월할 수는 없는 것일까? 내가 생각하기에는 살아 있을 때 그 사람에게 최선을 다하는 방법이 하나요, 우리 인간의 존재는 그렇게 엄청난 것이 아니기에 죽음도 삶이 일부에 불과하다는 것을 받아들이는 것이 다른 하나가 아닐까 싶다. 하지만 인간에게 있어 마음은 사고와 항상 함께 하지는 않는다. 어쩌면 그저 슬퍼하는 것이 전부가 아닐까 싶다. 슬퍼서 울다가 지쳐 더 이상 울지 못할 정도가 될 때까지 그냥 슬퍼하는 것이 나로서는 전부일지 모른다는 생각이 든다.

"招魂(초혼)" 이란 사람이 죽었을 때, 그 혼을 소리쳐서 부르는 것을 말한다. 북한의 평안북도 지방에는 사람이 죽었을 경우 죽은 사람이 살아있을 때 입었던 윗옷을 가지고 지붕이나 마당에서 왼손으로는 옷깃을 잡고 오른손으로는 옷의 허리 부분을 잡은 뒤 북쪽을 향해서 죽은 이의 이름을 세 번 부르는 풍습이 있었다. 죽은 사람에 대한 그리움과 애달픔이 있었기에 그랬던 것이 아닌가 싶다.

〈초혼〉

김소월

산산이 부서진 이름이여!
허공중에 헤어진 이름이여!
불러도 주인 없는 이름이여!
부르다가 내가 죽을 이름이여!

심중에 남아 있는 말 한마디는
끝끝내 마저 하지 못하였구나
사랑하던 그 사람이여!
사랑하던 그 사람이여!

붉은 해는 서산마루에 걸리었다
사슴의 무리도 슬피 운다.
떨어져 나가 앉은 산 위에서
나는 그대의 이름을 부르노라.

설움에 겹도록 부르노라.
설움에 겹도록 부르노라.
부르는 소리는 비껴가지만

하늘과 땅 사이가 너무 넓구나

선 채로 이 자리에 돌이 되어도
부르다가 내가 죽을 이름이여!
사랑하던 그 사람이여!
사랑하던 그 사람이여!

아무리 사랑하고 나의 마음에 가득했던 사람도 언젠가는 나를 떠난다. 내가 먼저 떠날 수도 있다. 한번 떠나면 다시 돌아오지 못하는 것이 엄연한 자연의 섭리이다. 불멸은 우리 인간에게는 의미 없는 단어이거나 추상적인 관념일 뿐이다.

옆에 있을 때는 이유는 모르겠지만 해주고 싶은 말 하나 제대로 못 하는 경우가 있다. 우리는 왜 지금 옆에 있는 사람에게 최선을 다하며 살고 있지 못하는 것일까? 그것은 그 사람이 영원히 나와 함께 할 것 같기에 그렇다.

로마제국 시대에 "메멘토 모리(Memento mori)" 라는 말이 있다. 이는 "죽음을 기억하라" 라는 뜻인데, 옛날 로마 원정군이 승리를 한 후 개선하는 과정에서 하는 말이었다. 오늘의 승리가 있지만, 그 승리는 영원할 수 없으며 언제 죽음이 다가올지 모르니 겸손하게 승리를 생각하라는 뜻이다.

이 말은 또한 나바호 인디언에도 전해지는 말인데 그들은 전통적으로 "네가 세상에 태어날 때 너는 울었지만, 세상은 기뻐했으니, 네가 죽을 때 세상은 울어도 너는 기뻐할 수 있도록 그런 삶을 살아라" 라는 뜻으로 사용되었다고 한다. 최선을 다해 살아가는 사람에게 인생은 그래도 살아볼 만했기에 이런 생각이 가능하지 않을까 싶다.

죽음을 항상 기억하고 있을 때 사랑했던 사람이 떠나가도 그리 많이 후회하지는 않으리라. 지금 옆에 있는 사람이 소중한 사람이란 걸 잊는다면 우리는 그가 떠나갔을 때 그의 이름을 세 번이 아닌 서른 번을 불러도 아무 소용이 없을 것이다.

죽은 사람과 살아남은 사람 사이의 공간은 뛰어넘을 수가 없다. 그래서 시인은 하늘과 땅 사이가 너무 넓다고 말하고 있는 것이다. 시공간을 초월하는 존재는 없다. 삶은 지금 여기 있을 뿐이다.

죽음을 긍정할 수가 있을까? 나는 자신이 없다. 받아들일 자신도 없다. 그러기에 그냥 오늘 최선을 다하고 싶을 뿐이다.

〈접동〉

김소월

접동
접동
아우래비 접동

진두강 가람가에 살던 누나는
진두강 앞 마을에
와서 웁니다

옛날, 우리나라
먼 뒤쪽의
진두강 가람가에 살던 누나는
의붓어미 시샘에 죽었습니다

누나라고 불러 보랴
오오 불설워
시샘에 몸이 죽은 우리 누나는
죽어서 접동새가 되었습니다

아홉이나 남아 되는 오랍 동생을
죽어서도 못 잊어 차마 못 잊어
야삼경 남 다 자는 밤이 깊으면
이산 저산 옮아가며 슬피 웁니다

접동새는 왜 밤에만 우는 것일까? 혹시 낮에 동생을 보러 오면 자기를 죽인 계모를 만날까 두려워서다. 아홉이나 되는 동생을 두고 죽을 수밖에 없었던 누나의 그 설움 많은 삶이 한이 되어 소쩍새의 우는 소리는 그리 구슬픈 것인지도 모른다.

사는 것이 별것이 아닌데 가까운 사람에 의해 받는 상처는 너무나 클 뿐이다. 서로 아끼고 보살펴 주기에는 부족할 텐데 자신의 욕심과 질투에 눈이 멀어 그 소중한 생명마저 앗아가 버린다. 부모와 자식 간에도 말이다.

이 세상 그 누구를 믿어야 한단 말인가? 생모는 아니어도 아버지와 함께 사는 여인이거늘, 어찌도 그리 심한 질투를 하였단 말인가? 태어나 어려서도 힘들게 살아왔건만, 이제 어느 정도 커서 성년이 되었으면 그냥 놔주기라도 하지, 그것도 못 하는 이유는 무엇이란 말인가?

평생을 그렇게 힘들게 살다 가야 하는 인생길이기에 너무나 한이 맺어 밤이 되면 그렇게 슬피 울 수밖에 없는 운명은 어찌해야 한단 말인가?

살아남아 있는 아홉 명의 동생은 누나가 얼마나 보고 싶었을까? 엄마도 없이 누나를 의지한 채 그 세월을 버티고 살아왔건만 이제 사랑했던 누나는 접동새 되어 밤에 우는 소리만 들을 수 있을 뿐이다.

잊을 수 없기에 생각이 나고 밤이 깊어도 잠을 이룰 수 없고, 언제 다시 한 번만이라도 만나고 싶어도 만날 수 없는 그 세월의 아픔과 운명의 힘에 할 수 있는 것은 하나도 없었다.

시인 김소월 또한 그의 힘든 삶을 더 이상 버티지 못한 채 아편을 먹고 스스로 이 세상을 떠난 그 마음을 접동새 우는 소리로 짐작할 수 있을 듯하다.

29. 잊지 못하고

<나와 나타샤와 흰 당나귀>

백석

가난한 내가
아름다운 나타샤를 사랑해서
오늘 밤은 푹푹 눈이 나린다

나타샤를 사랑은 하고
눈은 푹푹 날리고
나는 혼자 쓸쓸히 앉어 소주를 마신다
소주를 마시며 생각한다
나타샤와 나는
눈이 푹푹 쌓이는 밤 흰 당나귀 타고
산골로 가자 출출이 우는 깊은 산골로 가 마가리에 살자

눈은 푹푹 나리고

나는 나타샤를 생각하고
나타샤가 아니 올 리 없다
언제 벌써 내 속에 고조곤히 와 이야기한다
산골로 가는 것은 세상한테 지는 것이 아니다
세상 같은 건 더러워 버리는 것이다

눈은 푹푹 나리고
아름다운 나타샤는 나를 사랑하고
어데서 흰 당나귀도 오늘밤이 좋아서 응앙응앙 울을 것이다

하얀 눈이 펑펑 내린다. 그만큼 사랑도 크다는 뜻이다. 나는 비록 가난하지만 그녀를 사랑하는 마음은 너무나 크게 애달프다. 사랑은 크면 클수록 너무나도 힘든 것, 운명이 이를 질투하는 것인지도 모른다. 아무리 사랑이 크다고 한들, 운명에 질 수밖에 없는 것일까?

어쩔 수 없음에 잠시 떨어져 지낼 줄 알았건만, 그 사람을 만나기조차 이렇게 힘들 줄은 몰랐다. 우리의 인생은 마음 먹은 대로 되지 않고, 계획한 대로 흘러가지 않는다. 그렇게 운명은 사랑을 갈라놓고 오직 그리워하는 마음에 혼자서 쓸쓸함을 달랠 길조차 없다.

사랑을 이룰 수 있는 곳으로 가려고 떠났다. 그리고 진실된 사랑이 언젠간 이루어질 것을 믿었다. 그러한 믿음도 이루어지지 않는다면 삶의 의미를 어디서 찾을 수 있겠는가? 세상도 필요 없으니 버리고, 오직 진실한 마음만을 바라고 그렇게

떠났다. 시간이 지나면 다시 만나 눈이 펑펑 오듯 사랑도 그렇게 축복으로 이어질 것으로 믿었기에 떠났다.

하지만 그 이별이 마지막이 될 줄은 상상도 못 했다. 세상을 다 버렸으니, 그녀가 반드시 올 것이라고 믿었다. 그녀가 오기만 해도, 그녀의 얼굴을 보기만 해도 너무 행복에 겨워 울고 말 터인데. 함께 한다는 것이 이렇게 힘든 것인 줄 그 누가 알았을까? 그렇게 그 이별은 마지막이 되어 그 사랑은 끝내 이루어지지 못했다.

백석은 어느 회식 자리에서 만난 기생 김영한을 진심으로 사랑하였으나, 집안의 반대로 그 사랑을 이루지 못했고, 이후 집안 어른들의 권유로 두 번의 결혼을 하나 모두 실패한다. 오직 그의 마음속에는 김영한밖에 없었다. 고향을 떠나 만주로 가서 둘의 사랑을 이루려 하였으나 운명의 힘을 어쩔 수 없었다. 한국전쟁이 나고 백석은 북한에서 김영한은 남한에서 떨어져 지낼 수밖에 없었고 이후 둘은 만나지 못했다.

김영한은 백석을 기다리며 당시 성북동 산골짜기에 음식점을 차렸고 둘은 다시 만나기만을 손꼽아 기다렸다. 하지만 세월은 무심하게 흘러갔고, 분단된 남과 북은 합쳐지지 못했다. 김영한은 법정 스님의 무소유라는 책을 읽고 불교에 귀의한다. 끝내 둘은 만나지 못하게 되었고, 백석은 1996년 북한에서, 그리고 김영한은 1999년 남한에서 각각 사망한다. 죽기 전 김영한은 그동안 자신이 직접 경영한 대원각이라는 음식점에서 벌어들인 모든 돈을 법정 스님에게 기부한다. 그녀는 법정 스님에게 그 돈으로 그 자리에 절을 지어달라고 부탁한다. 그 절이 바로 성북동에 있는 "길상사"이다. 김영한(법명 길상화)이 기부한 전체 금액은 1,000억이 넘는 돈이었다. 천억이 넘는 그렇게 큰돈을 기부하는 게 아깝지 않느냐는 많은 사람의 질문에 김영한은 "자신에게 천억보다 더 소중한 것은 백석의 시 한 줄"이라고 답했다.

김영한은 죽은 후 화장되어 묘를 쓰지 않고 길상사 경내에 산골(散骨)되었다. 길상사 뒤에는 그녀의 공덕비와 백석의 시비가 세워져 있다.

〈남신의주(南新義州) 유동(柳洞) 박시봉방(朴時逢方)〉

백석

어느 사이에 나는 아내도 없고, 또,
아내와 같이 살던 집도 없어지고,
그리고 살뜰한 부모며 동생들과도 멀리 떨어져서,
그 어느 바람 세인 쓸쓸한 거리 끝에 헤매이었다.
바로 날도 저물어서,
바람은 더욱 세게 불고, 추위는 점점 더해 오는데,
나는 어느 목수네 집 헌 샃을 깐,
한 방에 들어서 쥔을 붙이었다.
이리하여 나는 이 습내 나는 춥고, 누긋한 방에서,
낮이나 밤이나 나는 나 혼자도 너무 많은 것같이 생각하며,

딜옹배기에 북덕불이라도 담겨 오면,
이것을 안고 손을 쬐며 재 우에 뜻없이 글자를 쓰기도 하며,
또 문밖에 나가디두 않구 자리에 누워서,
머리에 손깍지벼개를 하고 굴기도 하면서,
나는 내 슬픔이며 어리석음이며 소처럼 연하여 쌔김질하는 것이었다.
내 가슴이 꽉 메어 올 적이며,
내 눈에 뜨거운 것이 핑 괴일 적이며,
또 내 스스로 화끈 낯이 붉도록 부끄러울 적이며,
나는 내 슬픔과 어리석음에 눌리어 죽을 수밖에 없는 것을 느끼는 것이었다.
그러나 잠시 뒤에 나는 고개를 들어,
허연 문창을 바라보든가 또 눈을 떠서 높은 턴정을 쳐다보는 것인데,
이때 나는 내 뜻이며 힘으로, 나를 이끌어 가는 것이 힘든 일인 것을 생각하고,
이것들보다 더 크고, 높은 것이 있어서, 나를 마음대로 굴려 가는 것을 생각하는 것인데,
이렇게 하여 여러 날이 지나는 동안에,
내 어지러운 마음에는 슬픔이며, 한탄이며, 가라앉을 것은 차츰 앙금이 되어 가라앉고,
외로운 생각만이 드는 때쯤 해서는,
더러 나즛손에 쌀랑쌀랑 싸락눈이 와서 문창을 치기도 하는 때도 있는데,

나는 이런 저녁에는 화로를 더욱 다가 끼며, 무릎을 꿇어보며,
어니 먼 산 뒷옆에 바우섶에 따로 외로이 서서,
어두워 오는데 하이야니 눈을 맞을, 그 마른 잎새에는,
쌀랑쌀랑 소리도 나며 눈을 맞을,
그 드물다는 굳고 정한 갈매나무라는 나무를 생각하는 것이었다.

무엇을 위해 살아가야 하나? 사랑했던 사람도 다 떠나가고, 나의 옆에는 아무도 없다. 나름대로 최선을 다해 열심히 살았던 것 같은 데 남아 있는 것은 외로움과 절망뿐이다.

희망이라는 단어는 나에게 너무 멀리 있어 다가올 엄두도 내지 않는다. 이 추운 겨울 남의 집 한기 가득한 조그만 방에 홀로 나의 생을 되짚어 본다.

나의 괴로움은 모두 나로 인한 것일 뿐, 다른 이유는 존재하지 않는다. 내가 나를 만들었을 뿐이다. 그 누구를 탓하는 것조차 부끄러울 수밖에 없다.

운명이 나를 이리로 몰고 온 것인지는 모르나 그 운명도 이제는 받아들일 수밖에 없다는 것을 너무나 잘 알고 있다. 나의 운명을 내가 어찌할 수 없음에 삶은 고단한 것인지도 모른다.

이제 나의 마음속에 있는 것이 점점 가라앉아 버리는 듯하다. 세월이 많이 흘렀음에 삶의 흔적이 지워져 가기 때문인지

도 모른다.

이제는 나 자신을 딛고 일어서고자 한다. 그 모든 원인과 책임이 나에게 있기에 그것을 인정하고 나를 넘어서고자 한다.

남아 있는 시간을 위해 새로운 목표를 잡고자 한다. 거창하지는 않으나 나름대로 나의 한계에서 할 수 있는 것이라도 하고자 한다. 그것이 그나마 나의 삶을 부끄럽게 만들지는 않을 것 같다는 생각이 들기 때문이다.

29. 닿지 않는 곳

< 그 먼 나라를 알으십니까>

신석정

어머니
당신은 그 먼 나라를 알으십니까?

깊은 삼림지대를 끼고 돌면
고요한 호수에 흰 물새 날고
좁은 들길에 야장미(野薔薇) 열매 붉어

멀리 노루새끼 마음놓고 뛰어다니는
아무도 살지 않는 그 먼 나라를 알으십니까?

그 나라에 가실 때에는 부디 잊지 마셔요

나와 같이 그 나라에 가서 비둘기를 키웁시다

어머니
당신은 그 먼 나라를 알으십니까?

산비탈 넌즈시 타고 나려오면
양지밭에 흰 염소 한가히 풀뜯고
길 솟는 옥수수 밭에 해는 저물어 저물어
먼 바다 물소리 구슬피 들려오는
아무도 살지 않는 그 먼 나라를 알으십니까?

어머니 부디 잊지 마셔요
그때 우리는 어린 양을 몰고 돌아옵시다

어머니
당신은 그 먼 나라를 알으십니까?

오월 하늘에 비둘기 멀리 날고
오늘처럼 촐촐히 비가 나리면
꿩소리도 유난히 한가롭게 들리리다
서리가마귀 높이 날아 산국화 더욱 곱고
노란 은행잎이 한들한들 푸른 하늘에 날리는
가을이면 어머니! 그 나라에서

양지밭 과수원에 꿀벌이 잉잉거릴 때
나와 함께 고 새빨간 능금을 또옥 따지 않으시렵니까?

우리에게 현실은 너무 힘들고 어려운 곳은 아닐까? 나의 의지와 상관없는 일들이 나에게 닥치고, 내가 원하지 않는 일들이 생기며, 전혀 예상하지 못한 아픈 일들이 일어나는 현실에서 이상향을 꿈꾸는 것은 당연한 것인지도 모른다.

이제까지 지나온 시간이 너무 힘들고 아프긴 했지만, 그래도 미래에 대한 희망과 기대가 있기에 버티며 살아왔지만, 그러한 희망마저 사라지는 순간의 절망과 허무함은 우리에게 삶 자체에 대한 미련마저 버리게 된다.

많은 것을 바라지도 않았건만, 현실의 벽은 너무나 높고 나의 한계를 너무나 절실히 느끼기에 다만 마음만이라도 편할 수 있는 그러한 곳을 꿈꾸게 될 수밖에 없다.

다만 얼마간이라도 평화롭고 자유로울 수 있는 곳, 나를 얽매이게 하지 않고 구속하지 않는 그러한 곳이 있다면 얼마나 좋을까? 그러한 곳에서 가장 사랑하는 사람이 다만 짧은 기간이라도 지낼 수는 없는 것일까?

조금이라도 한가롭고 여유 있는 곳, 자연을 바라보고 나의 내면의 힘듦을 내려놓을 수 있는 곳, 그러한 곳이 있다면 얼마나 좋을까?

저물어가는 노을도 마음 편히 바라볼 수 있고, 창밖에 내리는 빗소리도 여유롭게 들을 수 있으며, 바람이 지나가는 소리, 따스한 햇살에 날리는 노란 은행잎도 평안하게 바라볼 수 있는 그러한 곳이 있다면 얼마나 좋을까?

자유롭고 평화로운 삶이 그렇게 어려운 것일까? 아니면 그저 나만의 욕심인 것일까? 삶이라는 현실은 너무나 고달프고 무거우며 아쉬운 것은 어쩔 수 없는 것인지도 모른다.

〈아직은 촛불을 켤 때가 아닙니다〉

신석정

저 재를 넘어가는 저녁해의 엷은 광선들이 섭섭해합니다
어머니 아직 촛불을 켜지 말으셔요
그리고 나의 작은 명상의 새 새끼들이
지금도 저 푸른 하늘에서 날고 있지 않으십니까?
이윽고 하늘이 능금처럼 붉어질 때
그 새 새끼들은 어둠과 함께 돌아온다 합니다.

언덕에서는 우리의 어린 양들이 낡은 녹색 침대에 누워서
남은 햇볕을 즐기느라고 돌아오지 않고
조용한 호수 우에는 인제야 저녁 안개가 자욱이 내려오기 시작하였습니다
그러나 어머니 아직 촛불을 켤 때가 아닙니다
늙은 산의 고요히 명상하는 얼굴이 멀어가지 않고

머언 숲에서는 밤이 끌고 오는 그 검은 치맛자락이
발길에 스치는 발자욱 소리도 들려오지 않습니다.

멀리 있는 기인 둑을 거쳐서 들려오던 물결 소리도 차츰차츰
멀어갑니다
그것은 늦은 가을부터 우리 田園을 방문하는 까마귀들이
바람을 데리고 멀리 가버린 까닭이겠습니다
시방 어머니의 들에서는 어머니의 곳노래 섞인
자장가를 듣고 싶어하는 애기의 잠덧이 있습니다
어머니, 아직 촛불을 켜지 말으셔요
인제야 저 숲 너머 하늘에 작은 별이 하나 나오지 않았습니
까?

아직은 때가 되지 않았다. 좀 더 기다려야 한다. 삶은 기다림의 계속됨인지도 모른다. 나의 때는 언제일까? 그때는 진정 오고 있는 것일까?

따스한 햇살이 아직 비추고 있으니 해야 할 일이 더 많이 남아 있다. 저 하늘의 새들도 아직 자유롭게 날고 있을 뿐 집으로 돌아가려 하지 않는다. 때가 돼야 저 새들도 집으로 돌아갈 것이다.

풀을 뜯으러 나간 양들이 아직도 저 산과 들에서 돌아오지 않았으니 아직 해야 할 일이 더 남아 있다. 저녁 안개가 내려오기 시작은 했지만 아직은 더 기다려야 한다.

그 사람의 모습은 아직 보이지도 않고 발자국 소리 역시

들리지 않는다. 그 사람도 아직 해야 할 일이 많이 남아 있기 때문일 것이다.

이제야 저 숲 너머로 조그만 별이 하나씩 나오고 있다. 나의 노력과 시간이 의미 있었음을 알 수 있는 시간은 오고 있다. 그러한 때를 위하여 이제까지 나는 존재하여 왔으니 나의 살아있음을 곧 느낄 수 있으리라.

나의 시간들은 다가오고 나의 꿈이 이루어지는 그러한 때가 곧 다가온다. 하지만 아직은 좀 더 기다려야 하리라. 찬란한 그때가 오면 나의 기쁨과 진정한 행복이 무엇이었는지 확실히 알 수 있으리라.

33. 그곳에 올라

<산상(山上)의 노래>

조지훈

높으디 높은 산마루
낡은 고목(古木)에 못 박힌 듯 기대어
내 홀로 긴 밤을
무엇을 간구하며 울어 왔는가.

아아 이 아침
시들은 핏줄의 굽이굽이로
사늘한 가슴의 한복판까지
은은히 울려오는 종소리.

이제 눈감아도 오히려
꽃다운 하늘이거니
내 영혼의 촛불로

어둠 속에 나래 떨던 샛별아 숨으라.

환히 트이는 이마 위
떠오르는 햇살은
시월상달의 꿈과 같고나.

메마른 입술에 피가 돌아
오래 잊었던 피리의
가락을 더듬노니

새들 즐거이 구름 끝에 노래 부르고
사슴과 토끼는
한 포기 향기로운 싸릿순을 사양하라.

여기 높으디 높은 산마루
맑은 바람 속에 옷자락을 날리며
내 홀로 서서

무엇을 기다리며 노래하는가.

너무나 암울한 현실, 앞이 보이지 않는 절망감 속에서 그토록 오랜 세월을 꿋꿋이 견디어 왔다. 밤은 너무나 길지만 언젠간 해 뜨는 새벽이 오리란 걸 알았다. 그러기에 간구하며 간절히 울부짖은 것이 아니더냐.

진정으로 나의 생명과도 바꿀 수 있을 그 간절한 소원은 이루어지리라 믿었다. 나의 몸부림치는 그 간절함에 나의 몸과 마음도 무너져 내렸다. 찢어지는 듯한 가슴에 더 버틸 힘조차 없었지만, 기어이 희망의 종소리가 들렸다.

포기하지 않는 자만이 들을 수 있는 종소리였다. 나의 그 간절한 간구가 드디어 이루어져 꿈속에서마저 온 세상이 꽃으로 만발하였다. 이제는 태양이 다시 떠올라 따스한 햇살이 온 누리에 비추리라.

다 죽어가던 나의 몸에서 생명의 피는 다시 돌기 시작하고 나는 이제 새로운 생기를 찾아 희망의 날만을 바라보고 있다. 이제 마음의 평안과 기쁨으로 가득한 세월이 기다리고 있으리라.

아직은 바람이 거세고 해야 할 일도 많으리라. 하지만 그 어두운 시절도 버티고 견디었거늘 거센 바람 이기지 못할 이유가 없다. 진정으로 나의 내면에서 갈구하는 그러한 완전한 날들이 그 언젠간 꼭 오리라.

기다림은 사랑이다. 사랑하기에 기다리는 것이다. 사랑하지 않는다면 기다릴 이유가 없다. 오래도록 기다린다는 것은 사랑의 깊이가 그만큼 크다는 뜻이다.

하지만 기다림에도 끝이 있다. 시간이 지나면 육체와 정신도 지쳐가기 마련이다. 기다림 끝에 그가 오지만, 이제 남아 있는 것은 그저 바라보는 것밖에는 없다. 그 많은 시간을 기다림에만 썼기 때문이다. 더 많이 행복하고, 더 기쁘고, 더 즐거울 수 있는 시간을 오로지 기다리기만 했다. 이제는 행복할 수 있는 시간도, 함께 무언가를 할 시간도 남아 있지 않다.

기다리다 지쳐 영혼마저 슬프고 기뻐할 마음마저 잃어버렸다. 어긋난 사랑이 아니길 바랐지만, 어긋난 것이 아닐까 하는 그 운명이 애꿎을 뿐이다.

<석문(石門)>

조지훈

당신의 손끝만 스쳐도 여기 소리 없이 열릴 돌문이 있습니다. 뭇사람이 조바심치나 굳이 닫힌 이 돌문 안에는, 석벽난간 열두층계 위에 이제 검푸른 이끼가 앉았습니다.
당신이 오시는 날까지는, 길이 꺼지지 않는 촛불 한 자루도 간직하였습니다. 이는 당신의 그리운 얼굴이 이 희미한 불 앞에 어리울 때까지는, 천년이 지나도 눈감지 않을 저의 슬픈 영혼의 모습입니다.
길숨한 속눈썹에 어리우는 이 두어 방울 이슬은 무엇입니까? 당신이 남긴 푸른 도포자락으로 이 눈물을 씻으렵니까? 두 볼은 옛날 그대로 복사꽃 빛이지만 한숨에 절로 입술이 푸르러감을 어찌합니까?
몇만 리 굽이치는 강물을 건너와 당신의 따슨 손길이 저의 흰 목덜미를 어루만질 때 그때야 저는 자취도 없이 한줌 티끌로 사라지겠습니다. 어두운 밤하늘 허공중천에 바람처럼 사라지는 저의 옷자락은, 눈물어린 눈이 아니고는 보지 못하리이다.
여기 돌문이 있습니다. 원한도 사무칠 양이면 지극한 정성에 열리지 않는 돌문이 있습니다. 당신이 오셔서 다시 천년토록 앉아 기다리라고, 슬픈 비바람에 낡아가는 돌문이 있습니다.

천년이 되도록 변하지 않고 그 자리를 지키고 있는 돌과 같은 사랑이었다. 움직일 것 같은 돌문을 열 수 있는 사람은 오직 한 사람, 그가 사랑하는 사람뿐이다. 다른 이가 그 문을 두드렸지만 천년 동안 열어주지 않았다. 검푸른 이끼가 낄 때까지 그렇게 한없이 기다려왔다.

촛불 하나 켜놓고 그렇게 기다렸다. 그가 오면 어떤 모습일지 촛불이라도 있어야 볼 수 있기 때문이다. 내가 기다리던 사람이 맞는지 확인하고 싶기 때문이다.

그렇게 기다려도 오지 않음에 가슴에 한이 되어 눈물만 흐르고 있다. 사랑하는 사람이 있다는 것은 기뻐해야 할 일인데, 왜 눈물만 흐르게 되는 것일까? 사랑하는 마음이 잘못인 것일까? 기다리는 것이 잘못인 것일까? 충분히 행복할 수 있는, 충분히 기뻐할 수 있는 그런 사람인 것을, 어째서 영혼마저 슬퍼지는 걸까?

기다림에 지쳐 이제 사라질 때가 되었다. 육체건 영혼이건 세상의 그 모든 것은 운명이 있기 때문이다. 더 기다리고 싶지만, 그 운명이 삶을 가져갈 때가 되었다. 기다리고 싶어도 기다릴 수가 없기에 눈물을 머금고 이제는 영영 헤어질 수밖에 없다. 한 번이라도 보기 위해 그 오랜 세월을 기다렸건만, 영원히 볼 수 없는 운명인 줄을 몰랐다. 그가 평생에 한 일은 오직 기다림뿐이었다.

지은이 정태성

미국 캘리포니아대학 물리학 박사
스위스 제네바대학 박사후연구원
한신대학교 교수(2008~현재)

저서:

Quantum Mechanics, Classical Mechanics, 우주의 기원과 진화, 과학의 위대한 순간들, 뉴턴과 근대과학 탄생의 비밀, 대학물리학, 대학물리학실험, 노벨상 나와라 뚝딱, 삶에는 답이 없다, 행복한 책 읽기, 행복은 여기에, 시는 내게로 다가와, 도덕경의 이해, 장자의 이해, 노벨 문학상을 읽으며, 보다 나은 자아를 위하여, 과학 그 너머, 과학으로의 산책, 길을 찾아서, 고전과 더불어, 한국교회 박해의 역사, 과학의 선구자들, 길은 어디에, 부모님 전상서, 중용과 더불어, 과학으로의 여행, 물리로 보는 세계, 절망의 자아를 딛고 서서, 짐노페디를 듣는 이유, 삶이 말해주는 것들, 오늘 행복하자, 영화가 말해주는 것들, 너에게 보내는 편지, 영어 고급 Vocaburary 연습 1, 2, 그대는 얼마나 오랫동안 불행 속에 있었나, 친구에게, 너는 아프지 않았으면 좋겠다, 별을 가슴에 묻고, 내가 옳지 않을 수 있으니, 영자신문으로 영어공부하기, 물리학으로의 초대, 위대한 과학자의 발자취를 따라서, 삶에 대한 단상, 나에게 이르는 길, 물리학의 숲에서, 영어 어휘력 연습, 명상을 하면서 깨달은 것들, 니체를 읽으며, 행복에 대한 소망, 혼자도 두렵지 않다, 위대한 물리학자들, 이네아스자, 마음을 돌아보며, 물리학으로의 산책,

시집:

됨, 있음, 없음, 버림, 앎, 받아들임, 맡김, 떠남, 잃음, 슬퍼도 슬퍼하지 않는다, 별이 되어 만날까, 무명, 무한의 끝에서, 파랑, 밤하늘의 별

문학 그리고 삶의 단면

정태성 평론집

초판 발행 2023년 8월 1일

지은이 정태성
펴낸이 도서출판 코스모스
펴낸곳 도서출판 코스모스
주소 충북 청주시 서원구 신율로 13
전화 043-234-7027
팩스 043-237-5501

ISBN 979-11-91926-72-9

값 12,000원